海风文学丛书

U0749477

故 土

潘正文　张明辉　徐 晨　著

浙江工商大学出版社
ZHEJIANG GONGSHANG UNIVERSITY PRESS

图书在版编目(CIP)数据

故土/潘正文,张明辉,徐晨著. — 杭州:浙江
工商大学出版社,2016.1
(海风文学丛书/李东飞主编)
ISBN 978-7-5178-1356-9

Ⅰ.①故… Ⅱ.①潘… ②张… ③徐… Ⅲ.①散文集
—中国—当代 Ⅳ.①I267

中国版本图书馆 CIP 数据核字(2015)第 256312 号

故 土

潘正文 张明辉 徐 晨 著

出 品 人	鲍观明	
策划编辑	郑 建	
责任编辑	胡亚娟	
封面设计	林朦朦	
责任印制	包建辉	
出版发行	浙江工商大学出版社	
	(杭州市教工路 198 号 邮政编码 310012)	
	(E-mail:zjgsupress@163.com)	
	(网址:http://www.zjgsupress.com)	
	电话:0571-88904980,88831806(传真)	
排 版	杭州朝曦图文设计有限公司	
印 刷	杭州五象印务有限公司	
开 本	880mm×1230mm 1/32	
印 张	8	
字 数	207 千	
版印次	2016 年 1 月第 1 版 2016 年 1 月第 1 次印刷	
书 号	ISBN 978-7-5178-1356-9	
定 价	25.00 元	

海风文学丛书

编 委 会

总　序

　　1995 年的春天,东海之滨的美丽小城温岭,吹来了一股清新的文学之风,一本名叫《海风》的文学杂志自此诞生。

　　风从东海来,带着春的暖意、海的气息、梦的诗情,在温岭文坛激起了一阵又一阵涟漪,留下了一个又一个故事。不知不觉中,《海风》已坚实地走过了 21 个年头,成为温岭创办时间最长、容量最大、影响最广的群众文化杂志,成为展示温岭文学创作成果、折射温岭文化建设成就的窗口。

　　撷彼芳草,显我英华。温岭的文学创作者们会聚在这片集结文学创作力量的精神高地上,一起咏志抒怀,交织出了温岭文学绚烂多姿的多元化天空,澎湃出了如野草般蓬勃的创作激流。从题材而言,他们或叩问历史,或沉醉自然,或寻找生活里被遮蔽的诗意,或解读社会中人生的底蕴……可谓百花齐放,各有风姿。从风格而言,他们或清新飘逸,或典雅庄重,或委婉顿挫,或慷慨旷达……亦是春兰秋菊,各擅胜场。而从整个历史文化的大背景来观照,他们的作品则往往呈现出一种难得的地域镜像和文化印记,自有一股山水灵气荡漾其中。

　　日月经天,江河行地,《海风》一路吹来,播下了一颗又一颗文学的种子,在温岭大地上生根、发芽、开花、结果,摇曳成一片又一片婀娜多姿的文化风景。21 岁对于人生来说,正值朝气蓬勃的青春年华,21 岁的《海风》亦是朝气蓬勃,充满活力。愿已过弱冠之年的《海风》随岁月的延伸更加展现风华,更加追求高远,为传播社会正能量、提升市民文化素质、滋养温岭独特的文化生态做出积极的贡献。

是为序。

温岭市委常委、宣传部长

陈晓雁

目　录

石塘潮·潘正文作品

满载文字的舢板（《石塘潮》序）

我经常跟老潘一起玩笑，轻松地嘲弄彼此：我们俩都是汉语文字工作者，一个写作，做文字语言排列艺术；一个书法，玩文字线条变幻艺术。但是，我们都是非专业的，都是一直在各自的小路上行走到天黑的人。

老潘写作是近几年的事，两三年写下了这么多的文字，并很专一地投寄给《海风》杂志，颇有在一棵树上吊死的情结。而且，写作的题材大多是记忆中的海边老家，吐露着心中对故乡磨灭不了的思念。

可能是年轻时疲于生活奔忙无暇动笔，可能是长期持续的阅读积累在某一天终有井喷的势态，更可能是时代景物的变迁与记忆场景的反差太大，有一日，老潘跟我说：倘若我再不动笔写点文字，胸口的这些淤积会烂在肚子里死在肠子里啦！

我是最先读到他文章的人，也成了最先享受昔日情景、感受记忆被唤醒的读者。人衰老的标志之一就是开始念旧，开始唠叨往事，大部分人是酒后知己相对一倾而出，一吐为快，但老潘是有心人，他能将这股旧情转录在文字里，复述于笔墨间。

其实，每个人的生命，自呱呱坠地起，就注定会走一段必经的路，走过了，忘却了，淹埋了，唯记下后重阅的感受是美妙的。人从虚无来，往虚无去，中间这段坚实的记忆，光有酒来倾吐还不够痛快，还得有笔墨来宣泄。文字就成了宿命，成了我们各自心灵史上的一根拐杖，它执意地支撑着我们艰难向前。

如果从创作、描述和抒发的角度去看，我们脚底下的这片海岸一点也不比别的任何地方寒酸——它有无边无际的大海作为背景，有坚定信仰天地、强烈敬畏自然的渔民，有朴厚粗粝的石文化，大口大碗的酒文化，当然还有埋在骨子里的海盗文化，还有司空见惯的台风，祈天祭海的大奏鼓……它地处江南，而人文迥异江南；它不是塞北，但豪情接近塞北；它是南人北相，是海上塞北。置身在这块土地，我们总能找到自己最亲近的那部分，找到自己最想表达的那些隐秘和衷情。

另外，从时空角度来说，过去很遥远，有已经彻底地回不去了的感觉。这么一个有太多沧桑传说的地方被城市化、工业化的铁蹄踏过，高度膨胀的商业氛围使地域的个性退化、人情萎缩，人文成为一种尴尬。本质上的人被阉割了、俗化了，变得急躁而贪婪、背信而狂妄，一个人已经很难安静和宽容。因此有人说，正在逝去的农耕时代的生活可能是人类最圆满的生活方式，日出而作、日落而息，集工作、娱乐、诗意、交流为一体，和自然亲近相融，始终与朴实同行。但工业时代的人们像一群被上帝抛弃的羊，不快乐地挤在一起，发出无休止的、敌意的叫声。我们的文艺创作也一样不清静，也几乎沦为体贴时尚、消费平庸的艺妓行为，在丈母娘经济的裹挟下，几乎到了跟别人比谁的车子贵，比谁的钻石大的地步。

我们得了城市病，所以需要记忆中的乡村来医治。

老潘的文字则不同，你会感到他的文字没有浸染当下语言的毒素，似乎还停留于旧时长衫文人那种口吻，白话中机智地携带些文言，叙述时不忘诗兴的抚摸，素雅而不失婉约，质朴又兼具烂漫。干净、纯正、清冽、醇美，没有多余的粉饰，真诚自然，直抒胸臆，每一词、每一句都安排得恰到好处，各司其职，掷地有声。他不露痕迹地让文字去象征，去暗喻，去抒怀，这正是他文字技巧娴熟高明之所在。

这些文字几乎都是粗壮的老式钢笔写下的，不是派克笔写的，也不是电脑写的，没有乖巧，没有时髦，也没有《小时代》的造作之音，更没有铜臭气。这文章读来更为受用，文字结实而诚恳，有一种堂堂正正的美。他心中的故乡与这样的文字是相宜的、相融的，也只有在这样的文字中，往事才能如烟般意味深长。

坦白讲，人生本来就是一个悲观的过程，我们都害怕变成一个孤独的人，我们每天遭遇到的恐惧和诱惑都在一样地紧绷着我们的神经。我们总说艺术模拟生活，其实，生活经常在模拟艺术。有时想想，做个写作者是件挺幸福的事，一点一滴，一字一句，每天都可以将生命的每一寸推进，每一次溯源，归流进文字的海洋中去，远离浮躁和浅薄，避免内心干瘪和空洞。在各种潮流不断渗透进生活的今天，在土豪金奢华风吹拂进潜意识的年代，我们需要倾听内心最朴素的需要，思考如何坚持独具品味的立场，才能回到那个原始的理由上调整脚步重新行走。

由此，老潘的写作动机很值得我们参照，至少，他给我们提供了另一种生活的可能。

最后，回到标题，我又跟老潘开了个玩笑。我说：别人的文字镀金豪华，应放在钢质大船、集装箱大轮上遨游；你的文字素净低调，就放在木质舢板上出海吧，小舟质地朴实，文字经久风浪，做人也随遇而安……

程文波：书法家，独立艺评人
二〇一五年六月三十日石塘

一个海边的小村庄

冬日的那抹斜阳,淡淡地照在石塘这片海角。海面上只剩下了一角儿的粼粼的波光。还未傍晚,后山上的天空,便已出现了那轮弯弯的月牙儿的影子。

顺着正在修筑的沿海公路,左侧是坦荡荡的海,上面远远近近地、星星点点地散落着几个小岛,依稀地从朦胧里看见了三蒜岛。一叶小舟在无边的大海上悠闲地漂荡,像一个猎人在无尽的森林里走着。右侧,一带连绵的翠色山峦,春天里这儿那儿地开满了杜鹃花,红艳欲流,连深深的山岩的缝隙里也都盛开着,可现在也只剩下冬日的那般凄冷了。

跨海桥边,一条石阶山道扭扭曲曲地穿过一片青青的野树林,幽幽地通向山的深处。路边,满眼儿的树儿列成长阵,像帷幔般张开,又刚健又婀娜,你挤着我我挤着你的,亭亭直上。地下只有几片落叶,没有一点尘土,又静,又干净。这座山叫"后山",生在极幽静的山旮旯地方,往往终日里看不到一个外人,鲜为人知,是石塘镇的一个小村庄。

路边有条两山夹着的山坑,上宽下窄。两块遥对着的危崖上,一座小石桥,弯弯地架着,青石栏杆,玲珑得可爱。桥下长年地流着山泉,哗哗哗哗,从山坑里冲下来,白而发亮,镶在两条湿湿的黑边里。时而居高临下,披挂如瀑;时而轻歌曼舞,细小如丝。贴在黑苍苍的岩石上,仿佛山间老人那柔和的絮语和长谈,在离此二十步的地方,带着不慌不忙的愉快的潺湲声,流入山前那片白茫茫的海中。

有一六角石亭,隐没在绿树间,露出几角高翘着的飞檐。一眼望去,小桥、石亭、山泉,组成了一幅"山村野景"图。虽有人工雕琢之嫌,在山弯弯里,倒是多了些山林野趣。

没有路标,后山的村口便从这儿开始。顺着石阶上去,路两边的树林里铺满了枯黄的落叶,厚厚的一层,散发出温暖的浓浓的湿气。昏黄的夕阳眷恋地钻进来,那余光显得柔弱无力。一阵山风吹来,树叶发出簌簌的响声,那叶儿几乎全是绿的,绿得清亮。虽然树干不算粗壮,可从青苍的树身上还可见它的不小年龄了。

山道上鸦雀无声,听不到人语。微微的云,偶尔在头顶流过,像陪伴着我似的。岩石与草丛间,不时地从润湿中透出几分油油的绿意,逗引着小鸟儿机灵地探出头来,从浓密的枝叶中间,唱出一曲曲优美的歌来。

转过一道山冈,一个旧式台门,盘踞在半山道上,拦腰而来,像旧时小说里的绿林好汉,从斜刺里杀出。爬满了青藤的一人多高的石墙,向左右两边伸展着,搭在山的缓坡上,像张开的翅膀。

台门涂着白色,没有些许雕饰,显得简单,这情状倒教人想起原始的村落来,一下子变得遥远而渺茫。台门上方隆着半个圆顶,中间空着的地方,雕塑个五角星,颇是引人注意。这显然是毛泽东时代留下的建筑,算来也该有半个世纪了,是个值得记忆的遗迹。那五星釉着红漆,不知是第几遍了,已然褪了色,淡淡的。尽管如此,还是掩不住满满的岁月的印痕。当它呈现在我的眼底时,予人一种奇怪的感觉,好像历史忽然间又退回到那个时候,有一股质朴的味儿,流动在小山岙里的空气里,徐徐而来,有如微微的风拂着我的面孔似的。

台门早已没了门。当你小心地走将进去,无须担心山犬的突袭,路上寥落,你是不易找到一个可以问询的人的。当然这时你已无暇顾及这些,全然被眼前的景象吸引住了,呆呆地怔在那里。觉得无意间走进了一种境界,虚虚浮浮而又满目苍然。你所看见的不是往日里见惯了的高楼大厦,红顶子绿瓦片的别墅,而是在别的地方从未见过的满山满岗儿的古老的渔村石屋。这时我几乎怀疑起自己曾经多次来过这里了。

终于我又看见了清绿的后山。那石屋就矗立在面前,在青青的山峦上,扇子般地展开。那房子如同一个个揾着灰黑盖子的穿着几个小窟窿的赭色盒子,一个、两个、三个,一层、两层、三层地依着山势,在一块块面海的斜坡上,随意地堆放着,或东或西,或高或低,错错落落,上上下下地连成一片儿。村庄就在山坡上,山坡就是整个儿的村庄。这是很巧的结构,看似传统的群体的组合,又觉是横向的铺排的基础,而又似乎杂乱无章。你不妨细细看去,有以户立的,有按族设的,或以一墙做隔,或以几级石阶相连;看似单独分隔,又似整体组成;可分可合,亦聚亦散,如同迷宫。走在其中,却又一家一户、一庭一院泾渭分明。

从山腰看上去,那些石屋把两个山坡都紧紧地拥着,抱着,塞得满满的。岩石般颜色的不计其数的石块便聚在一块儿,在灰蓝色的天底下犹如百多支长短不一的石柱,随处立着,各有姿态;又如一座层层叠叠的古殿,巍然山冈。虽布置得绝无章法,没个规则,却是疏密有致,绝无拥挤、局促之感,有如画家漫不经意里画出的一幅画,迷蒙中宛然是中世纪的古堡。住在这里的人,好像已经跳出了这个时代,而在那些堡垒似的石屋里过着无拘无束的日子。走在路上,似乎连我都受到了感染。

拨开邻家院子斜出的柳条儿,一步一步地向上走去。那石级一会儿把你带向迷迷惘惘的石屋间,一会儿又把你引往青苔披挂的石巷中,没有疏疏落落的窗和门,都是整块整块的石头的墙面,人在其中,仿佛在欣赏着一种古筝独奏般的淡雅清丽。这时你再也忍不住感叹它的别致了。那高岩上孑然笔立的挺拔,四五间,或更多的连成一排的粗犷,那四合院似环着的精致古朴。前檐稍露,黑瓦盖顶,为防台风,鳞片似叠着的黑瓦上又一行一行地压着石块儿的海派建筑风格。

我不由得好奇于一块块堆叠起来的朴素的石料了。它们都采自当地山上的花岗石,是石塘的特产。没有形状的叫"乱石",小个儿长方形的叫"角石",更长的叫"条石"。墙面有精工细凿的;也有粗糙得有着浅浅的一窝窝的;最朴陋的便是那些大面包似的,没有棱角的小石块儿堆砌的低矮的一层石屋。可你千万别小觑它,那却是山上最古老的一代房子了,重要的是它建筑的价值。后山上有了这些房子,增加了不少颜色,这也许是几百年前流传下来的古渔村式的了。

　　在众多石屋中,最显眼的是那座碉楼,也是后山石屋中唯一的五层楼了。伫立在那一带随风飘摇的翠竹丛中,居在山的最高处,方方正正的,岿然独立,颇有俯视之气势。每层楼里仍留着枪眼,黑洞洞的,至今还予人一丝丝恐怖的感觉,这是当年渔村里防御海盗用的。那隐隐透出霸气的小圆孔儿,使这碉楼充满了神秘的色彩,在那雨天或斜阳中看最有味。黯淡的暮色中,当背靠着这个寂寞的碉楼,我不禁也怀古起来了。

　　停步在石屋前,抚摸着被海风使然的泛了黄的色彩,还有台风累积的那般坚固,细心的你也许立刻会想到它的主人,那古铜色的脸膛,那劈风斩浪的粗犷与豪气。

　　石屋前,留有两三米宽的小院落,院子的边上围着一堵齐膝高的矮墙,也是石块垒的。沿着墙根,各种颜色的野花儿,满地儿地开着。暖和的晴日,鲜艳的花色,虽是冬日,却无半点凄怆之感,倒是酝酿着一庭的春意。每家门口都挂着个大海螺做的香炉,香火迎风而燃,丝丝缕缕地飘向海的方向,似乎寄托着对出海未归的亲人的那份遥远的祝福。

　　半山腰有个小平场,中间一口古井,石板竖的多角形的井栏,井沿已被磨得光滑发亮。石板上斑斑驳驳的,染着岁月的痕迹。往井里张望,青青的水倒映着,团团的、亮亮的,像一面镜子。里面有悠然行走的蓝天白云,有着清洌的山泉。山泉去了又来,水草枯了又青,而古井肃穆依然,只是多了几分苍色。就在这口井边,传说中以林、杨两个宗族为主的闽惠（福建惠安）渔民的后裔，在这山旮里繁衍生息，从事渔业生产。是这里的山岩孕育了他们，是这里的山泉滋润了他们。岁月如水，有古井为证。

轻轻地走进一间石屋，看得出里面经主人精心装修过，与以前比，焕然不同，但都保留着原有的墙体。屋里点缀着无数的装饰品，都与海有关。楼梯上的扶手是渔船上用的粗麻绳拉的；楼梯口的灯，也是大海螺壳做的海螺灯。靠着石墙泊着的那只小木船，扯着一片三角帆。那个小窗子也精致，正对着石塘渔港，像方框子里嵌着张会变化的海景图。在这里看大海，看月亮，恬淡怡人。主人颇浪漫，给石屋起了个诗意的名字，叫"海月小憩"。

后山石屋，是石塘石屋中保存得最完好的了。150多户人家里，除了几间重修过，其余的都原封不动，保留着从前的样子。那些石屋可都是清末民初和20世纪的老房子，就是最近的恐也快50年了。有幸的是，政府也出资参与了石屋外墙的修缮。这倒使我想起有着爱好保存古文化遗迹的瑞士人来。那里的名城伯尔尼差不多大半的房子，是15世纪至18世纪的建筑物，开着小小的气窗，屋顶及外表都古色古香，甚至粉漆剥落，像个老古董。他们宁可在屋子里打扮得很时髦，现代化的东西应有尽有，但房子却以旧的为上等。那些大城市，除了主要街道，马路都窄窄的，理由是不能为了开马路而拆掉老房子。与瑞士人比，虽然渺小得可以，可这也是后山人的自豪，更是石塘人的自豪。

登上山冈，见远处海面上都飘着白云，四面全无人声，也无人影。天上的鸟也无一只，只有后山上簌簌的松风呼呼，还有崖下隐约的涛声。风在石屋间穿梭，呜呜地叫着，像在唱一支古老的渔歌。记起以前读过的一个希腊神话，是青年歌手奥尔菲斯的故事。说在他奇妙的竖琴声熏陶下，大地上的木石，纷纷地注入了生命，情不自禁地随其乐曲的旋律，一块块地堆叠起来，于是人类便有了最初的建筑。

建筑家说，建筑是凝固的音乐。在石塘，在后山，当我看到那一大片无声的石筑之物，便訇然地于耳畔响起一支动听的乐曲来。这感觉，如清音幽婉，缭绕不绝，也如东海渔歌，辽阔悠远……

对于音乐，我是门外汉，一窍不通。此时在苍茫的暮色中，这些微微发亮的石屋，确是有着一种特别的调子，这是我感受的印象，故细细写出，以志这段因缘。

太阳整个儿地隐去，月亮便明朗起来。站在渔港长堤看后山石屋，如浮在海上，犹是海市蜃楼般迷蒙沉浮，幽远无穷……

三蒜岛，梦幻般的岛

碧 水 岬

不知从何时起，三蒜岛就俯卧在这片蔚蓝色的大海中，坚守着这方粗犷而神奇的海与天，给人以无限的遐思。

那是一个春日的早晨，当薄雾笼罩着海面，如万丈轻纱，给宁静的石塘湾平添了一层迷离的韵致，我站立船头，三蒜岛近在咫尺，正如梦中初醒的少女，羞答答地将自己遮掩起来，轻纱中，尚闪出斑斑点点的葱绿，那是岛上的郁郁林木。

迎面一小艇飞驶而过，于是那一海碧水便翻起朵朵浪花，且一波一波地荡开，漫过来，直到我们的船边，似在伸出浪的手臂以示欢迎。10分钟后，渡船拐了个弯，呈示在面前的是两岸夹击的山和山中间的一湾碧水，这就是被人们称为"海上仙山"的三蒜岛了。

三蒜是个小岛，方圆不过 0.79 平方公里，数十户人家自成村落，世代以捕鱼为生，与附近的一蒜、二蒜结成了姊妹岛。岛的岬角不大，约略几百米宽，凹字形，跟别的岛屿大致上相似，看不出有什么特别的地方。只是它那伸入海中的两支臂更长些，深深地插入海中，把半个环儿似的一泓碧水轻轻地拥着，海岬也因之而显得分外地幽静了。

20 多年前我曾经来过这里，但都因时间紧，来去仓促，仅记得个大概。船老大是个熟人，似乎很能体会我的心思，早已关了引擎，凭着小船随意地飘着、荡着，让人直有"无风水面琉璃滑，不觉船移，微动涟漪"

的感觉。我不急于上岸，静静地坐在船头，俯仰两青空，舟行明镜中，尽情地感受着海岬的"幽"和"静"。

这时，轻雾也渐渐地散开，天清气爽，两边的山露出了蓊蓊郁郁的真容。看那山是黑绿黑绿的，再看那海水也是黑绿黑绿的，海在山的趾边，山在海的唇边，山凭水绿，水因山绿，它们互相涂抹着，因缘着，亲密得难以分舍似的，那就使得这个绿更加幽幽和深邃，宛然一块温润的碧玉，只清清的一色，又仿佛一张极大极大的荷叶铺盖着。

倏地，一条白脊背的小鱼儿从水中跃然而起，于是把一湾的碧绿拨弄得一圈圈的，如漩如涡，犹如一张看不到字词，却隐藏着好歌好曲的密纹唱片，一下一下地扩散着，舒展着，一直到了山的脚边。不一会，海面的圈子越来越淡了，又回复了宁静，像什么也未曾发生过似的。

四周没有人，也闻不到犬吠，海水悄然无声。岸边零星地散落着几幢矮矮的石屋、渔舍，看那迹象有些斑驳、苍凉，着实有些年头了，虽显得遥远，却也别致。它们随同两岸的青山，青山的崖壁，崖壁上生长着的树木，树木之间缠着的藤蔓芳草，都齐刷刷一股脑儿地，静静地倒躺在水里。鱼虾在水里游着，云天在水里衬着，树梢上栖着的小鸟，就连一根纤纤细草被风吹动时的情景，都一点不漏看得清清楚楚。

周围无风，海面无浪。几只泊着的小船，悠然地晃着，随意地斜着，当想起"野渡无人舟自横"的诗来，真觉物我两忘了。

梦幻谷

好了，该上岸了。当船儿在一块岩石上系上缆绳，我迫不及待地弃舟登岸，踏上了这座充满着神奇色彩的"海上仙山"。

说是"仙山"，果然不同凡响。抬眼望去，山平缓并不显高峻。刚入得口来，一峡谷便莽莽然地扑面而来，硬是把小岛劈为两半，又像岛上洞开的门户。谷不甚陡，谷底凹凹的酷似个大腹腔，循着山势逶迤而上，约有几里许，最宽处也不过百来米，盘旋着一直通到山顶。

初看这谷,再普通不过了,但当你漫步进去,却是另有一番妙景。山谷的左右,两峰巍然相对,开阔的山坡,峻峭的崖壁,还有谷底那叮叮咚咚如琴似弦的山涧流水,还有缘涧而上的鹅卵石山道。千百年来,涧水默默地流淌着,带着空山的静寂,带着岁月的忧伤,带着小岛的纯朴和期待,一去不回头地流过三蒜岬口,流向茫茫大海。而寂寞和古老神奇的峡谷,依然留在原有的地方,频频目送着那盈盈逝去的水波。它在给小岛带来一丝丝山野灵气的同时,又给人以无限的遐想,似乎在向人们悄然叙说着,三蒜遥远的过去和一个个美丽的传说。

船老大告诉我,相传很早年以前,三蒜本是个没有人烟的荒岛,附近多暗礁急流,夜里渔船经此,葬身鱼腹之事屡有发生。东海一善良的小白龙动了恻隐之心,每逢月黑风高夜,高擎"夜明珠"烛照远近千里海域,渔家才得以安居乐业。一个贪心的蚌壳精,趁小白龙不备盗走了"夜明珠"。经过一场激烈的厮杀,蚌壳精向着名叫洞镇的方向逃去。小白龙紧追不舍,当追到三蒜岛时精疲力竭,从山脚一直爬到山顶,所过之处留下了一条深深的坑痕。于是,从此这座荒凉的海上小岛,便有了一个蓝色的海岬,有了眼前这条扑朔迷离的峡谷,有了峡谷褐色和青葱相间的左右两座山,有了岛上生生不息的人烟。此时,当你站在半山腰,回过头去乍一看,这条峡谷活脱脱的一个肚腹状,还真像哩。至于究竟从哪年哪代传下来这么个传说,谁也说不清楚。自然东海里的小白龙踪迹难寻,唯有路旁山涧流水的潺潺响声,打破了空山的静寂。

山道上,偶见一个两个的渔民,扛着沉重的网具,孑然地朝海边走去。礁石般颜色的脸膛,爬满了岩层般的络纹,是与海搏击的印记。那双曾经征服过多少重波峰浪谷,暴着青紫筋的厚脚板,"沓沓沓"的脆响,一下一下地笃实和富有节奏,击打着不知重复了多少年多少遍的狭仄的路面,随同擦肩而过时闻到的海上生活的人所独有的气息,与搅和的浓烈鱼腥味,在沉寂的空中和青翠的山野间飘逸着,渐行渐远……目送着这海鸥般的身影,我记起了一句话:"如果说,大海是匹扬鬃咆哮的野马,那么,你就是一位勇猛彪悍的骑手。你用搏斗展示着生命的力量，你用冒险证明着人的价值。"蓦地，我的脑际里勾勒出一位海画家"大海礁石渔民"的画面来：大海，旷远，浩渺；礁岩，嵯峨而挺立；一尊礁石与渔民混为一体的头像；一个巨浪撞向礁石，炸裂开来，白沫飞溅……

海松崖

青黝黝，绿蒙蒙的，是峡谷左侧那座山，满是海松和植被，枝枝覆盖，叶叶交通，另成一个境界。虽算不上高峻却也伟岸，遥遥地与石塘湾隔海相望。褐色的岩壁上，几棵的海松倒挂着，裸露的根系，粗壮的虬枝，任意地蔓延，上下错落，恋恋地箍紧了岩壁，扎进了岩缝，抗衡着台风和自然。藤蔓间结满的嫩嫩的绿叶、紫叶，牵牵扯扯的，从沧桑的岩壁上垂下，瀑帘也似的，恰如一个幽幽的、淡淡的缠绵的春梦。

许是大海的缘故吧，海松的秉性和风格与山松相差甚远，既不粗壮，又乏挺拔苍劲，体态纤细而苗条，枝叶稀疏而韧性。它饱饮着泠泠涛声，沐浴着料峭的海风，海咸咸的味儿，鱼腥腥的气息，都成了它滋润的养分，孕育了海松的一副胆气和筋骨。枝叶太密，阻力过大，树枝反而易于摧折。只要你稍一留意，就不难看到它在风中摇曳的玲珑体态，抖擞劲儿，在自如的扭曲中，变换着一个个抗拒和化解的招式。说到这里，你就会毫不犹豫地赞同起我的观点来，海松既是勇者，又是智者。

我沿着弯曲的鹅卵石径，沿着清凌凌的山涧，继续向上走着，一边沉浸在迷人的传说和如烟的往事里。透过树林的缝隙，有阳光射过的刺眼的金线，有蝴蝶翩然缤纷的丽影，有山泉淙淙的流淌，有海涛隐约的呼唤。一路上，海松繁茂，郁郁葱葱。松鼠在枝间欢快地跳跃，闪烁着逗人的细眼。山雀也在凑着热闹，唱着动听的春歌。充满生机的植物在漫山遍野地生长着，自由地伸展着，一副千姿百态的媚样。蓝蓝的矢车菊、红红的杜鹃花、鸽子花、山荷花、金银花，还有些叫不上名来的、各种颜色的无名野花，都在上面星星点点地盛开着，一缕缕山野芬芳的清香,和着空气中的甜润味儿扑鼻而来。

山坡上,两间小石屋孤零零地,被几棵海松蔽盖着,荒草萋萋中半掩着门,那莫不是当年"上山下乡"的知青屋?几个鬓角插着野花的渔家妇女,正在织补渔网的小院落,可不是当年岛上的"半日制"小学校。山脚下,傍海岸一字儿排列着的十多间石屋,不就是当年"农业学大寨"的石塘渔业大队部……,如今,早已是人去楼空,幻化成一页页历史的陈迹,裸立在潮水和海风中,遗忘在小岛角落,远离尘嚣,唯有石屋犹在,被人追思、念想和解读……

我边行边默默地注视着,寻觅着,去找回那日渐淡忘的,在我儿时心灵中所烙下的仰慕。哦,你看!那突兀的山巅,居高临下地俯视着,一股不可侵犯的凛然正气,看到它,谁能忘却那蓬英雄之火?48年前,台湾武装特务偷渡登陆三蒜岛,枪伤一跟踪监视渔民,企图夺船逃窜。三蒜渔民毫无畏惧,一面劝降,一面诱敌至山脚,悄然爬上这山的最高处,面向石塘湾,就用这松枝燃起一堆信号火。迫于解放军、民兵的强大攻势,特务乖乖投降,而三蒜岛的名字从此也冠上了"英雄岛"三字,成为一部现代的红色传奇,被人们敬仰、传颂着。昔日光秃秃的山巅都被海松覆盖着,被绿色濡染着,充满着盎然生机。尤其是那一棵棵遒劲有力而不肯弯曲的海松,那个刚毅,那个敢同海风抗争的顽强生命力,以及那一块块透着雄性和强悍的山岩,使人油然而生敬意。敬意之余,我未免有些怅然和失落,好像在这山巅之间还缺少着什么——一种纪念性的、具有历史意义的怀念……

天涯极目

走完峡谷,是一抹断崖,它的突然出现,像一道不可逾越的鸿沟横亘在面前,使我悚然止步。断崖下,"山接水茫茫渺渺,水连天隐隐迢迢",是一片无边无涯的海。站在岌岌崖边,仿佛来到了天涯尽头。海岸在那儿直直地陷落到水里去,深蓝色的波浪在下面轻轻地唱着柔歌。

崖顶四周甚是开阔，芳草茵茵芊芊一片，透出几分油油的绿意，柔柔地摇着，风吹草低，一直铺叠到两边的山坡和濒海的崖边，更行更远还生，是"天涯何处无芳草"的意境。在这里既可作一小憩，调整一下体力，又可远眺海景。当你席地而坐，凭崖骋目，其景便豁然开朗，那远帆、近屿、蓝天、碧海都一下子朗阔起来。天的高远，海的浩渺，帆的丰满，水的澄澈尽收眼底。叠翠褶裙般的烟岚，袅袅娜娜的，轻盈有如少女舞时的衣袂，飘飘然欲飞。海与天的接壤处，三片两片的白帆，淡淡的影子，在水里凝然不动，似粘贴在天幕上的剪纸。近处，几条小渔舟正在来回撒网，出没在微茫的烟波里，飘忽在缥缈的岛屿间。虽没有悠扬的渔歌，却自有一番诗情画意，宛如一幅清雅宜人的水墨画。围山而栽的海岛之松，又为这幅画镶嵌了一圈绿色的环。次第看去，那一海碧水潋滟，泛着粼粼的光，微风乍起，将一海的碧水吹皱在暖暖的艳阳里，看着这海天画图，竟不知是人在画中，还是画尽人意了。

走在潮间带

断崖下，连绵起伏的涛声在招引着人，不停地诱惑着我去追捉那离合的神光。攀着岩，踩着一线天两壁间陡窄的路，小心地探身下去，我终于屏声息气地走进眼前这幅凝固了的画中来。

崖下深深的便是三蒜的"后花园"了，岛上人叫"后岙"。这里的沙滩有如北戴河，礁岩与青岛又有几分相似。只是这里的天然神韵却是独有，找不到丁点的人工雕饰，它的"原始野性"能时时让人怦然心动，我想这也许便是它的魅力所在了。

先看礁岩吧，那断崖自下而上，自西而东，一道道、一块块地矗立着，重重叠叠，繁而不乱。那赭褐色的坚实身躯面向大海，像一副巨人的脊梁把小岛毅然扛起，形成了个俯瞰大海的月牙状岩壁。它们有裸裂着的，有凝集着的。上面有被海风和岁月刻画下的道道的痕，有被浪花咬过的深深浅浅的窝，或嶙峋，或突兀，或峭拔，甚至有些张扬。它任凭海风剥离、海浪侵蚀了数百年，或许是上千年，塑造了一个豪迈的海的群雕，让人历历地感受到了"粗犷"与"坦荡"。我好奇地揣摩着，眼前飒爽而立的突兀巉岩，巉岩外壳里所蕴藏着的东西，想起了一位作家的描述："于海于山，礁岩永远是一个棱角分明孤傲倔强的伟男子，尽管风剥离它，雨侵蚀它，尽管岁月变成冷峻的褐色、白色、黑色、灰色折磨它，它依然峥峥嵘嵘，顶天立地。"由此及彼，我不由得想到了人。

　　潮水未尽退去，右边一巨岩半蹲半立地挡住前行的路，是苍龙偃仆的姿势，身躯奇伟，鳞甲苍然，有飞动之意。岩中间一奇洞，森森然是传说中的"白龙洞"。每逢涨潮，莹蓝的海水直灌洞穴穿洞而过，时急时缓，一高一低的，犹如龙的呼吸。那潮水的一进一出，又像苍龙涵吐海水，有韵有致，可谓栩栩如生了。待潮水退后，"白龙洞"一览无遗，游人从中而过可纳数人。当联想到岛上那条神话般的峡谷，我不免又怀想起小白龙的故事，想到了这两者或许有的渊源。

　　转眼间潮水退去，一片湿漉漉的沙滩坦然地延伸开去。我试着走近潮头，一个细浪猝然而来，凉冰冰的水花泼人一身。紧接着那一片雪白的水沫，便从我的脚下"咝咝"地响着，徐徐地退回海里去。到这时我才惊奇地发现，随着潮水的后退，那五颜六色的海花石，玛瑙似的满滩都是。还有那形状各异、多彩条纹的彩贝，天长日久，因为海浪的浸润和冲刷，鲜亮亮的，一个个晶莹剔透闪着斑斓的色彩，恰似玉中的珍品，甚是好看。置鼻下一闻，一丝丝独有的海味儿直往心里钻，让人久久难以忘怀。

　　海浪一遍又一遍地翻卷着，海水发出一声声诱人的呢喃。我沿着海岸线缓缓走向潮头，走在涨潮与落潮而形成的宽阔的潮间带上。清澈的海水泛着白沫微微地摇晃着。密密麻麻、微小有趣的海生物警觉地窥视着，送过惊恐的斜眼，仿佛迎着天外来客。从贴满牡蛎的礁石上，长起的茂盛的海草，随着波浪的节拍，旋转着，摆弄着，展现着一个个狂放的舞姿，像一群天真无邪的渔家孩子，怡然自得地吟唱着一支鲜艳而不朽的生命之歌。

岩壁上布满了翠绿的海藻,正如涂了一层薄薄的乳油,手触着只觉滑腻可爱;那裹着金黄色盔甲的观音手,在岩缝里列着阵,俨然是出征的将士;背上驮着锅似的青元蟹,从窄缝里张望着,见了人也不太躲避;最有趣的要数海蟑螂了,鬼精灵似的密匝匝地爬满了崖壁、岩皮,当你一走近即一哄而散,远远地盯紧你,保持着距离,极是可爱。

远处,状元岛、蟹壳礁、戏棚礁等七八个大小岛屿棋子似的,嵌落在绸缎般的湛蓝中。海鸥尤显悠闲,有的凫在水中,精心梳理着雪也似的羽翼。有的回旋低翔,轻轻地拭过海面,它使人想起倩女临镜顾盼的清影,恬静、安逸极了。有的海鸥更是耐不住寂寞,故意贴近海面凭由浪花飞溅,有时猛地冲向浪涛,在浪尖上急速打个滚穿浪而过,继而一跃而起,"叽叽叽"地发出一连串快乐的欢呼,尖声啼鸣着。

我曾迷恋过青岛的帆影,陶醉于北戴河的清丽,可无论如何也没想到,眼前却深深地被三蒜岛的质朴所吸引,为大自然造物主的精美杰作而赞叹。在大海偌大的画帘中,竟然留下了这么个没有丝毫粉饰和雕琢的梦幻般的小岛,留下了这粗犷的美、自然的美。那天然神韵一如朴素的乡村女子,让人向往、倾心。

海水还在无休止地往来复去,唱着不倦的歌。晶莹的贝壳闪烁着,不断地招引人,炫耀着自己的美丽。天真活泼的海藻,更是在期待着潮水的信息。我带着心灵的洗涤和满足,沐浴着舒爽的海风,赤着足漫步在湿漉漉的潮间带上……

当载我的船离开三蒜岛时,背后的山坳里正飘散着渔家的袅袅炊烟。海面上涌起的朵朵浪花,轻吻着归航的渔舟。岛上传来了一声声公鸡的长啼,夹杂着母亲招呼孩子吃饭的呼唤声。

望着小岛渐渐远去的淡淡疏影,我突然感到一种久未有过了的释然。

我会再来的,三蒜岛。

哦，难忘初见大海时

永远不会忘记，那年随父亲工作调动到一个海滨小镇落户见到你时的一刹那。

那是夏日的午后，坐了汽车，又坐人力车，接着是炎炎烈日下一段好长好长的步行。沉默中，我急急地走着，满怀疲惫，又满心期待。每当想到离你更近了一步，心就抑制不住激动地狂跳，我就要见到你了，大海！

隐约听到了你的呼吸，我开始跑，滚烫而高低不平的石头路绊着我的脚，松软的沙滩留下了一长串歪歪斜斜的脚印。我带着长途跋涉的饥渴，带着漫长岁月的思慕，像孩子般地张开了双臂，跌跌撞撞地狂奔着，呼喊着……

几乎是爬着攀上了湿漉漉、滑溜溜的岩壁，在一块突出的岩石上站定，终于见到你了，大海！你浩浩荡荡、横无际涯地从天的尽头滚滚而来，蓝色的巨流簇拥着一排排白花义无反顾地冲向岸边的嶙峋怪石拍起惊天巨浪，炸雷似的轰响回荡于海与天之间，像是一路桀骜不驯的长啸。咸涩的海风卷起晶莹的水珠送上蓝湛湛的天空，又抛下漫天飞花；朦胧的飞花洋洋洒洒地飘舞着，在炙人的日光下幻化出一道道无比绚丽的彩虹。这里，没有战马的嘶鸣，更没有勇士的荣耀，只有蓝色的海水拍打着岩石，激起丛丛白色浪花，发出动人心魄的声响。

阳光下，我默默地伫立着，凝望着你，深深地体味着你恢宏慷慨的雄浑，你荡气回肠的温柔，沐浴在被阳光温热的水雾之中，像依偎在母亲的怀抱里。微微的海风像你温存的手臂正轻轻地摩挲着我的头发、我的面颊。

你可知道我曾多少次在梦里梦到你?我曾多少次描绘过你的形象?"海客谈瀛洲"那神奇、缥缈的你;"海上生明月"那又是多么庄严、宁静、安逸的你。"孤帆远影"的你,"渔舟唱晚"的你,"惊涛裂岸卷起千堆雪"的你。我曾多少次沉思在你雄奇的故事中:精卫填海、郑和下西洋、罗马大将和埃及女王在海战中爱与恨的交融……如今,我们面对着面,心贴着心,四周只有宁静与和谐,只有水天交融、浑然一体和那空明晶莹的无边蓝色。

哦,大海,我欣赏着你无与伦比的壮美,我惊叹着你一望无垠的广阔和蔚蓝。我想到了在你怀中长大的陆地称雄的喜马拉雅山,甚至是更远、更远……十亿年,多么漫长的积累,为了积蓄你,造化竟用了整整十亿年。十亿年雄奇的构思,十亿年吮吸天空与大地的乳汁和眼泪,集纳百川才成为今天覆盖地球四分之三,面积泱泱大度、浩瀚无际的你。我何止千百次地思索,你的常动不息,你的终古长新,你永远不会消失的气魄。此刻,我倾听着你有节律的呼吸声,诗一样的特有韵律时时地拊击着我像潮水一样翻腾的思绪。你不厌其烦地告诉我多少亿万年前,就在我们的面前,一群群由菌们、鱼们、虫们、兽们结成的浩浩大军,那些不畏艰险的英勇的探索者为了摆脱海水的束缚,艰难地爬上陆地创造新生活;你充满感情地讲述着从那茫茫大海里走上岸来敢于和阻碍它们前进的东西挑战的我们祖先的祖先的祖先……哦,大海,你不愧是人类发展的伟大见证人。

透过簇簇浪花、粼粼波光,透过你那一团团迷蒙的烟涛,我仿佛看到了多少年前在你身边发生的一件件惊天动地的大事件:斯巴达克在第勒尼安海维苏威火山树起的震撼了古罗马奴隶主统治的起义大旗;亚得里亚海滨文艺复兴巨人的诞生,资产阶级人文主义取得的惊人胜利;大西洋波士顿莱克星顿响起的美国独立战争的第一枪;地中海马赛志愿军高昂激扬的进行曲;人类最伟大的天才马克思和恩格斯横渡英吉利海峡而诞生划时代的《共产党宣言》;波罗的海海岸彼得格勒"阿芙乐尔"礼炮揭开了人类的新纪元;东海之滨上海所诞生的中国共产党迎来的天安门城楼五星红旗的升起;中国南海边演绎的"春天的故事"涌起的一阵阵改革开放大潮……

哦,大海,你不就是悠久历史的化身、人民力量的象征和美的体现者吗?你的名字就是一个传奇,是一卷壮丽的历史巨著。

人们无不赞美你伟大、双重结构的生命,赞美你兼收并蓄的胸怀:潮与汐,深与浅,洪涛与微波,巨鲸与幼鱼,狂暴与温柔,明朗与朦胧,纯净与混沌,博大与渺小,日出与日落,诞生与死亡……一件件,一桩桩,不都在你身上时时显现着,冲突着,交织着?雨果所说的"大自然的双面像"不就是你?

在漫长的岁月中,不知有多少江河带着黄土染污你的蔚蓝,不知有多少巨鲸与群鲨的尸体毒化你的芬芳。然而,你还是你,依然故我,海浪吟唱着一个个轻盈,波光闪烁着一簇簇明丽,阳光下,海水还是那么一望无际的澄碧。你那水晶般的心灵容不得半点的污垢,哪怕是半条腐鱼、一片枯叶,你也会毫不留情地把它逐出水域,抛向岸边;纵然有千条浊流、万斛污水,你照样把它净化得了无纤尘,干干净净。

哦,这就是海魂,不被污染、不会衰朽的海魂;一种举世无双的沉淀力与排除力;一种自我克服、自我战胜的蔚蓝色的伟大奇观。

就这样,我默默伫立着,一任思绪飞扬。望着此起彼伏的海面,远处,海鸥袅袅,白帆翩翩,海与天连成了一片。海浪冲击着,奔腾着,呼啸着……

终于,我懂了,解开了一串串百思不得其解的向海之问。哦,大海,因为你自身是强大的,健康的,是倔强地流动着的。你无时无刻不在更新、丰富、进化,不是吗?你看,即使到了大海的尽头,浪花撞在岸边岩石上毫不退缩,腾身跃起,发表雷鸣般的宣言,不甘沉默,不甘停滞,再跻身于接踵而来的浪涛里。这就是大海母亲的歌,生命的歌!

这时,我突然觉得大海多像一个挺立在天地之间的巨人,神圣而威严:"这只是大海的一角,更广阔的大海还在前面。人类还不到唱赞歌的时代,向前,向前,去迎接新的浪潮的到来!"哦,我听到了大海洪亮的声音!

面对这浩瀚的大海,面对我久久思慕的大海,我被深深地融化在一阵阵轰然的经久不息的浪涛澎湃声中……

石 塘 潮

我的故乡石塘，是个偎山抱海的半岛，岛不大，风景却甚是别致。

小岛是个观潮的好地方。因了岛口地形的宽而浅，衔海处口大颈细，呈喇叭的形状，每逢农历八月十五、十六日大潮水，或是海上起了风暴，海潮一涨，大块的水体便纷纷然地涌进那窄窄的道，直逼石塘湾。海水拥挤着，聚集着，一层叠一层，天风海涛，潮起潮落间，竟成了孕育东海大潮的摇篮。

那时，从石塘的善山、小沙头、桂岙，在半岛蜿蜒数里的海岸线，在漫长而魁伟的防浪地带，大浪扑岸，斗折蛇行，轰鸣声宛若沉雷，一蓬蓬数丈高的雪白的浪花，在半岛的这边那边，奔腾起伏，直上半空，其景蔚为壮观，每当想起犹是历历在目。

我的石塘观潮，可是几年前的事了。其时，正逢农历八月，大潮水，海上又酝酿着风暴，虽是暑热天气，天却阴沉沉的，不见阳光。阵阵海风从海的深处拂拂吹来，不温不涩，一丝丝透着舒爽，教人惬意。

上午 10 时许，吃罢早中饭，我便匆匆地去石塘镇的善山。大约时间还早，平崖上只看见零零落落地站着几个从外地赶来的观潮人。善山倚山面海，右可见防浪堤内的一堤秋水，林立桅樯，环岛两岸的参差人家；左和前方可极目寥廓海天，浪奔潮涌，惊涛裂岸，是观潮的最佳处了。

近 11 时，天还是阴着，阴得静穆肃然，宛然是蒙着一层冥青的巨幕，有点冷峻。一朵朵云儿联结在一起，构成了一团团奇硕无比的云絮,白的、灰的、青的,一片片地,缀在无垠无岸的天幕上,悠悠然地飘着。港湾里,满眼儿地停泊着大大小小的渔船,那些涂了各种颜色的桅樯,就像一片彩色的森林,在飘着鱼腥的海风里摇曳。海鸥,这些海的宠儿,自由地盘旋着,时而贴近海面如蜻蜓点水,时而拔地而起一飞冲天,穿梭于桅林间,显示出了一种对风暴和大潮即将到来时的兴奋和不安。天幕下,深蓝色的大海横卧在半空,款款地展开去,波澜不惊,一片烟水苍茫之意。几片归帆,数声鸥鸣,分外地恬静和安详。大约也因那蒙蒙的云,眼前没了往日明丽的色彩。习习的海风只殷勤地送来一声声饿了似的尖叫,夹带着些阴凉的空气的气息和海水的滋味,海面沉甸甸得像娓娓滚动的厚绒毯,黯然间,泛滥着粼粼而阴冷的光。

大海一味儿地缄默,固执地与苍天僵持着,相对而无语。随着天幕的变化,它跃跃然地再也按捺不住久蓄的激动,终于浩然地激荡起来。

在长久的沉寂中,大潮似乎在悄然萌动,云层开始疾飞,秋风自南袭来,呼呼有声。东海仿佛突然间打开了鼓浪器,连绵起伏开来。海的尽头,像是一群被驱赶着的小兽,漫山遍野地朝一个方向奔涌,远远看去,一排排黑压压的一片,清一色的灰青。

风越刮越大,一下一下地扑向海面。东海受到了挤压,万分地恼怒了,骤然间,出现了一条细长的白线。那白线似素练横海贯穿,不疾不徐悄悄地向海岸推进。海浪越推越高,越卷越长。及近大堤几百米远,已筑成一堵堵丈高的水墙,前呼后拥汹汹而来。正在人们翘首期待中,那一壁雪似的水墙一推上堤岸,便痉挛般地跳了几下,突然无力地消失在宽长的消浪带里,极像地球板块滑动时,整座冰峰一下子地跌落进地壳深处,竟未留一点儿的痕迹。

白浪并没有因此退缩,在它的后面,遥遥地、依旧地生发着更多的白线,比肩接踵。无呼啸之势,无呐喊之声。在凌厉的南风里,示威似的闪烁着,起落着,一步一步地向前移动,似乎最先的那条白线,仅是大潮的一个试探而已。

环顾四周，茫茫海面海鸥踪迹杳然，不知去向。渔船陆续驶进了挡浪堤内的一湾静海里。路上少有人，四下静寂，不见了往日的喧闹，只有堤内满泊着的轻轻摇晃的、纵横地排着的桅杆上，那火焰般的风信旗，哼着歌似的发出"猎猎"的响声，随风劲舞。还有那一带儿的长堤迎着风在海水中巍然盘踞着。远处空荡荡的，看不见小岛，只见一片汪洋，水天混在一块儿，大而单调。一条条扯不断、理不清的白线，漂浮着，踏着浪源源而来。

我寻觅着，把眼光投向那条最粗长的白线。经验告诉我，白线越粗浪头越大，一条粗粗的白线就是一排凶猛的巨浪。正在我想的当儿，一条粗长的白线竟不声不响地行走海面，忽而贴水匍匐前行，忽而从中段凸突而起。弓形似的海面饱满而紧绷，宛若举重者的肌腱，不断地鼓荡着，起伏着。它那掀起的一道道波浪，小山般地耸起，如同无数张开着的大口，浪花又是一排排森白的牙齿。它掠过曲折的岸带，跃过嶙峋的巉岩，从海平线上杀将过来。那昂然挺立的威严，那睥睨一切的雄姿，金戈铁马似的，齐崭崭，陡峭峭，奋勇当先。瞬间，东海的肌腱愈发地兀然、铮铮然了。波浪愈近，速度愈快，波峰愈高，其势愈猛。不知是那气势动人心魄，还是我周围的人静心屏息，一方平崖竟似凝固了般没了一点声音。两分钟后，翻卷的潮头已奔临眼前。汹涌的潮水飞溅激荡，犹如无数条银蛇在飞蹿，它不顾一切地冲向大堤，跨过消浪带。顿时，在周围人群中的一片惊呼声中，只听得一声天崩地裂似的炸响，巨浪与大堤开始了第一次真正的碰撞。在这猛烈的轰然声中，一颗水珠若离弦的箭忽地脱群而出，率先射向彤云密布的天空，尤其凝重与饱满，极像肌腱中迸出的那滴沸腾着的血，又如指挥者严峻的号令。紧接着，南面那道矗立着的漫长的挡浪堤畔，一根粗大的水柱直蹿而起，高达数丈。其顶覆盖着的雪白的水花、泡沫，花瓣般地绽开，在混沌的蒙蒙中，如伞，似盖。像雪莲花怒放枝头，又如节日的喷泉扬洒半空，化作千点万点的水花，漫向四周。一时间，水蒙蒙，雨蒙蒙，雾蒙蒙的。白线一条接着一条，浪柱一个跟着一个，水雾一团连着一团，乍大乍小，亦密亦疏，好看极了。

在秋风愕然的刹那，那波浪庄严地列着队，从喇叭口直逼石塘湾。在善山脚下，在沿海礁岩，在巍巍长堤，白浪无处不在。抑或孤柱冲天，一枝独秀；抑或雪浪四起，遍地花开；抑或排浪击堤，素幕天成。从堤东到堤西，自堤脚的消浪石至堤顶的望海亭，竖起了一道道立体的白色水墙。海浪时而突奔，时而轮回爆响，噌吰如钟鼓不绝，渤渤似苍烟腾飞。那声音是如此亮彻，如此雄壮，闻者无不为之动容，为之销魂。其情景，若用宋人潘阆《酒泉子》中的"来疑沧海尽成空，万面鼓声中"来描述，则是最贴切不过了。词中虽说的是名闻中外的钱江潮，可眼前的澎湃之势，雷霆之力，虎啸也似的，又何尝不让人震撼，让人振奋，过目难忘呢？

一条条白线自远而近，而来而去。

一蓬蓬浪柱自下而上，又落又起。

"长忆观潮，满郭人争江上望……"。于是，在这八月里，我又念想起故乡的潮来，这是一个多么壮阔的场面，这是一个多么迷人的季节。

石塘潮。

大海落日

车过灯光明亮的车石隧道，循着沿海公路盘旋而下，至石塘海边的时候，天已傍晚时分。斜晖脉脉，海水轻摇，喧腾了一天的石塘湾忽然变得柔顺和静谧起来。一只银色的大鸟，似从海底跃出，在柔软而金黄的天际中无声地滑过，宁静的水面漾起了几道浅浅的波痕。

天空呈暗灰色，与海连成一片，晚霞为她们涂上了一抹淡淡的胭脂，多了几分绚丽，几分瑰奇。天水相连的边际，隐约着一道山脉似的长长黛影，宛若丽人细长而密密的睫毛。海水撩起白雾，扶出一轮血红的夕阳，在远远的天际悬挂着，恬静里透着端庄。落日的余晖掠过逶迤的石塘山脉，裹上了一层黄绿相融的峥嵘而厚重的色调。那依山而筑的嶙嶙石屋，那湾泊着的疏疏帆影，都染上了一层祥和的辉煌色彩。

夕阳伫立在海的上空，徐徐而下，大而圆。从岸上望去，似在尽情地燃烧着自己的生命，极其热烈和绚烂。那色彩仿佛是被火烧透了般，均匀地，整个儿地通红，红是真红，却没有了亮光，所以也不刺目。那样子犹如一个风姿绰约的贵妇，艳光四射，仪态万千。此刻，她姗姗地迈向昏黄无边的大海，那步履是如此从容、坦然，似乎有意地让人们细细地欣赏她那非凡的华姿艳影。那样子又像一只巨大的蛋黄，嫩嫩的一色儿，润朗得可爱。可看那通红的脸，却更像三国中的关云长，庄严热烈兼而有之。虽少了些许的炽烈，倒是多了几分汩汩温秀的诗情。

深红色的火球周围，远远近近高高低低的都是云霞。一层层的霞彩起伏着，五彩缤纷地袅娜着，烘托着，一条条，一片片的，宛然是飘拂着的仙女的五彩带,又像是火球燃烧的火焰。那云霞不断地渲染着,扩大着它的范围,几乎占据了海平线的半边天。我不转眼地看着,生怕错过这美好的瞬间。但那霞彩的变化着实地快,须臾万变,若抄前人的话,我真是应接不暇了。就说那色彩吧,一忽儿是悠悠的淡青,一忽儿变成了艳艳的一片金黄;一忽儿是灼灼的橘红,转眼间又变成了浓淡相间的嫣红。不出一顿饭的工夫,自浅红至于深翠,淡紫,姹紫,万花筒般地变换着,幻成几十色,如同画家笔下的调色板。光那丰富的色彩和层次,就足以使人赏心悦目,难以忘怀了。真不愧是着色的能手。

火球的下面,大海锦缎般地起伏着,浩浩地展开,长长地飘去,显得静穆、深幽、豁达而旷远。夕阳照射在海面上,那光带犹如一支金箭,从海的尽头直直地射来,及至我所立着的不远处的堤的边缘,硬是把一海碧水分割成明暗两半。骀荡的海风轻轻拂着,微波荡漾,那光带便随水波的一颠一簸,亮晃晃,金澄澄的,一种流金溢彩的艳丽。虽只是淡淡的映照,乍看竟耀得人睁不开眼。这时,我只感到白居易《暮江吟》的"一道残阳铺水中,半江瑟瑟半江红"二语的妙。那鲜艳的颜色,那流动的神韵,既含蓄又飘逸,如风行水上,有着万千气象,是我从来没看见过的山水画,绝是景中的极品。

几只渔舟悠然漂过,荡起了一港碧水。那夕阳投在水上的窄长的光影,被柔柔的波浪搅碎了,摇晃着,一闪一闪地泛着粼粼的曲曲的光,真有味儿。其情形有如城市里闪烁的霓虹灯,五光十色。又如碎金乱银,星星点点地跳跃着,撒满了海面,渔船及船上的渔人都像镀上了一层金,连我都仿佛被罩在这个光的影里了。

夕阳加快了下坠的速度,越来越低,低得快要贴着海面了。那球儿越近海面个儿越大,颜色越红。那绚烂的霞彩,闪耀着一种诡奇的炫丽,着实迷人,真如一个紫红色的梦。我恨自己的笨拙,不擅画,文字竟是世界上如此无用的东西,写不出这般空灵的妙景。

看样子云层已经再也难以承受太阳的压力,终于让出了道,裂开了一条缝隙来。于是一球软软的鸭蛋黄,便整个儿地落在了靛青色的海平线上,气定神闲地浮着,犹如万顷碧蓝的翡翠玉盘上盛托着一颗圆大透亮、纤尘不染的水晶球子。那水晶球子并没有丝毫停住的意思,还是一个劲地向着海的深处落去,几分洒脱,几分豪壮,隐隐地也有着一缕缕依依惜别的柔情。不一会儿,夕阳在海面上只露着半边脸儿了,似沉非沉地,摇摇欲坠,颇是"落日故人情"的态儿。而那色彩也由杏黄色变成了橙黄、橘黄、淡红、深红。我紧张地凝望着这弥足珍贵的刹那,等只剩下小半个脸儿时,猛地,大海和夕阳不约而同地微微颤抖了一下。容不得我转过神来,那仅有的小半个脸儿,在收回了最后一道余晖后,便毅然而决然地悄没声地浸没到浩渺的水波中,蓦然地消逝了,杳没了……四周沉寂,天际因之而顿时地玄灰得惨白,海水轻吟间,我似乎听到了那夕阳坠落的声音。可令人啧啧称奇的是,就在刚才夕阳沉落的地方,出现了一大片浓浓的鲜红,血般的殷红。它荡着,漾着,随着水波缓缓地流淌。那鲜红渐渐地扩散开来,一晕晕的,越漾越大,越漂越远,最后,慢慢地融入暮色苍茫的万顷碧波里。"在染红一座座黄土塬之后/太阳,风风火火/望一眼涛涌的旋涡/终于落下了/辉煌的、凝重的/沉入滚滚浊波。"怅然中,我记起了诗人李瑛的《黄河落日》。

夕阳看不见了,她留一片鲜红,淌在了海天相接的地方……随着夕阳的西沉,那天空的云,霎时间仿佛被落日点燃似的,呈现出一片玫瑰红,不久,整个世界都沉浸在柔和的夕阳里了。那长堤那渔船那建筑,都上了釉彩般,油亮油亮的。沙滩上披着一身淡金的织网姑娘,正在忙着收工。远方的帆影沉醉了,也染成了黄昏的颜色。海鸥在暮空中划过几道弧形的曲线,便栖进礁丛深处。一片浓重的暮色,冉冉地由远而近扑将过来,让人如在睡梦里。看那依着山的形势参差地安排着的古堡般的幢幢石屋,衬在这石塘湾的崖之麓,水之畔,溶在这霞光山色中,恍如自己正处在古时的村落里,一阵阵的神秘和昏蒙。忙碌了一天的渔村,这时便转向了另一种姿态……

我怔怔地望着眼前如血染过的海面，觉着被一种从未有过的宁静与壮烈包围了。肃穆的钦敬不断地在我的内心激荡着，有经了一番洗涤的坦荡与平静，如同方才的脉脉斜晖默然地洒在我脸上，引起润泽、轻松的感觉。

　　这是我所见过的一次最庄严和辉煌的落日。

最忆是渔火

那时在石塘,为了看渔火,常常约了三两朋友,在夕阳已去,皎月方来的时候,便去了海边。于是,习习海风中,我们开始想望那晃荡着梦幻般的七彩的渔火的滋味了。

天色还未断黑,那漾漾的柔波是这样恬静,委婉。刚才还是"叽叽"叫着的飞来飞去的一大群一大群的白海鸥、灰海鸥,一下子不知躲到哪块礁岩后面,栖息去了。周围突然清静起来,只有一两声从远处船上偶尔传来的机器的响声。

夜降下了浓浓的帷幕。天边那仅有的几片红云也渐渐地退去,在海平线的上空留下了淡淡的玫瑰红,与那一条条暗青色的云絮,交织在一起,把弯曲的道路尽头、依山的石屋,都罩在柔和与安静的昏黄里。海面上,徐徐地飘逸着鱼鲜的腥味,我的头发、脸上有潮乎乎的感觉。这时,遥远的天际,那些仅存的玫瑰红也已消失了,海面上顿时黯然一片。但这时间不长,没多久疏疏地出现了几点朦胧的灯火。那晕晕的灯火有时像茫茫森林里晃动着的野兽的眼睛,发着绿绿的光,明灭着;有时又像一支支燃烧的火把,不停地摇晃,越来越近,越来越多,也越来越清晰起来,一点点地向着石塘港靠拢。

七点钟光景,终于有一只机帆船,高昂着头,"轰隆隆"地从横屿旁边的"大门口"驶进来。那船头犁开的暗蓝色的海水,泛着一带儿长长的白花,最先打破了渔港黄昏后的宁静。在震耳欲聋的马达声里,随着一串串的急骤的铃声,抛下了锚,稳稳地停泊下来。接着是两只,三只,一排，二排，三排络绎不绝，犹如一支支威武的舰队，浩浩荡荡。

　　从山岩高处眺望海上，转眼间渔港里泊满了南来北往的渔船。百舸昂首，桅樯林立。虽无人指挥，却进出有序，海道畅通无阻。那整齐的队列，那飘动的"超万担"红旗，如古时凯旋的将士，威风凛凛。这时的海面，像开了锅似的，人语声、打铃声混在一块儿，此起彼伏，各自在传递着船长的指令。螺号也凑起热闹，长一声、短一声的，划破了沉沉的夜空。那袅袅余音，伴着海浪的喧哗，在空中久久地飘散不息。小舢板也不闲着，一个劲地在大船中间，穿梭似的往来。船儿虽小，可摇着橹，桨声汩汩的，也足以系人情思。颇有"诗思浮沉樯影里，梦魂摇曳橹声中"的味儿。

　　那时，海里热闹极了。船大多泊着，有的在等着卖鱼，有的已歇了下来，只有寥寥的几只还在水上慢慢地走着。

　　渔港里，突然间云集了千百只渔船，几百米宽的海面，竟显得狭小起来。大机帆、小机溜、钓机、舢板，大大小小的船儿，密密麻麻地挤着。这中间，也夹杂着渔人的笑骂、戏语，南腔北调的，透着粗犷与豪爽，没遮没拦，随风飘荡……

　　船上都亮着好多的灯。桅灯、舷灯、尾灯、搜索灯，一串串，一簇簇地四处映照。那颜色艳丽极了，也璀璨极了。嫩绿的，深红的，淡黄的都有，仿佛灯的树林一般。那五颜六色的灯串儿，辐射着的粉色的散光，都倒映在水中，像谁一不小心向海里倾倒的七彩颜色，一下子把海面染得红红绿绿、黄黄澄澄，憧憧的一片。那灯影随着船间摆动而漾起的微波，璎珞似的一闪一闪，似一条条金蛇般蜿蜒曲折。飘忽间不断地幻变着，蠕动着，更换着一个个异样的、绮丽的图案。一会儿，宛如砍倒的发光的小杉树，一棵棵倒栽在黑蓝黑蓝的海水中；一会儿，飘飘忽忽地像七仙女舞时的五彩带；一会儿，又是红杏枝头纷纷洒落的花瓣儿。看那浮光跃金，千姿百态，闪耀着诱人的粼光，分明是灯的河流，船的街市，几乎是一道银河从九天而降。我想起一个叫莫奈的人，是法国的印象派画家。眼前朦胧的七彩景色,莫不是他刚睡醒过来涂抹的油画?

海上渐渐地平静下来。剩下的是摇摆闪烁的一港灯影,在繁星般的交错里,仿佛笼上了一层光晕。我们默然对着,似乎意犹未尽。静听那小船儿悠然的、间歇的、汩汩的桨声。偶尔有铃声、螺号声从海上船里渡过来,但它们经过夏夜微风的吹漾和水波的摇拂,袅娜到我们耳边的时候,已经不单是自己的,而是混着微风的海水的密语了。此时的我们,已然昏昏地几乎要入睡了。只是海中浮动着的灯光,纵横着的渔船,悠扬着的波韵,夹着那零星的"呜呜"的螺号声,终于将我们拉回到现实中来……

一晃多年过去了,每当想起石塘观渔火的情景,便犹见那时夜晚,船灯映水,渔火凌波的光景来。

月夜听涛

夜宿石塘小沙头村,主人的家就在海边,修篁石屋,倚山而筑。时值金秋,月色如霜,好风似水,凭窗而望,无边的大海在月的朗照下泛着粼粼的光。几声涛声,煞是迷人。忽然想起昔日里常去的海边,在这明月的光里定当是别有一番韵味的了,便推门而出,趁着月色信步向海边走去。

海边并不远,绕过山嘴,随着一片翁翁郁郁齐胸高的松树林盘旋而下,海就袒露在我的眼前了。

此时的海边分外地静,除了"唧唧"吟唱的小虫,便我孑然一身。崖岸、礁岩诡奇突兀,或蹲或卧,或屈或张,如猛兽奇鬼,森然欲搏人,月光下影影绰绰的虽只有一个轮廓,却是传神。夜的帷幕掩去了白日的喧嚣和坦荡,给人一种深邃、飘逸、梦的感觉。海月,明如镜,大如盘,高挂在石塘港上空。无垠的海面苍苍茫茫地浮动着一片月的银辉。长堤逶迤,渡桥如虹,高耸的曙光碑清峻峭拔,俨然"江天一色无纤尘,皎皎空中孤月轮"的意境。

月光如流水一般,静静地泻在这一眼望不到边的海面和停泊着的渔船上。远处,正在开发的三蒜岛历历在目,用它那神秘的色彩似在向人们叙述着一个个动人的传说。天地间的一切仿佛在牛乳中洗过,又像笼罩着轻纱的梦。天空中没有流云,月色就分外地皎洁,像银子一样白。看不到渔人畅饮大碗酒的豪情和微醉后搁在一旁的水烟筒,闻不到碗里溢出的一丝丝诱人的烈性的芬芳。只有月光如洗,还有透过月

035

光飘逸而来的一阵阵天籁般的涛声。

月亮从中天向下窥视,天上一个月,水中一个月,轻风拂过,捣成了一海的碎银。空气好像被海水滤过,变得更加鲜润,与我身后摇曳的松枝的疏影中所散发出的一缕缕幽幽的馨香搅和在一起,更是有种沁人肺腑的爽然,不由得使人想起"野旷天低树,江清月近人"的那句诗来。

我释然地靠着一块岩石贪婪地看着大海。白天看海,浅海是黄绿的,深海则是幽蓝。而现在幽幽的月光下,眼前只是一片茫茫的浅绿。那浅绿像一把巨大的扇子平直地铺开,从我的脚下,一直无休止地向着远方伸展,直到那绿的朦胧与淡青色的天空揉搓在一起。分不清哪是岸哪是海,哪是水哪是陆,只有在这辽阔的浅绿中,不时地跳跃着的白花和涌动着的一条条长长的波纹形成的银线才告诉了我:"我不就是大海吗?"

夜,一片静寂,对岸几点星火闪烁着,仿佛是窥视我的眼睛。一条银线从遥远的朦胧中逶迤而来,带着一种异样的骚动和鸣响,仿佛是从大海深处传来的微吟。那白的波纹先是慢慢地蠕动着,然后从细到粗,从模糊到清晰,一层一层地更迭着,前推后涌地向着我站立的方向奔来。那轻盈,那洒脱宛如安徒生童话里天鹅洁白的舞姿;又如徐悲鸿笔下在蓝色大草原上仰天长啸的马群;更是舒伯特那像星星在浪尖上频频跳动的琴键……它欢快、热烈地跃动着,奔跑着,"哗"的一声爬上对面那片松软的沙滩;它雄伟、豪迈地歌唱着,呐喊着,"轰"的一声扑向身边那丛突起的峭岩。一路吟歌,一路蹦跳,给沉寂的夜空平添了一曲曲抑扬顿挫的生命乐章。它走到哪里,哪里就纷纷扬扬地激溅起一片珍珠般的水花,那水花,在月下犹如碎玉琼花般一上一下地闪着耀眼的光华……

夜色渐渐地深了,两岸鳞次栉比的灯光也次第暗了下来。远处偶尔传来一两声渔人粗犷的唤渡声,颇有点歌的韵味。这与范仲淹《岳阳楼记》里的"长烟一空,皓月千里,浮光跃金,静影沉璧;渔歌互答……"的情景又何等相似。与往日里那听惯了的都市里汽车的鸣叫,摇滚乐的爆响，截然是两个世界。

海像是睡着了，风平浪静，微波不兴。只有那几乎是看不清的细浪轻轻地舔着沙滩，发出温柔的絮语般的声音，像在唱着一支优美动人的小夜曲。

我困倦地闭上眼睛，脑子里一片空白，往日的尘世纷扰烟消云散，荡然无存。然而那浓浓的、亲切的、此起彼伏的涛声却一直萦回荡响在我的耳际。这声音是怎般微妙而又何等神奇，是如此宏大而又那么细小；似远在天涯却又近在咫尺；似如影随形却又那么缥缈游离。这声音饱蘸着月的透明，又深涵着海的澄碧。细细地听来是多么亲切悦耳，多么坦荡抒怀，令人神清气爽，百听不厌！

深夜听涛更别有一番滋味。涛声浸着月光，听来格外清晰，那全然不是白日里所能体味得到的：有一阵，涛声柔缓而有节奏，像大海深沉的呼吸；有一阵，她从远处隐约连续传来，像大海热诚的召唤；有一阵，她高亢而清越，像歌唱家在唱着一首不朽的歌。你不妨再留意一下，那"喃喃"的，如泣如诉，有如提琴柔曼之声的，那是细浪轻吻岸边沙滩的声音；那"哗哗"的，高山流水，铿然之声不绝于耳的，那是浪涛冲上岩石、崖隙的声音；那"嘭嘭"的，排山倒海，有如铜管齐鸣的，那是海涛猛烈拍打礁石、堤岸的声音。

我爱听这样的涛声，那涛声使我想起了故乡古堡般的石屋；想起了响着螺号、弥漫着轻雾的湿漉漉的早晨；想起了夜幕下的一港渔火；想起了沙滩上五彩缤纷的贝壳和一支支永难忘却的童谣……

我蓦然意识到，在离开故乡石塘的这些年来，心和情的海洋里似乎一直珍藏着眼前这片景：明月——大海——涛声。明月辉映着我的灵魂，大海洗涤着我的污垢，涛声叫我清醒，催我前行……

夜，涛声依旧。

这一夜，我是带着涛声入梦的，这梦怎般地轻快，怎般地皎洁，一尘不染。

石 塘 山

石塘有"东海好望角"之称。没去过的以为只有些好风景而已，到了那里，才知无处不是好风景。而且好像除了好风景便没有什么别的了。这一半是由于天然，有一眼望不到边的大海；另一半却是人工，那就是倚山而筑的石屋民居了。石塘人似乎靠的是渔业，而不是靠旅游业活的，旅游业的开发也只是近年的事。

离开温岭市区，轿车渐渐地走近海边。几十分钟后，遥遥地便见一带黛色山峦，濒着海，连绵地起伏着，虽不险峻，却也颇显雄奇。

从车上看去，高高的山上，时而发现旧时的堡垒、石屋，高高下下的，错错落落的，斑斑驳驳的。有些已成残墙断垣，有些还完好无恙，在那蓝蓝的背景上，显得鲜明照眼。据说这中间曾住过英雄，也住过海盗，或据险自豪，或驰骋海上，也曾热闹过一番。现在却无精打采，任凭风吹日晒雨打，孤寂地伫立着。

石塘史称石塘山，原是孤岛。北面与松门隔海相望，舟楫通航。1874 年清同治年间，海道淤积成陆，方与内陆相连，成了半岛。又因塘概石砌，风格独与众不同，便将石塘山叫作石塘了。

石塘北高南低，方圆仅四五平方公里。四周除了前面那片海外，东边和西边均被雷公山和狮子山严严地围着。整个地势如同一条斜坡，一步步地低缓下去，直到海边，地方小极了，平地更是少得可怜。两山中间的那块空地，不用说都被房屋挤得满满的，密密麻麻得几乎没了个空儿。只是这里的建筑甚是别致，一色儿地用石块建造。石屋、石路、石巷、石级、石围墙，无处不是与"石"黏在一起。由于随坡起伏，所以老是参参差差的，有时相差得很远。当你在镇上唯一的那条街上走时，一片古朴之气冉冉地由远而近，仿佛在古时的村落里，教人不知不觉地想起了传说中的石塘山来。

相传那是南宋末年的事。石塘沿海匪患猖獗，海盗"独角龙"占山为王，凭借石塘岛主峰金阿顶天险，伺机下海抢掠过往船只，气焰嚣张之甚，一时搅得人心惶惶。官兵虽屡屡征剿，却因地形险要，一时奈何不得。

是年秋，一福建惠安渔船，在大陈渔场海域捕鱼，一船老小30多口均被海盗劫持上山。既不派人回家报信赎人，又不放人回去，而是一概地强留在山上，或开荒种地，或一起去海上抢劫。时隔数月，海盗逐渐放松了对惠安渔民的看管，反而有点信任了起来。

见时机成熟，一天船老大便向寨主说："这山上夏有番薯，冬有小麦，衣食不愁，委实是个好地方。只是山势虽险，还美中不足。若再加上一道坚固的防御城墙，那便可高枕无忧了。"于是，趁机献上"种枸橘，强防御"一策。寨主听罢，甚觉有理，便将这事交给船老大去办。

到了夏天，枸橘漫山遍野地生长开，极是繁盛。密密的枝条长满了硬刺儿，枝连枝，刺咬刺的，如同织成的一张网。放眼望去，一道天然屏障"枸橘城"，环山而立，煞是坚固。

冬至前的一个夜晚，月黑风高，九级西北风烈烈地从海上刮来，"枸橘城"沉沉地睡了。夜半时分，四周骤然"噼噼啪啪"地响作一团，那漫山儿又干燥又生油的枸橘丛，熊熊的顿成一片火海。原来是渔民老大借回乡采办苗种之机，与乡人设下了"火烧枸橘城"的妙计，一举端了匪窝。不但救了人质，还为民除害，清理了这一带海域。

翌日，当渔民们登上主峰金阿顶，俯瞰石塘山，深深地被这天然的港湾迷住了，不舍离去。经商议，便回福建惠安将家眷接来，从此定居下来，成了石塘的一代先民。

雷公山在石塘的东端,出了车站,一眼儿就看见那汪汪的海水和屏风般的青山。去时艳阳初照,四周陡峭峭的青山,矗矗地立着。山不高,海拔只有120余米,山岩突出,气势雄伟,上部犹如男人的额头,宽宽的,粗犷中满是阳刚之气。山的正面是密集的石塘民居,背面是无边无垠的海。山的影子冷冷地沉在水里,海面儿光光的,无风也无波,太阳照着粼粼地耀人眼目。

在石塘逛山的味道有时还真比泛舟的好。若是晴天,石塘的海水一律是深蓝深蓝的,简直光滑得像锦缎一样。太阳下,那水在柔风里微漾着,一闪一闪的,宛然是西方小姑娘的眼珠。若是遇着雾天或小雨,海面上迷迷蒙蒙,有时如羽衣轻盈,有时似银丝缠绵,水天茫茫,教人恍如在睡梦里。若是海面上起了大风,那时波涛汹涌,大海像发了怒的巨人,不停地咆哮着,颇有"惊涛拍岸,卷起千堆雪"的味儿。可是这些变幻的光景,只有在岸上或山上才能整个儿地看见,在海里是领略不到这许多的。

顺着山脊蜿蜒地上去,是一条乱石拼的石阶小路,路旁蔓生着野草野花儿,微风里悠然地摇曳着。山岩间时而看到一丛丛的杜鹃花,粉粉的,浓浓的,红艳得十分好看。山巅有一座哨所,水泥钢筋造的,甚是坚固,站在这里,四面八方都能看见。这个哨所是个旧迹,值得一看。第二次世界大战时,同盟军曾在这里设过观察哨,直到"二战"结束后才撤掉。到了二十世纪五六十年代,乃至七十年代,台海局势紧张,陆、海军相继又在这里设了"瞭望哨""导航台"。那时,堡垒四布,壕沟环山,坑道前后贯通,竟成一代遗迹。军队撤防后,改由地方武装部门接管。原先的瞭望台改建为民兵哨所,配备了雷达、高倍望远镜等军事设施。这些年来,一直由渔家姑娘组成的民兵班,日夜不停地巡视洋面,观察着过往船只。

如今,当你拨开草丛寻去,萋萋荒草里,还依稀可见旧时留下的斑斑遗迹。往日壕沟依山而筑，蜿蜒如蛇，现在却只见一段一段的湮没在山岩间、草丛中。地下设施也已对外开放，当作旅游景点。

从女民兵哨所下来，有个规模不小的佛寺，殿宇轩昂，香火甚旺。抬头看，匾上写着"听天寺"三字。疑惑间正欲离去，只见钟鼓声声，青烟袅袅间一白发老者徐徐而来。见我迟疑便指点说，这寺分前、后两幢，前是大雄宝殿，后院便是雷公殿旧址，"听天寺"的寺名就是由此而来。信步走将进去，后院几棵树木古老苍劲。雷公殿早已修葺一新，里面供奉的除了雷公外还有电母。两尊神像正被一缕缕淡淡的青烟缭绕着，虽年代久远，扑朔迷离，却也算是少见的传神之作。一般庙宇的塑像，往往不是平板，便是怪诞。偶尔有造型美的，又不像中国人，远不如眼前这两位老人的逼真、亲切。只是由此可见，雷公山不仅是石塘的一道屏风，那雷公电母还真是渔家的保护神呢。

关于雷公山景色，清人《雷峰怪石》里描述说：

峰峦峭拔承苍穹，造植当年总欠工。天遣风雷放霹雳，劈开怪石现玲珑。

狮子山在石塘之西，主峰高 223 米，与雷公山相对而出。整个山体头南尾北，从临海的小沙头村，起起伏伏着，一直到车站，形同一只伏狮。

在石塘一直有着"山上十八狮"之说。大大小小的狮子，一堆儿地聚在一块，形态各异。不知情的，还以为山上仅是一只狮子而已，当细细分辨开来，十八头狮还真是一个也不少。你看它们的样子，有高高蹲着的，有斜斜倚着的。尤其是那几只小狮子，更觉可爱，偎在大狮子的脚边，好奇地看着山下。清人有诗云：

山上流传十八狮，形容体态竟无遗。秀钟人世威振狮，未许寻常虎豹窥。

可见狮子山的奇景了,这真是有趣的事。

狮子山下有一条石头小径。一端在山脚下,穿行在炊烟袅袅的石屋人家。一端沿海,地方不大,可是清静。走在路上,在淡淡的太阳光里,觉得什么都可以忘记了的样子。若是从对岸的善山路,隔着海看狮子山,仿佛是画屏一道。

海水朝朝暮暮地起落,绕着小镇而过,流向遥远的天际。古老的码头,曲折着插向海里,几只扁舟在潮音里静泊着,细长的桅杆在水波沉沉的影里,微微地晃荡着。那古朴,那淡雅,教人想起数百年前,先民们上下船的那般热闹景象,也想起夕阳影里的渔村古渡。

岸边有石屋磊磊,或四层五层地挨着岩壁而筑,昼夜地俯瞰着茫茫大海,这情景与少时读过的"门泊东吴万里船"那句诗,真个是诗如其境。

距石屋顶百仞处的险崖上,有一条逶迤的石阶山道,仿佛是古时栈道,且惊,且险,且奇,且幻,如波般横着狮子山腰而过。与山岭上那沧桑斑驳的路廊连接在一起,又随同那蠕动着的点点人影,飘向远处的村舍、山野……

山巅,一带银白色的千年巉岩,一块块光滑如柱。巨岩下满眼儿的依山层叠的石屋,与那一条条横斜的石级小路相连。一条路断了,又生出了许多的小路,忽左忽右地弯曲着,四通八达。石屋尽处,石级依然故我地盘旋着,幽幽地通向那白云生处。

海滨村街口,有通向狮子山的路,这可是上山的最古的一条路了,至于是哪个年间修的,谁也说不清楚。狮子山上的好风景似乎都跑到这里,一代一代的,古往今来留下了不少文人墨客的踪迹,至今还历历可见。

最有名的当数清代文人陈琯了。陈琯是清光绪年间的一任知府。

因着官场的失意，淡泊名利，无意于仕途，一心结庐荒山，独钓寒江雪。便仿效前人隐迹渔樵，寄情于石塘的山水间。

狮子山上有座杨府庙，筑于石穴间，很古老。庙左侧的山岩中有个天然石洞，洞口大小约一丈见方，略呈椭圆形，面着海。人若入洞，无须鞠躬进去。洞内浅极，却直立地通向山上。洞内天光遥遥，层门复开，似分似合，疑是三洞，一脉通透高达数丈。斜阳照时，洞内霞光交辉，倒映荡漾，如入仙境，人称"透天洞"。奇的是那洞前雄旷，后则玲珑，愈向上愈是见小，到得顶上，只剩下盆口大小了。每当阳光射入，与那洞内弥漫的香火融在一起，缕缕的轻烟便从洞口袅然而出，在空中升腾，带着彩，映着光，久聚不散。那情形叫人看了，真觉神飞不能已，不由得连连拍手称奇："仙乎！仙乎！"陈瑄就隐居在这里。

这段时光，陈瑄时而在庙里静静地读书，一炷清香，几声钟鼓，半宿残梦；时而游踪飘忽，"闲身空老，孤篷听雨，野火江村"，足迹遍踏岛上的山山水水，如同庐陵欧阳修，自得其乐。

一个三五之夜，皓月当空，他轻轻地推开山门，瞬间他被外面如水般的清辉吸引住了。他呆呆地看着明月，明月如盘。他动情地眺望着大海，大海万顷粼粼似银。他想到了海的博大，想到了月的清纯，想到了在石塘山的这段美好时光。他更想起了"海上生明月，天涯共此时"那句诗来，心潮一时难平。为景生，也为情动，一腔浩然之气凝于笔端，慨然挥洒，写下了"石华海月"几个字，教人摩刻在杨府庙侧的百丈岩壁上。于是在石塘的史册里，留下了一个古老而动人的故事。那豪迈之气，至今萦回于石塘大山之中，教后人仰慕，遐想……

绿荫中，不时地闪出一条涧水来，傍着山道汩汩地流淌。或薄薄地扯成一帘水幕，或澄澄地积成一潭清池，或悄然从山岩的缝隙里钻出，或轻盈飘落在那片青翠的绿叶间，一下一下地滴答着，如同雨打芭蕉，"卜卜"有声。一支细流袅娜着沿着岩壁，从山顶轻轻地飘逸而来，怯怯地躲闪着，藏在石屋人家的屋后，从细竹竿子做的水槽上，缓缓地流到那人家厨房的水缸里。最神奇的还是山腰岩壁下的那个石池。池不大，长丈余，宽数尺。三面以条石为沿，一面倚着长满青藤的岩壁，其状如砚。池中水不多，浅浅的，清澈见底。大雨时不见其满，久旱也不觉其少。虽舀之却不减，终年如此，源源而不竭，甚觉奇异。人饮之甘醇甜美，顿觉神清气爽，人称"梅花槽"。当年知府陈瑄常徘徊于此，在池畔吟诗作赋，文思如涌。感于山泉之美，便在池畔的岩壁上留下了"墨池"石刻。

站在池边，由"墨池"我想到了画。这石池如同画的布局那样经济，设色那样柔和，故精彩动人。虽是区区小池，而情韵之厚，已是沦肌浃髓而有余，怪不得太守陈瑄见之，留恋之怀，不能自已。清末诗人郑殿魁说得好：

> 墨汁淋漓护碧苔，多情太守独徘徊。古今多少生花笔，却向池中开出来。

继知府陈瑄之后，较有影响的便是清末秀才郑殿魁了。郑殿魁是石塘人，科举废去后，致力于教育事业，创办了石塘澄海小学，这是石塘最早的一所完全学校了。郑氏博学多才，尤以诗、书、画名，墨迹流传甚广。今狮子山摩崖"海天如画"四字，即其人所书。所撰的《石塘十景》一直盛传不衰，为世人所称道。

夕阳留下一抹淡淡的金黄，浮映在烟雾空蒙的海湾。我走在当年先民们上岸的古渡头，走在雷公山和狮子山间。一阵箫声从海面悠然飘来，那是元曲中徐再思的《西山夕照》：

> 晚云收，夕阳挂。一川枫叶，两岸芦花。鸥鹭栖，牛羊下，万顷波光天图画，水晶宫冷浸红霞……

石夫人峰梦游

夜行古山道

黑暗中，车子徐徐地穿过一排婆娑的杨柳的阴影，泊在那空阔的草坪上。当我的双脚一着地，五龙山的风便迎面习习地吹来了，真有一股爽气扑到人的脸上。

夜色渐渐地清朗起来，几颗疏星在渺茫的远天忽闪着。那月儿似乎晚妆才罢，盈盈地上了柳梢头。天还没有完全地澄碧，被一层轻雾弥散着，只露出一角儿汪汪的水似的蓝。抬头看去，眼前原有的三壁两壁的险崖，烟也似墨也似的淡淡的蜿蜒的影子，隐约得宛若一堵厚实的城垣，陡然地似乎要向我压将下来，像传说中的巨人。

在朦胧里，我从温岭中学幽僻的后墙外，拣着路上五龙山。这里白天少有人走，夜晚就更显冷清了。寂静中那发光的千年石磴，曲折地在贴地的草叶间闪烁，人从上面走过，便浮荡起一片湖绿色的光波。那灯光阴阴地照着，从一块磨盘大小的、被掏空了的岩石里晕晕然地散发出来。这时你尽可以悠然遐想，蒙蒙地去酝酿着那一缕幽幽的古味。

随着那时隐时现的石灯，憧憧山影里，便见一群形态各异的人影，或打着灯笼，或举着火把，也有攥着绳子的。其中有一戴瓜皮小帽，短褂子穿着，鼻梁上架着小眼镜管家模样的，正汹汹然地挥着手，在山道上追赶一个年轻女子，那情形令人遽然而惊。当惴惴地定下神来细细地看，竟是七八个石制的人，夜色中逼真得颇可以乱人眼目。余悸里往旁边竖着的石碑上望,灯影下还能看个大概,是描述当年族长派人追赶石夫人的传说。这《追赶图》只是故事里的一个情节而已。

当想到这是石夫人出逃时经过的路,我便不自禁地惶惶然了。

挹 秀 亭

沿着山道,行半里之遥,茂林修竹间有一石亭翼然。那亭前临碧水横湖,背倚五龙山崖,古朴精致,煞是可爱。那亭正对着石夫人峰,坐在旁边,不必仰头,即可见它的全体了。亭下深深的是一片滴绿的树,而树的下面便是一带横湖。这个亭踞在突出的一角的岩石上,上下都空空儿的,衬着秋日的蓝天的背景,仿佛一只苍鹰展着翼翅浮在天宇中一般。人在其上,听潺潺水声,看摇荡的绿意,倒也忘我忘世。

从崖前斜斜地望去,前面亭柱上有两句诗,颇有意思,是温岭籍南宋爱国诗人戴复古的句子。一边是"天台山与雁山邻",另一边是"只隔中间一片云",而亭的上方刻有"挹秀亭"三字。那"一片云"无疑说的就是温岭,只是这亭的名字许是后人给起的了。再望亭内,设有一张石制的桌案,五六个石雕的人,或坐或立,或把酒或吟诗,分明是古时文人雅士的打扮,风流倜傥之极。那坐着的是位少年书生,头戴方巾,身着长衫,神态清俊飘逸。他右手握着笔,似在思索,又似在追忆着往事。瞧桌上放着的那幅字,便教人想起宋代有名的才子,有"神童"之称的詹会龙了,有诗云:

> 巍巍独立向江滨,四畔无人水作邻。绿鬓懒梳千载髻,朱彩不改万年春。雪为腻粉凭风敷,霞作胭脂仗日匀。莫道面前无宝镜,一轮明月照夫人。

少年的身旁,团团地有数人围着,似在欣赏,也似在赞叹。有来回踱着方步,手拈长须作推敲状的;更有豪放的,边饮酒作乐,边从容笑谈的。他们似乎都围绕着石夫人,在抒发着自己的横溢诗情,也许澎湃的诗情和猛烈的酒劲,使得他们神采飞扬起来。曾是宋代进士的温岭人徐似道也有诗咏此事:

消山偃寒消湖碧,夫人此恨消未得。海上人归会有时,怪尔髻云非旧色。

看来,石夫人的传播之广,与这几篇诗恐是也有极大的关系了。

鸡鸣村

怅惘间,一声鸡的长啼,从云中,从山肚里,悠悠扬扬地飘来,山鸣谷应,相互应答着。斜阳里寻声找去,遥远的山脚下只见一座小小的村落。小桥横斜,竹林成篷,溪水淙淙地穿村而过。村口有几株枝干盘曲的大树,遮天蔽日的,有一株几乎要伸到水里去了。溪畔有危岩斜倚着挡住去路,上有一只石雕的大公鸡,凛凛地立着,正昂首挺胸,引颈长啼。旁边一石碑,上端写着"鸡鸣村"三字,下方记有一段文字,说的是远古时代,一渔村寡妇叫石夫人的,为争取婚姻自由,私嫁黄岩石陀人。是夜行至五龙山头,忽有近村一声雄鸡长啼,以为天将晓,想黄岩不至,夙愿难遂,便在万分的失望中僵化成石。后人便把这鸡叫的村,叫作"鸡鸣村"了。

鸡鸣村就在五龙山脚。走过村口,弯了两个弯儿,又过了一座桥,当面有座小山,似个屏障。山旁只留着条窄窄的小径,小径两边和头顶的天空都被一眼儿密密匝匝的翠竹遮蔽着,仅漏下几缕斑驳的日光。人行其间,犹如走过长长的"拱门",颇有"庭院深深深几许"的感觉。出了"拱门",抹过山脚,豁然开朗,鸡鸣村和历落的几处人家,都已在望了。走进村去,村子比一般的小,一道道篱笆,三五间茅屋,自成一院,仄仄斜斜、疏疏散散、遮遮掩掩的人家,静透了。我缓缓走到一个院子前,那院子前面偏右的地方,是一片淡蓝的湖水,对岸环拥着不尽的青山,山的影子倒映在水里,青青的,太阳照着的时候,越显得清清朗朗。那湖不算大,又不能泛舟,夏天却有荷花荷叶映着。临湖一带屋子,凭栏远眺,也颇有远情。湖水悠悠地流淌,那余势束成了一条小溪,潺潺地不声不响地流过茅屋的门前。门前一架小石桥,微微地隆着,桥那边尽是田亩。沿着溪畔满开着白花儿的荠菜花,亭亭地立着,闻着微风送来拂面的野芳特有的幽香,只感到辛弃疾《鹧鸪天》的"城中桃李愁风雨,春在溪头荠菜花"二语的妙。而小溪就这般曲曲折折的,从窗前的芳草纷披的绿岸间展开,蜿蜒地向前伸去,一直流向村尾,流到那长长的缭绕着的横湖去。

院子里,几只公鸡母鸡带着一群雏鸡,悠闲地低着头,在草丛里觅食,或姗姗地在溪边踱着步子,不时地发出"咯咯咯""叽叽叽"的声音。偶有一声啼鸣,一时间,便逗起了远远近近的公鸡"喔喔喔……",这边那边的叫成了一片,此起彼伏的,直待好一阵子,才回归了宁静。

茅檐下,一对农民夫妇在推着磨,一圈圈不歇地转着。那恬静,那安谧,伴着溪头传来的磨坊老轮子那"吱嘎吱嘎"的响声所发出的喃喃自语,晃荡在五龙山崖白而发亮的瀑布之中,在水帘急剧的撞击里,飘逸出手风琴似的悦耳的音乐。让人甚为诧异的是,在那幢幢现代建筑间,竟然能空出这么一块乡里农舍来。

听那山溪不知疲倦的轻吟,听那茅檐下燕子的低声呢喃,听那青蛙的奏乐和公鸡的一声声啼鸣,我油然地想起了一首古老的民歌,想起了一件出土文物,想起了宋代的青瓷,那质朴,那浑拙,那典雅……

石夫人峰

夜幕垂垂地下来时,远近的高楼上都亮起了灯火,缤纷的,一串串儿的,从那一条条横着的,竖着的,参差着的霓虹里,幻出那跳动着的方格子般艳艳的光,反晕出一片朦胧的烟霭。透过这烟霭,在环绕着的横湖那墨绿的水波里,又泛起缕缕的明漪。在这薄霭和微漪里,听着远处银泰城飘来的那间歇的柔歌,谁能不被引入这歌者的美梦去呢?

静静地,我坐在五龙山顶那块不大的平场上,微风吹来一缕缕饿了似的野草和栀子花的清香,还有成阴的绿树的清新气息。石夫人峰就在身后,于一大片峥嵘暗淡的险岩中,奇拔秀逸,直出数十丈,巍巍然地面北而立。那高挽的发髻,玲珑的曲线,尤其是那凝眸远眺的万般痴情,柔活之至,脉脉中显出端庄,宁静里含着神秀。仰头望去,教人顿起一种难以名状的奇幻的感觉。倘在白天,这里可以看见温岭的百里山海,甚至更远。可如今,呈现在面前的却是一城灯火,纷纷然地,由远及近,高高低低、浓浓淡淡地满布着。而因这梦般的灯,却让我陷入了腻腻的幻觉之中而难以自解了。那种近在咫尺的朦胧,那种形神俱备的酷似,不由使你惊叹起多少千年前的大自然的神力,竟把这一个个美丽的故事,栩栩然地雕塑成一座远古的造型,留在这绵亘起伏的群山间。这虽只是一种幻想,但身临其境,总觉着一股沁人的神韵徐徐地袭来,从人的眼里心间,自然地滋生出这么一种暗示来。可是奇怪,这块不言不语的巨岩,居然背着多少千年的历史,蕴涵着多少千年如此艳美的话题。我这时模模糊糊地想着石夫人峰的史迹,如《嘉靖太平县志·地舆上》里所记载的,还有民间流传的。我真神往了。

此刻你不妨往峰前看去,也许你更为吃惊的是,故事里的吊船洞,历历地就在几十米远的地方。果然就是那么一个吊船的石洞,环儿般地扣着,与传说如是地吻合,史迹凿凿地,竟然使我们多少可以想见往日的情景。它似乎在酌古斟今地说:"这里不就是当年石夫人丈夫渔船系缆的地方!"我悚悚然了。就是脚下这一块平场的下面,在一丛丛深的绿的树林间,古代竟是滔滔大海。殊不知何年何月,潮水悄然地退去,不留一点儿的遗痕,迢迢地在山那边的那边潮起潮落。可这眼吊船洞,却依然伴随石夫人峰,日出日落地守望着,留下了温岭那几千载沧海桑田遗迹的故事。假如你记得一些有关石夫人峰的诗词,不妨趁这时候暗诵几回,也可印证印证,许更能领略作者当日的情思。

月亮渐渐地升高了,淡淡的青光遍洒着。微风过处,山崖下深深的密密的树梢儿,荡起了一阵梦魇般的绿波,酝酿着一种惆怅的味儿。试想在圆月朦胧之夜,在夜深人静的当儿,那居高着的石夫人到底等什么来着,是黄岩的石陀人么,还是出海未归的五月渔郎……

侧耳听去,古老的横湖在崖下日夜不息地吟咏,昔时湖桥犹在,只是不见了往日悠扬的船歌;高峻的藤岭,长长的隧道穿山而过,再也听不到爬岭人的声声叹息;最熟悉的莫不过是鸡鸣村了,那不时传来的犬吠鸡鸣,倒勾起人多少遥远的记忆。以前满眼儿的碧波,早已变成了一座现代化的滨海新城。那一幢幢的柱子般的摩天大厦,那如虹似练的凌空飞渡的高架,那璀璨如星的东辉楼阁,那神话般炫丽的九龙汇商业繁华地,还有隐隐传来的动车进站的轰鸣……一个个儿的,不由得使你怀疑起自己来,恍惚走进神奇的童话世界里。我愕然于自己的心驰神往,蓦然间竟想到了李白诗里的白帝城,想到闻名遐迩的巫山神女。也许正因了这云遮雾绕的神女峰,曾是两百公里的三峡,才留下了那么多神奇的传说。也使得那位叫舒婷的女诗人,伫立江船,仰望神女峰,伤心得掉下泪来,写下了"与其在悬岩上展览千年,不如在爱人肩头痛哭一晚"那句有名的诗来。

石夫人峰的故事确是凄艳的了,你想她怎比得上神女峰的幸运呢!虽说同是自然状态的峰峦,同是一个殷殷的企盼与梦念。巫山神女出身"名门",而石夫人卑处海角一隅,如同一位绝不张扬、毫无所求的乡间母亲。可那种质朴,那种端庄,那种教人望之而顿生纯净的超然,恐怕只是石夫人峰所独有的了。它默默地在显示着一种感召,悠悠地把自然的神化,融入瑰丽的造型中,源源地又引发着世间美好的人性,宛然一位古代美丽而坚贞的妇女代表,又如一个民族的彩色的梦幻。过去的几千年日子如轻烟,都被微风吹散了,如薄雾,都被初阳蒸融了,不留些儿痕迹。而石夫人峰却教人走进神话,游历传说,给世人留下了累积着的圣洁的沉淀,留下了永久的梦的向往,像清澈的小溪,汩汩地流淌。她再也不是当年那个仅为着自己的爱情而舍命而守望的石夫人了,当在接受千千万万的仰望的目光时,你便了然于石夫人峰今日存在的立体生命了。

我终于恍然石夫人峰的故事,之所以她流传至今,而又有奇异的吸引力,实在是人的灵性和人的感情物化的使然了。

月光满满,清清儿地落在窗前。遥望五龙山脉,恰是"一轮明月照夫人"的诗境,分外地好看。在那些瞬间里,我疑惑自己究竟是睡着还是醒着。我不免惊诧于自己的漫游了,那可是我梦中永恒的大自然啊!

然而石夫人峰却不是个梦。

那船，那河，那岸

我要记下关于小火轮的事，是因着在悠悠岁月中，它曾载过我的欢乐，我的忧伤，也载过我不尽的寂寞和惆怅……

天正中午时，随着小火轮埠头挨挨挤挤的人流，我跳上了"官河"里一只刚拢岸的松门到路桥的小火轮。那时我还没找到工作，经常往返于石塘与祖籍朱家店之间。朱家店与路桥仅几里之遥，这可是当时"松路线"最便捷的交通工具了。小火轮平平的舱顶，长条盒子似的身子，船两侧开着的一排密密的小窗眼，仿佛是窥视人的眼睛。没有白色的篷，也没有细长的桅杆，一串儿的由五只组成，开起来还真有点气势，其情形倒有点像现在的动车。

小火轮在水中微微地摇晃，我呆呆地望了眼船边泛着白沫的河水，弯着腰从后舱门走进那略感窒息的舱室。舱内还觉宽敞，靠窗两边均安有一排长椅子，加上中间的那排临时凳子，可容百来人。

在悠长的汽笛声里，小火轮缓缓地离开了埠头。那送行的人群，岸旁的房屋，正在向后退去，模糊的轮廓逐渐消逝在河的远影里了。船舱里一片嘈杂，小孩的哭闹声，大人的谈笑声、咳嗽声，还有舱角那些被捆绑着的活鸡、活鸭发出的暗哑的挣扎声，混在一起，直到下个渡头时才算安静下来。

马达有节奏地响着，小火轮平稳而匀速，不疾不徐地前行，那带起的河浪，一下一下地冲刷着绿草丛生的河岸。正百般寂寥中，一阵清凉的风从舷窗外吹了进来，那味儿夹杂着田野上野韭和雨后的泥土的芬芳,顿觉爽然。从窗口向外一望,蔚蓝的天底下,远近都是纵横的田畴、庄稼、绿树。在空旷的绿野中间,不时地散落着一簇簇青瓦楼房、泥墙农舍。山坳里,数户人家,炊烟袅袅,蒙蒙地屯在谷中,如同云起,然而又被风缕缕地吹开,徐徐地升腾着,飘散空中,仿佛我此时的心境。一抹黛色的远山,似有似无地,梦幻般地逶迤起伏着,宛然是"暧暧远人村,依依墟里烟"的原始意境。岸边,密集的芦苇茂盛地生长着,脚下五颜六色的野花儿,星星点点的,满眼都是:杂样儿的,有名字的,没名字的,红的像火,白的像雪,黄的像金,散在草丛里面闪闪烁烁的。还有傍着岸种着的青叶片儿的直溜溜的甘蔗林,绿绿一片的矮矮的桑树。还有那沿着河搭着的一畦挨一畦的瓜棚架,上面爬满了青青的、嫩嫩的细藤儿,一条条长长的丝瓜,直直地垂挂下来。棚脚下间种的豆角儿正伸着饱鼓鼓的豆荚,在船上看去,历历地从眼前过去。最妩媚的倒是那些杨柳了,千丝万缕的,一树树倒挂着,用嫩绿的叶子一下下抚摸着河面和快熟的庄稼。沿着河,我仿佛走进一个恬静的农庄,徜徉在一个美丽的公园。河上吹来的风,清新的泥土和野草的气息,太阳蒸发着的稻谷和着菜花的味儿,使人感觉到一种难以寻觅的亲切可爱。

忽然间,耳畔飘来了一阵悠扬的二胡声。转过身,只见一中年男子,坐在舱室中间的那排长条凳子上,一件褪了色的中山装,领口紧紧地扣着,颔下几根疏而长的胡须不时地颤抖着,一副落魄的江湖艺人的模样。眼前,他正半眯着眼睛,摇晃着头,那架势甚是入神。一曲《二泉映月》,在他手里直拉得出神入化,虽比不上瞎子阿炳拉出的二胡名曲,在河波声中,那琴声也凄凉错杂,如泣如诉。拉到动情处,竟放开嗓子唱上几句。那沙哑的声音虽非甜美,却真切,打动人。琴声像一股清泉,在舱内淙淙地流淌,回旋着,强烈地刺激着我的情绪,使人有愉快的倦怠之感。琴声终止后,舱内还是一片寂然,大家等待着,似乎还沉浸在刚才的凄美的旋律里。拉完几曲,那艺人挨个地过来,反拿着帽子收钱,多少随意,收了钱,他便再到另一只船上去了。往日里,这不光是拉二胡的,还有吹笛子、唱道情、说评书、变魔术的,吹拉弹唱内容可谓多了。一只小火轮竟如同一个小舞台、小社会,五彩纷呈。当然,节目完后,除收钱外,也有卖"梨膏糖"的,以贱贵卖。既然听了人家的,看了人家的,不买也有失脸面,一场下来生意总还是有的,空手的也极少。

河道弯弯,碧水悠悠,河面一群鸭子被小火轮涌起的波浪抛得浮浮沉沉地"嘎嘎"直叫。一叶小舟从近岸的河湾里轻轻地荡出,船上一对青年夫妇,男的悠然地摇着橹,女的边做饭边哼着小曲儿,小楫轻舟,欸乃声声,颇有吴歌荡桨的味儿。那橹声婉转而柔和,像美妙的琴弦在空中缭绕,似细嫩的歌喉在轻声吟唱。从身边飘然过去时,留下了小船人家的一串串温馨。橹声渐行渐远,犹如消失在小巷深处卖炒白果的竹板儿,在河面上飘逸着,让人回味。

船近箬横埠头,河边的房屋显得密集起来。小火轮鸣着笛,放慢了速度,进入房屋与房屋间的河道里。小镇傍着水,这河也临着街,街和河相贴着。河弯曲着,街也弯曲着。隔着河,走不通了,便豁然见桥。桥上攘攘的是行人,桥下缓缓的是流水。船漂过来,荡过去,忙碌着。沿着河是长长的农贸市场,人来人往地拥挤着。有提着笼子卖鸡、鸭的,有围着水盆卖鲜活淡水鱼的。红红的西红柿,黄澄澄的香瓜,白白的蘑菇,根蒂上还沾着黑土的各种蔬菜,直摆得满街满岸都是。而那赶集的人,则有从岸上赶来的,也有从河里搭乘的;货,有用车运的,也有用船载的。上岸的,下船的,讨价的,还价的,船里吆喝岸上的,岸上招呼船里的,瞧那繁荣场景,绝是一幅活脱脱的"河街赶集图"。

小火轮穿行在桑林、田间。窗外的风景诱惑着我,清新地浸入我倦乏的心中,使我悠然如醉。苍翠与碧水交织的田野上,有一阵阵"咿呀咿呀"的音乐般的声音飘然而至。那声音越来越近,当船儿拐了弯,便见岸边田头,有个秋千架似的老式水车,正在汩汩地向田里抽水。一个中年农民两手托在车架上,左右两脚一上一下地轮流蹬着木轮子。木轮子有节奏地转动着,清澈的河水就在那清新的声音里,随着沟沟渠渠一支支地流向四围的庄稼,在远处烟雾飘忽迷蒙的田野。一个老农坐在水车边上小憩,他光着上身,一杆长烟管斜斜地叼在他那干瘪的嘴角,一明一灭地吸着,身上的皱纹犹如水车架上残留的树皮,又像一道道浑浊的河流,贮满着说不完道不尽的过去的事。

河水翻卷着,一波波地撞击着泥土的河岸。来往的船不多,镜子般的水面经风一吹,便皱起粼粼的细纹,有点像颦眉的西子。小火轮的到来,让那些倒映在水里的桑树、柳树,还有些叫不上名儿来的野树,都成模糊的一片。乱了的树影儿一弯一曲地蠕动着,仿佛是酗酒的醉汉。再看河岸,那密密层层的桑树,那疏疏朗朗的柳树,还有树底下绒绒的青草,像两条翡翠带子,夹着"官河"蜿蜒镶嵌着。而那河也就依着村,绕着田,缓缓地流去,宛如飘忽着的银丝线儿,直把四围的村村镇镇连缀在一起。当几个农妇挑着担儿,荷着锄头,从那一簇簇的茅亭农舍边走过时,真不知眼前的是诗还是画。

我久久地凝视着,木轮的往复旋转,水流的自由延伸。水车在嘈嘈切切地孤寂地唱着歌,那原始的旋律,纯净的音符,把人引向自然,引向遥远……上方新闲的水田里,有一两只鹭鸶相对立着,不时地跳来跳去,捕食被水车抽上的小鱼儿。那雪白的蓑毛,流线形的结构,铁钩似的长喙,青色的细腿儿,分明是一个玲珑的神姿。它左右顾盼着,悠闲着,间或蜷起长腿静候,间或侧耳聆听,有时又孑然地飞到树枝的绝顶,凌风清鸣;有时却在田间水边徘徊低飞,时起时落。我出神地望着天边,沉醉在一种仿佛来自远古的农耕的音乐中。当蓦然回首时,那水车已然远去,而那"咿呀"如缕的声音,却依然清晰可辨,萦回缠绕。它响在河与田中,树与草里,车水人的脚底与木轮间。它流出了好听的歌,流出了田野的空旷邈远,流出了农家田耕的辛劳和欢乐。顿时,我觉得它的歌声是那样地纯朴,那样地古老,虽说隐隐地带着一丝丝儿的忧郁。它陪伴着小火轮度过了多少个春秋,走过了多少漫长的水程,带走了我心间的不尽惆怅与寂寞。

小火轮进入金清江,河面越显得宽越显得绿起来。遥看披云山烽火台,思绪恍若泉涌。当年,抗倭雄师戚家军便驻扎在这山顶。那威猛,那气概,那猎猎旌旗,那声声鼓角,不由得使人浮想联翩。新河是个商埠重镇,南来北往的客船、商船、农用船都经过这里。这里是水运中转站,温岭、路桥等地的输出物品有许多从这里流向各个乡镇。它前临寺前桥,后倚披云山麓,澄江聚秀,河道四通八达。

　　"寺前桥"又名"金清大桥",建于清嘉庆初年,五拱石桥,跨度64米,桥面设有小斜坡和石阶,人车分道。说起它的历史,也着实有些年头了。只缘它坐落在旧净应寺前,而又因寺庙里供奉着抗倭名将戚继光的塑像而名。你看它那飞越金清江的雄姿,你看它肩挑寺前两街的凝重,舸舰弥津,南北相连。一首"寺前桥,桥五洞,洞洞行船"的民谣就足见其时繁华之胜景了。

　　沿着埠头是一溜儿两层木结构楼房,檐前斜撑,凹凸有致。其间花鸟木雕,飞禽如生,整个建筑流畅婉约。那曲线勾勒的轮廓,尤见江南轻盈灵秀的风韵。那枯树枝丫的倩影,又似一幅没有着色却只有线条的钢笔画。临着河,满眼地排列着各种店铺。隔着河也是相似的一长排,一般的房子,一般的店铺。河因街而兴,街也因河而盛,竟然造就了名噪一时的寺前桥街。眼下虽时过午后,人流依然是熙来攘往,络绎不绝。做生意的,撑船运输的,农用船靠岸吃饭的。离岸的,泊岸的,人一拨拨地上上下下,船一只只地进进出出,轮换着,交替着。烟酒糖茶,农用器具,生活用品应有尽有。一箱箱,一船船,不停地在这里中转,在这里集散。傍着河,有物品的碰撞声,货主的点数声,船主的催行声,还夹杂着粗野的叫骂声。近着岸,有小摊、小贩、米面、糕点、菜肴杂食,热腾腾的香味儿,一缕缕地飘过来,直诱人。这里是百货交汇的地方,也是商贾云集的地方。

　　埠头对出是一片宽阔的江面。金清江在这儿就那么温和而柔软地俯卧着,呈现着我从未见过的天空般清澄明澈的颜色。这片水域与对面恰成相反，若用"闹"字形容埠头的话，那这里可该用一个"静"字了。想不到，在这"闹"中也有着"静"处儿。且不说静静的水面翠碧如凝，一片一片淡墨色的山影，清晰地立着，令人有惝恍迷离之感，恍恍然中疑是掉进恬静的梦里去。正沉醉间，远远地漂来一叶小竹筏，其样子极是灵巧。上面一渔翁，戴着顶宽沿儿的竹笠，安闲地倚着鱼篓。竹筏梢上那站着的两只鱼鹰，乍看迟钝似的盯着江面，可转眼间又"嗖"地张开翅膀，扑棱着地钻进清澈的江里去，机灵极了。一时间，憧憧山影被搅碎了，搅乱了，像被撕碎了的图画。少顷，鱼鹰浮出水面，得意地抖了抖满头的水渍，长嘴里叼着的那条银色细鳞的鲫鱼，还一个劲地摇着尾巴。再看那渔翁，不慌不忙地直起身来，伸出长竹篙儿挑上鱼鹰，一提它的长脖子，鱼儿便乖乖地进了那个竹篓子。我疑惑着，想着鱼鹰的乖，竟不把鱼吞进肚子去。邻座的一个庄稼人打扮的，似乎看出了我的心思，便朝着我淡然地一笑："不是鱼鹰不吞，是它脖子上套了个环儿，想吞也吞不下去呀。"听了这番话我才恍然大悟。

小火轮又复前行，船过处水面被一层层地翻耕过来，折成一道道白花花的绳浪。船尾那泛起的一波波白浪，似在向着新河渡频频作别。当船从寺前桥幽暗的桥洞里穿过时，竟如手指滑过一排古老的琴键。水波在桥洞空阔的琴腔里，发出嗡嗡然的回声，如同洪钟撞击后那缕缕奇妙的余音，袅袅不绝，久久地回响在我的耳际、心间。我像面对一位饱经沧桑的老人，看那被雨雪风霜侵蚀了数百年的蒙蔽着一层灰暗色的肌肤，看那被一件厚重的绿苔披风包裹着的扭曲了的身躯，桥栏上盎然生机的青藤，年年岁岁地生长着，爬满了它的每一个角落。从花雕石砌的桥栏，到长虹卧波的桥身，年复一年，老枝又覆上了片片新绿。几条柔枝随风飘荡，不时地迎送着过往的船只，宛若一绺绺飘拂的长须，却更像在向人们叙说着一个个遥远的故事。间或几缕阳光透射过来，在那深深浅浅浓浓淡淡的绿中漏出斑斑点点的金光，加之时有桥上行人的喧哗，时有桥下机动船的马达声和小船的欸乃声，竟使古朴、雄伟的寺前桥弥觉楚楚动人。我久久地凝望着,仿佛读着一部悠久的历史,一部泛了黄的水运长卷。我为里面的章章节节,为封存着的千百个古老而动听的故事,记起了一位诗人的咏叹:"扛着生活的重担,弓起了脊梁,没有一丝呻吟,唯有刻苦与忍耐;岁月的风雨剥蚀了他青春的容颜。如今,带一身瘢痕,却绝无病态。"回望古桥,我默然无语,唯有肃然起敬。

小火轮依然"突突"地唱着,像重复着一支不老的眠歌。夹岸,时而传来鸟的啁啾,嘤嘤成韵。墨绿的柑橘林,窄窄的石板桥,石埠上的捣衣女,匆匆地在眼前过去。河湾里,偶尔地闪出一间两间的小茅屋,鹤般立在水中,几根竹篱笆圈成的栅栏,团团地用网围着,那叫渔寮,是捕鱼人夜渔住宿的地方。茅屋前一竹柱子高高地支着一张渔网,斜斜地悬着,像旧时的吊桥。一老者静静地垂钓着,临河而渔,旁若无人,犹是"一竿钓钩,不挂古今愁"的样子,那情景令人想起"荒村,野渡,茅屋,钓叟"的字眼来。

夕阳西下,榕树枝头传来了暮鸦断断续续的聒噪声。我凭着窗,饶有兴致地看着河岸,听那田间三三两两的农民,一边快活地劳作,一边高一声低一声地唱着秧歌,颇似元曲《田家》中"看荞麦开花,绿豆生芽,无是无非,快活煞庄家"那句的写照,十分地新鲜有趣,好像别是一个世界。几个牧童倒骑牛背,沿着河岸,悠然悠然地走着。手里舞弄着的柳条儿,在空中炸得"呼呼"直响。那一声声的吆喝,一曲曲的牧歌,那么纯真,虽是稚嫩,却也有粗犷的味儿。没有悠扬的短笛,只有"西风渡头,斜阳岸口,不尽诗愁"。

渡头一个个地过去,有热闹的,有荒僻的,时停时行,时行时停。"摆脚店"卖烟酒糖果那间小茅屋挑出的旗幡;"塘下渡"卖蔬菜豆腐的那个夫妻店门前的小石桥;水乡泽国那四通八达的河汊水巷,一幅幅幽雅的田园风光,在船舷船帮悠悠地擦过;一道道浓郁的乡土风情,在船舷船帮悠悠地擦过;一个个淳朴的古镇河街,在船舷船帮悠悠地擦过。

芳村近,田园隐隐。一路上的风景,就在小火轮的"突突"声中,一渡一唱。时而平铺直叙,时而温柔缠绵,时而深广浩冥……

夕阳影里,小火轮终于来到航程的终点站路桥。那宽宽的河面,那晃荡着大大小小船只的港湾,如同母亲温馨的怀抱,召唤着游子的归航。我带着田园的缕缕清风,带着河街的幽幽古韵,带着洗去了的一怀愁绪,暮色中,走进了古屋夹峙的十里长街。而小火轮却系了缆绳,静泊着,等待着新一天的开始,它将依然默默地穿行在历史的隧道,日复一日地走着自己的旅程。

尔后,我也多次乘坐过小火轮,只是那都是 30 多年前的旧事了。因着公路运输的快速发展,小火轮早已淡出载客的舞台。可那曾伴随过我的"官河"里的那支不老眠歌,总迟迟难以拂去。这好像人生匆匆真如过客一样,过客的身份虽每个人都相仿,但每一件事留在人的心中却非尽然,这就如同我因着深深的怀念那个遥远的记忆的缘故而写下这篇散文一样。

那片未开垦的风景地

　　这是三月里的晴朗的一天。清晨从温岭市区出来的车,朝南开去,十几分钟后,车子便突然地向右一甩,撇开了 104 国道线,转入了一条整洁的乡村公路。

　　穿过了密集的村舍,远远地看见了一条石筑大堤,很长很长,像逶迤的山脉,从山的那边弯曲过来,又绵延着通向一个看不见的莽苍苍的远方。司机说,堤内是一片广阔的农场;堤外就在我们视线不及的地方,是无边无际的大海。听不到海浪的声音,只有大坝傲立,巍然壮观,像战士一般,忠诚地站在田野的尽头,挡住了海潮的侵袭。

　　转了几个弯,车子走上了一条笔直的水泥路。路不宽,刚容得下车的交换,如同一条白色带子,舒缓地漫无边际地飘逸在碧绿的田畴之间。

　　我缓缓地摇下窗玻璃,顿有一种多年未有过的清新,从田野那边拂面而来。柔柔的,清清的,那空气带着野艾野草的芬芳,也散发着强烈的泥土和长针松的气息。有着晶莹的晨露,有着清澈的纯然,教人措手不及,饥渴的肺叶里瞬间为之一振,颇有润然的感觉。

　　车子稳稳地前行,沿着乡间的水泥车道,在轻松愉快里穿过田野游移着,均匀里带着宁静。鲜红的太阳从黛色的远山后面,宁静地浮上来,容光焕发。朝霞不像大火烧的那样通红,而是泛出一种柔和的红晕,艳艳的色彩柔软地洒在我们的车上、路上,洒落在一垄垄的绿油油的庄稼地里。四周围突然地像受到了一种感应，一切都带着动人的温柔的感觉，仿佛整个儿地齐刷刷地欣欣然起来，在一片清爽的光辉里，充满了晨的蓬勃的朝气。

直到这时，我方定下神来，仔细地环视四周。原来我们正走在开垦过的广阔平原上，平原的尽头是一带不高的丘陵，形成波浪起伏、坡度很小的斜坡。周围数公里的空旷田野尽收眼底，狭窄的水泥小道就穿行在田的中间。

左边有一条长长的河流，从刚才的村口起，一直与路平行地流着。河水很清，也很静，是欲睡如醉的样子。也许是受了太阳的光，河面上淡淡地泛着暖气，像罩着一层烟雾。河那边沿着泥岸，长满了一蓬蓬的高高矮矮的野树。那野树把西半边的田野全挡住了，一点儿也见不着。但这也好，教人的目光都一支儿地集中到它的身上，尽情地享受着芊芊的绿意。那岸树也确是茂盛，簇簇地挤在河边，像筑起的一堵绿墙。有的如男子汉般伟岸地挺立，有的如娇小的女子婀娜地弯着，微微地蘸着水。

在浓密的枝叶中，让人兴奋不已的是我看到了枝丫间藏着的那点点白色，可喜的白色。一点、两点、三点；一枝、两枝、三枝……哇！整个河岸都布满了，一大片一大片，满眼都是的。不用怀疑，我无意间走进了白鹭栖息的地方了。美丽的白鹭，眼前还正在梦乡里沉睡着，在做着清晨那结实的安稳的梦。可能我们的声音把它们从睡梦中惊醒，纷纷地从枝间、叶间扑棱着飞出，在河的上空盘旋，在树的枝头立着，犹如白浪一片。一两只白鹭，在浅绿色的河面上低翔，拖着两只细腿，离水面只有尺把儿高，像是在寻找着食物，每次扑翅，都在水面引起一圈圈的涟漪。白鹭在寻觅的是小鱼，我们知道要在河里找鱼的话，这一带可是最好的地方了。

早晨的田野，能见白鹭在河上浅浅地低飞，在枝头甜甜地眠着，便是乡居生活中的一种不薄的恩惠了。想着能让善心的水鸟在此繁衍，和谐相处，这也是今日社会的一大文明了。

车子又过了两三里路。路和河之间的斜坡上，那湿漉漉的低低的草地上，搭着几间低矮的鸭舍。竹条子编的墙，乌黑的毡盖的顶，院子的篱笆规整些，不似别的东倒西歪，或向外倾斜，不会招引过路的狗进屋串门。从竹条子的缝隙里看去，满地儿的鸭子还熟熟地睡着，只有早起的三五只已在清清的河水里，钻着，扑腾着，游来游去，吮吸着晨的清新，不时满足地伸直长长的脖子，"嘎嘎"地叫着。这叫声，引起了四周的蛙鸣，起伏着，远远近近地叫个不休，富有诗意。有的耐不住了，干脆从泥岸上跳下去，钻到水里，不起一点涟漪。

请原谅我的疏忽，只顾一味儿喋喋不休地说着河里的事，而冷落了另一边。打个比喻吧，如果说左边是条河，那我的右边却是一片碧油油的"海"了。而且或许你也会像我一样，油然地想到"大野芳菲"这个词来。

当你随着我的目光看去，定会惊讶地发现，在赞叹这片绿野的广袤外，上面一色儿地种着一团团的西兰花。那西兰花遍地都是，一畦畦，一片片的，东至绵亘的群山脚下，南至远处的一带长堤，把大地染成了浓浓的绿色。虽说不上一马平川，也坦荡得如同千里沃野。我的心里忍不住随着眼前的绿而摇荡了。那醉人的绿呀，仿佛一张极大极大的绿毯铺着，一直连绵着，仿佛蔚蓝的天也融了一块在里面似的。

车在慢慢地驶着，它没有打断我的思绪。这时，我想起年轻时读过的小说《边疆晓歌》，也分外地怀想起当年曾在这片土地上屯垦过的生产建设兵团十七团来。

无尽的绿色中，均匀地分布着狭窄的田间小路，笔直如矢。两边间隔地排列着枝杈浓密的长针松，整齐地立着，俨然一抹绿色的林带。小道上，有三三两两的男女农民，一边哼着轻快的田歌，一边走向田野深处。多熟悉的一幕呀，恍惚间我回到了四十年前，眼前晃动着的是那些来自象山、奉化、台州等地的 20 多岁的知识青年们。他们响应党的号召,来到这片广阔的天地,默默地奉献着热血和青春。他们在严冬里挖河,在泥泞上筑路,在贫瘠的土壤里植树。他们唱着青春的歌,在早晨的小路上欢快地走向田野;蒙蒙细雨中,开着拖拉机辛勤地耕耘;夕阳影里,他们拖着一身的疲惫农耕归来;黄昏后清清的小河边,他们谈着对未来的憧憬……一年复一年地,泥涂因之长上了庄稼,荒芜变成了绿洲。

往事悠悠,不堪回首。人们不会忘记这段历史,也不会忘记这个特殊年代的特有的"名词"。十七团早已变成了东浦农场,当年的"知青"也返城多年,如今算来可都是六七十岁的两鬓斑斑的老人了。

……

日落前的半点钟,我们又踏上了归途。车过上马工业园的海边,与大堤仅隔两三米远。堤外,海水远远地退去,露出了一眼望不到边的软软的滩涂,堤上站着不少看夕阳的人。这时的夕阳像个燃烧着的火球,挂在海上两个三角形似的小岛凹处的上空。金黄的圆圆的倒影,映在落下的浅浅的海水间,像一盏明亮的灯。柔和的光照着广漠的滩涂,照着布在滩涂上的一笼笼透明的莲网。那泥层里养殖着的蛏、蛏等各种各样的贝壳,在柔软发亮的泥土里,鼓胀着,似乎在告诉你丰收的到来。

每逢大潮水,海水都会退得很远很远。平日里满满的激荡着的海水,一下子都不知到哪儿去了,露着绵延百十里软软的油亮亮的滩涂。这正是讨小海的时候,讨小海的男男女女们追着笑着涌向海涂,滩涂上一下子热闹起来。有的背着葫芦卡,赤着脚在柔软的泥里,深一脚浅一脚地走着;有的轻捷地骑着木橇,哧溜溜地飞一般地在泥滩上滑行。泥地上到处抛下了七八寸宽的长长的橇印,光洁而明亮,像流星的飞逝,平展而迤逦,又如锦缎般铺陈。这时候,姑娘们一般是不会到这儿来的。因着男人们在海里浸着,泡着,一般都不穿衣服,只用一块布帘儿裹住下身。而男孩子却不讲究这些,总是光着屁股儿,在浅水和海涂交界的地方一颠一颠地互相追逐。女孩子可不顾这些了,照样跟在后面拾贝壳,钓沙鸡……

海潮退到蛎蛏外面去了。一排排的莲网,从东向西的好几海里,到处是收网具和讨小海的人们。这些一人多高的长长的莲网,中间用一根根竹竿子连接着,一端深深地插入海涂,把网垂直地撑开,网的下部却用泥涂严严地压住。每当潮水退去,那些随着潮水游动的鱼儿、虾儿、蟹儿之类的,猝不及防地插入了渔网里。一待潮水退尽,便纷纷地挂在那些网眼上了,乖乖地成了讨小海的囊中之物,这便有了海边人那句"脚湿嘴边腥"的俗语了。

太阳冉冉落山,天空从胭脂色逐渐变成了蓝色。一只海鸥孤单地在养殖的水田上盘旋。长堤在暮色的阴影里沉默着,像一条卧着的长龙。

威尼斯，一个冬天的旅行

　　2012 年 11 月的一个下午，天正下着微雨，藕丝似的，绵绵不断。大巴车沿着阿尔卑斯山脉，甩开了一座座长长的连绵着的大理石屏风似的雪山，不停地疾驰着，把我们浙江涂料界一行送到了意大利半岛东海岸的一个码头。

　　下了车，呈现在面前的是坦荡荡的海，粼粼地，微波荡漾。对岸，隔着浩渺的烟波，一簇簇圆顶的、尖顶的，白色的，红色和橘色相间的建筑，蒙蒙中环着运河嵯峨地立着。凭船望去，缥缥缈缈，如同海市蜃楼般在水中沉浮。虽有一帘细雨笼罩，却还是轮廓清晰，鲜明照眼。这便是水城威尼斯了。

　　随着游人鱼贯般踏上轮船湿漉漉的甲板。略一坐定后，我便去看窗外的景致。外面远近都是水，大运河淫雨霏霏中半隐半显，如同梦里一般。沿着水城曲折的河岸，依次地泊着些大大小小的五彩舳舻，一支支桅杆儿笔直地竖立着，使人想起古代威尼斯商人远航的船队。当然最吸引人的还是那些满布着的中世纪的恢宏教堂、宫殿和其他的石头建筑，层层叠叠，高低起伏。多少年了，还依然参差地矗立着，光彩逼人。那高高隆起的白色的圆顶，想必就是千年古迹、瑰宝圣马可大教堂。石柱子般直直地瘦骨嶙峋，却又满缀着玲珑剔透，犹如一伟男子颇具雄风的站姿，想必就是"可以望远"的四角形钟楼了。旁边那紧挨着的堡垒般坚固的，可是有着 600 多年历史的总督府？贴着运河，傲然中尤见鲜明的两根白色石柱，可是著名的官方城门？那左右分立的柱子上，雕刻着的守护神圣狄奥多和马可的飞狮，一千年来恪守原位，阅尽人间古今，如今是否威风依然，凛凛英姿不减当年……我在心里默默地指点着，其中有我所知的，但更多的是我所陌生的。它们都各自绽放着瑰丽的色彩、各异的风格，让人欣赏，让人仰慕。当想到那竟是由百多个小岛拼凑成时，犹是天方夜谭里的故事，直撩起人一种好奇和向往的渴望。

轮船靠岸时，雨已见小。我打着伞，踩着积水的路面，一边聆听着大运河舒缓的呼吸，一边沿着河畔，品尝起她环抱着的威尼斯那独有的味儿来。

我首先去的地方是圣马可广场。广场的南面正好临着一道运河，与我上岸的码头极近，行无多远便到。

一进入广场，我便满被那非凡的气势所震撼了。广场甚广，是个不规则的长方形，极尽宏伟之势。在它的四周，都高高低低地安排着一幢幢装饰着各种艳丽颜色的大理石的精美建筑，一式儿的拱形长窗。公爵府、圣马可大教堂、四角形钟楼、行政官邸大楼……刚才远处所见的景儿，现在都历历地聚在眼前，团团地围着，像个没有盖子的长方盒子。来到它的面前，就像走进一个艺术迷宫。那鲜明的色彩，那华妙的结构，那跨越现今社会多少个世纪的历史原型，直使人一声声地惊叹不已。恍惚、迷离间我仿佛走进威尼斯十二世纪的历史里去，被它那特有的远古的气息紧紧地拥抱着，透不过气来。

广场上，游人盛极，潮水似的，一拨拨无声地流淌着，更换着。周围高墙似的一圈圈建筑的空地上，各种色彩的雨伞，像拼凑的图案，一堆堆地占据了大半个广场。不同肤色的人，不同表情的面孔，都一个模子似的肃穆着，找不到旅游景点那种常有的喧闹和浮躁的痕迹，一个广场不见一丝儿俗尘扑到脸上的感觉，一种虔敬的空气弥散在四周的建筑上，教人看了会自然地沉静下去。

圣马可教堂位于广场东侧，相传里面珍藏着耶稣门徒马可的遗骨。

马可是圣经中《马可福音》的作者。公元 828 年，两个威尼斯商人，偷偷地从埃及将马可的遗骨运来，并以圣马可的名字命名，兴建了教堂，这个广场也便以此得名。可见威尼斯人对圣马可的崇拜，而对信仰的坚定也足以让人钦敬的了。

随着人群，我默然于宏伟的教堂前。教堂门墙伟丽，正面入口处，五个高大的拱门，架着些圆顶，都是罗马式，华丽之极。拱门上方，分别是描述圣马可事迹的镶嵌画，画面生动，呈现到眼睛里来，虽堆积而并不混乱，连同着无数雕刻的和塑造的肖像，都可以看到天才艺术家们锻炼出来的奇功，栩栩地以千百种姿态跳跃出来。当与教堂里传出的一阵阵悠扬的钟声融在一起时，愈显得庄严伟大。毋庸说，一定很少有什么建筑比得上它那样的漂亮了。再看那耸立着的雪花状的五朵白石圆顶，那螺旋形的高而瘦削的尖塔，直上青空，像在传递着什么，又像是让灵魂容易上通于天的梯子。那尖尖的五条影子和发亮的尖头，如同人天另辟的蹊径，又像是信徒们祈祷的一支支胳膊。虽无一字表述，宛然是一部鸿文巨篇，让人永远读不完，也读不懂……伴随着周围的声声唏嘘和赞语，我的心头骤然地跳起一丝丝轻微的沧桑的颤动。当年拿破仑看过它，教宗亚历山大三世也看过它，但现在一点痕迹也没有了。一千多年，岁月就如同大运河的水，悄然而逝，而那凝固着的层层累聚，却风采依旧。

我踌躇着，终于没去叩响那扇神圣的紧闭着的大门，只是在心里默默地祈祷着……当转身时，隐约地听到，里面那回响着的低沉的赞美诗，犹如一缕滋润的风，微波般送将过来，又吹至我的心底，一直飘到广场中的每一个人的耳朵里。

离开圣马可广场，我便去寻觅水城那纵横交织的水，还有那叫作"贡多拉"的摇橹的小船了。找贡多拉并不难，大运河给威尼斯孕育了四百多条小河道。河道像树叶上的脉络，枝枝蔓蔓、密密匝匝的，到处延伸。一片迷蒙的绿，一片芊绵的意，像云，像烟，像梦。它飘忽在水城一幢幢的房前屋后,城与城中;它萦回在水城一个个的岛与岛间,桥与桥下。它是三四百座大大小小桥的伴儿。这桥把威尼斯一百多个小岛上的一簇簇楼宇像珍珠般连缀起来,千姿百态地成了一串,像支妙笔,恰到了它的绝妙之处。而这运河的水却像一股股的血液,脉脉地注入了它的生命,让它鲜活起来,灵动起来,如同人有了眼睛。

我凝立河畔,河水柔然无声地蜿蜒着。临河石阶上,绿绿的、厚厚的青苔,在两边长年地积着,富有野情。一扇门吱然而开,出来个清纯少女,一只贡多拉立即摇将过来,那少女就从台阶上轻巧地跳上船,上街去了,如同我们跨上公共汽车。只见那船夫娴熟地将桨一荡,船便箭般地驶去,行船速度极快,来往船只虽多,他竟操纵自如,仅一转眼间,便于那一迭迭晃动着的屋的倒影里、一座座弯曲着的桥的拱洞中,倏然地远去。

天色愈见昏蒙。河岸那傍着的小巷、小街,卖玻璃、服饰等各式各样的一流的精品屋里,橱灯灿然地亮着,红艳欲流,在蒙蒙的雨雾里,在烟霭的明漪间,流光溢彩,似梦非梦。街的尽头,烛光微明着,那人影耸动的咖啡店、酒吧间里,一片片闲碎而欢畅的私语,随风飘来,与轻盈的雨混合着。微雨薄幕的朦胧中,一位金发碧眼的女招待踏着舒曼的小夜曲,款款而来,为宾客斟满了一杯杯香醇的甜酒。那柔柔的情,那艳艳的笑,传递着一股股浓浓的醉意,飘落在窗外流淌着的大运河那暗蓝色的水面上,从前天的前天,又流向明天的明天去……

巍巍廊桥下,贡多拉静静地泊着。一对恋人相拥的长影,娓娓地浮摇在橘黄色与翠绿色重叠着的河道里。是惊喜的重逢?还是忧郁的长别?那跳跃着的一层层眷恋与惆怅,那微漾着的一脉脉难舍与情怀,犹如暮色中的细雨,写着无言的缠绵,不尽的缱绻,堪使人几度回首。一位团友告诉我,这就是威尼斯有名的"叹息桥",据说恋人们只要在这桥下接吻过,便可地久天长。这是一个多么美好的愿望啊!

清澈的晚风从椴树顶上轻轻吹过,夹带着远处教堂里传出来的拖着长长余音的有规则的钟声。当我踏上归程的轮船,圣马可教堂那雪花状的圆顶和螺旋形的尖塔,已然静立在浓重与平和的夜色里,尤显得肃穆和神秘。而峙立着的大运河沿岸那高大的石头建筑的一排排拱形的窗孔里,却燃起了五彩的灯,一串串地投射在宁静而微雨的水面上,缤纷地摇曳着,仿佛在告诉人们,古老的威尼斯又进入了一个绮丽的梦境……

在薄淡的夕阳里

那是一个阴冷的十月的下午，秋风乍起，窗外，一片片黄的绿的碎叶片儿纷纷然地从那一堤岸柳细细的绵绵的枝条上飘落下来，撒在泉溪浅浅的清波上，随着流水幽幽地远去。

突然间，我接到了那个电话。我握着电话久久地麻木着，我被猝然而至的消息震惊了，茫然不知所措。

那个沙哑的声音说，他住院了。诊断是肿瘤晚期，在脑部，七公分大。医生说不能动手术，只熬得三个月了。

我急往市第一人民医院跑。当我竭力地控制着自己的情绪，站在他那白色的病榻前，他像平时一样，没有言语，只是淡然一笑。我关切地看着他，他那带着红晕的白皙的脸上透着温厚与柔和。谁想到，在它的背后，竟然隐藏着重重杀机，死神正一步步地向他逼来，而他却全然不知，平静得像清冷的月光下的一池方塘。

几天后，他就被转送到上海华山医院。经确诊绝症无疑，只是家人不甘心而已，寻访名医开了些中药煎服着。明知无望，但愿苍天有眼，能网开一面。

再见时他已离开医院，住到上海的那间小公寓里了。这次我是与正华、张斌、天祥等几位朋友一起去的。说是探望，实是告别。若再晚些，恐连这个机会都没有了。

那天，天气晴和。小屋里射进两三方斜斜的太阳，朗朗的，一直照到他的床前，照到他那张失血的脸上，引起润泽，涂着一片生命的光晕。

他勉强地坐了起来,没有言语,只是木然地看着我们,似乎透着百般的无奈。虽然旁边的人把他的病情都严严地瞒着,可是聪明的他,还有什么不知晓的呢?只是顺着大家的意,没去捅破罢了。为使气氛轻松些,正华不断地说着外面的事引他开心。而他似乎在听,又似乎不在听,只是露着一脸的惘然。我不忍看下去了,漠然地走向落地的长窗前。天还是那么莹蓝,几片白絮般的浮云,悠悠然地无拘无束地飘着。高楼外,车水马龙,多少生命在日夜不停地搏斗着。从上面看下去,苏州河柔柔地就在不远处的绿荫丛中,舒缓地流淌着,像一条生命的河,不息的河,从很早很早以前流向遥远的未来去。当想到眼前活生生的他,那个即将枯竭的生命,我的心便有如刀绞般的味儿,强忍着快涌到眼角的泪水,匆匆作别。他在妻子的搀扶下,乘着电梯,缓步而行,把我们送到公寓的楼下。当转身间,我正好与回望的他妻的双目对视时,她那种凄楚,那种无望,那种久久的压抑在内心底处的撕心裂肺,教人心酸。孰料到,这却成了我们看到他的最末一次的行走了。没几天,他便再也没有站立起来,开始用轮椅来维持他那最后一段的生命之旅。

年前,听说他要回来,将在温岭过春节。也许这里亲戚朋友多,好照应些,也许还有着另一层隐隐的难以言喻的意思。单位派了"120"去上海接他,本说回家,可半途病危,一到温岭便直奔市第一人民医院去了。就这样一惊一乍地一直熬过了春节。大家都暗暗庆幸,总算闯过了年"关",死神也知道了怜悯,有意地让他再活些时日,让工作劳累了几十年的他,好好地歇歇。可这时的肿瘤已从 7 公分大到 9 公分了。这三个多月来,盘踞在他眉间的那个拳头般大小的肿瘤一直压迫着他的神经系统,让他丧失了不少记忆。后来,渐渐地竟连说话的能力也几乎没了,家人只能从他无力的眼神里,从他那不断沁出冷汗的额头上,苦读着他那翻涌在心底处的一直未能来得及说的千言万语,还有那无尽的怨艾和憾意。正当家家户户都在浓郁的节日的团聚与欢乐中,怎么也忘不了那个正月初四,那个带着残忍的 12 时,我手机的屏幕上,突然地跳出一行悲凉的字来:张君走了!

几天后,我去殡仪馆,参加他的遗体告别仪式。虽是过了春节,通往殡仪馆的路的两边,冬的衰草犹是满目凄然。萎黄的草叶尖上,四处地弥散着不知名的先行者的纸花片儿,漫无目的地飘着。

告别厅里,满满地站着从各地闻讯赶来的那些关切的人。大家都在努力地压抑着自己的悲痛,接受着这突如其来的噩耗。几声低低的泣声,从大厅的角落里传来,更添几分窒息的气氛。他静静地安卧着,在无数洁白的花圈的包围中,像一个行者长途跋涉后的小憩。四壁的挽联在肃穆的空气中微微地颤动。哀乐在沉痛中缓缓地播着,送行着逝者,也在噬咬着生者的心。他看上去还是那么安详恬适,一如以往的温厚持重,只是苍白的脸上少却了昔日的血色,颊肉也瘪下去了。唯恐惊扰了他的小梦,我将目光从他那僵直的遗体上轻轻地挪开,任着冰冷的泪水从脸上滑落下来。我向亡者深深地垂下头去,我是来向他告别的,那是最后的一面,可我真不愿见到他的这般样子。我希望他在我心里留着的永远是那么温厚、精神、让人可信的社保干部的形象。

我木然地向他鞠着躬。当经过他的遗孀晓素面前时,她早已哭得成了个泪人儿,飘飘摇摇的,像随时都会倒下去似的。我感觉到了她那剧烈地抽搐着的肩头,还有那颤抖中的绝望的悲恸。我不忍去看她,怆然而逃,像个落荒者。

仓促地逃离那间阴冷的大房子,那个给人的生命圈画着句号的无情的宣判台。我孤独地站在荒草萋萋的殡仪馆的空场上,阴风森森地吹着,让人感觉到了有种如同走进沙漠般的死寂。

我恍然地记起了那条轻吟流转的前溪。多少个浓重的夜色里,街灯晕然地照着。离开了朋友的聚会,他和我微醺地走进他家附近的夜宵店,来碗带着浓浓醋味儿的馄饨。或是驻足在大元桥边,听他少有的絮絮地讲述着压在他心里的那些不快。这时的他,已不再是少言的他了,他把我当成挚友,把那一肚子的烦恼全都倾倒出来,末了,他便折身回去。大元桥畔是我们分手的界线，这竟成了他多年来的习惯。如今，每当我独自走在这路上，再也听不到他的叙说，再也没了他的陪伴，这叫我如何不黯然神伤？泉溪竭了，有再满的时候；杨柳枯了，有再青的时候；燕子去了，有再来的时候。但是，我的朋友，你的此去为什么一去不复返呢？死生之理，我不能懂得，但不能再见是事实。张君，我们失掉了你，更将从何处觅你呢？

我茫然地望着从灵堂里沉痛走出的朋友们，这些生前的同事与领导，这些当年一起当过兵的战友，还有那些知名的与不知名的从外地赶来的，被他工作所感动的退休工人、下岗职工……那红肿的双眼，那蹒跚的步履，那脸颊上未干的泪痕，一缕缕地凝结着不尽的哀思。

张君最叫我们纪念的是他做人的态度。他不爱多说话，但常常微笑，那微笑是自然的，朴实的，给人平易的感觉。但凡去社保中心办事的人，总喜欢找他。这不光是他懂政策、业务精的缘故，还与他的为人，与他的那颗体谅人的心是分不开的。他心里似乎时时有着一团火，那是热，是力，是光。当工作需要他时，他会因为你的信任，毫不吝啬地将自己的力量一点不剩地献出来。可他却从不知道夸耀，只是一味儿地埋着头干干干，是真正的儒家精神。从外表看，他不像会吃苦的人，可他什么苦都吃得，从不晓得享用，也许这是他从小丧母，在乡下养成的毅力。

张君对社保业务的专心，少有人及得他。多年的积累，竟成了专家。他常去基层做调查研究，所获得的第一手资料，往往是极有参考价值的东西。他研发的 FoxPro 软件，该是他多年的心血了，用在社保业务上，提高了不少效率，真教人佩服。看来，他在这上头，可算是倾注了毕生的精力。

如今，张君走了，一去不回头地走了。他去的地方是千古哲人揣摩不透的地方，是各种宗教企图描绘的地方，也是每个人都会去，而且不能再回来的地方。此刻，在那路的尽头，在那幽静无人的田野里，他正独自一人地坐着。他在回味过去,反思人生……只是他走得太早了,早得让人无法接受。毕竟他仅是 52 岁啊!

张君走了,果真地走了。他消失在蓝天白云里,徘徊在青山绿水间。他现在一个人睡在城南葱郁如屏的大闾山麓,那里面朝着大海……

安静吧,我的心,让别离的时间甜柔吧。

让它不是个死亡,而是圆满。

让爱恋融入记忆,痛苦融入诗歌吧。

让穿越天空的飞翔在巢上敛翼中终止。

让你双手的最后的接触,像夜中的花儿一样温柔。

站住一会吧,呵,"美丽的结局",用沉默说出最后的话语吧。

我向你鞠躬,举起我的灯来照亮你的归途。

薄淡的夕阳里,山风徐来,我低吟着泰戈尔的诗,在那方青色的刻有"张公英耀之墓"的石碑前,轻轻地放上一束素净淡雅的百合花……

(注:诗摘自泰戈尔的《园丁集》,冰心译)

时光书·张明辉作品

春日散记

三月,春风沉醉的午后,阳光暖暖地洒在身上,柔和静美。石桥边,梅溪的水在汩汩地流动。田园里,一两个农妇在除草、收割。一簇簇李花在风中摇曳,洁白素雅。一只麻雀飞上了屋檐,落下,又蹿上了邻近的枝头,倏忽不见。

我从村口,沿着一条小径,从矮墙、篱笆、果园、菜地旁走过。面对生人的镜头,两只淮鸭在草丛里笨拙地晃动,"嘎嘎"叫唤。附近的桃李树下,一群围栏里的鸭子也跟着叫唤,响成一片。两只淮鸭慌不择路,跳进了沟渠里,尾巴一摇一摆,划起了道道涟漪,一行行诗意便漾了开来,悄然绽放。

民居的宅院前,一块空地上,油菜花在蠢蠢欲动,蔓延开去,遍地嫩黄。蜜蜂飞来飞去,在花丛间"嗡嗡"呻吟。油菜花的尽头,有两个小孩蹲着,低着头,窃窃私语。白的墙、黑的瓦、黄的花,一幅幅乡间的美景被我们摄入镜头,尽收眼底。

春日的午后时光,便这样安然度过,恍若又一次从外婆家门口路过,遭遇了童年的幸福时光。

二

清明前日,日已三竿。沿着一条溪流,在乡间的土路上疾走,风鼓足了劲,将溪边的翠竹吹得瑟瑟作响,扬起的尘土,乱了发,迷人眼。

在乡野里,我们如赶集般去赴一场视觉的盛宴,古老的山岙一下子热闹起来。淳朴的乡人,面对着一茬茬背包客、长镜头,多少流露出惊讶的表情。梨园近在咫尺。

乌龙岙的梨花节是从去年开始的,每年一届,或许跟当地人的经营有关。漫山遍野的梨花,盛开在春日枝头,是梨花的盛宴。青山绿水配上雪白梨花,无疑产生视觉上的冲击。那些乱石黑瓦的老房子,随意搭起的石条、墙垛是灰色调的,透着时间的斑驳。不知何时,山岙人家又搭起了酒肆,挂起了大红灯笼,喜气洋溢、古色古香。

陡峭的山坡上,一簇簇雪白的梨花俨然成了当家花旦,在如诉的春风里轻歌曼舞。花丛间,我们尽情沐浴着芬芳,呼吸着山野的新鲜空气。女人在梨树下淡然的神情,那样安之若素,风姿绰约。孩子们俏皮的表情,手里的豌豆花、紫云英、车前子,是春的暖色调。我喜欢他们蹲着和泥土上的植物亲近,喜欢他们在春天的山坡上奔跑的姿势,那些动静相宜的画面,都被悄悄定格下来。我喜欢带着乡土味道的小巷、老屋、青石板以及一扇镂空的石窗。小径幽深,台门几进,尽管外观有些破败,但总有一股莫名的亲切。在蔚蓝色的天空下,那些点缀其间的翠竹、红花、绿树,分明喻示着春天的存在。

四周的山峦是一道天然的屏障,阻隔了尘世的喧嚣,将梨花组成一道道风景。我们对乡野的期盼和热情,使乌龙岙这个小山村里的花花草草变得更加丰盈。

三

一个春日的上午,我和朋友去大溪下员山村探访一座古窑址,这样的古窑址在大溪有好几处,如今都已湮没在时光深处。幸亏朋友去过一次,大致知道方位,因此找起来并不困难。

在一处乡村公路旁,我们停了下来。朋友指着一所新厂房说,瞧,这就到了，大概就在那个位置。沿着厂房有一条狭长的机耕路，黄土铺地，野草疯长，在路的右侧，田里种着豌豆和成片的紫云英。没走多远，朋友指着地上的一块碎片说，瞧，这就是瓷片。我低下头，定睛一看，在夹杂着碎石的黄土路上，一小块青釉的碎片躺在那儿，泛着光，这便是唐至五代的陶瓷？我的心一紧，便有些激动。连忙蹲下身，捡拾起那块碎片，握在掌心细看，原来，古代的陶瓷碎片这样轻而易举就可以找到。

　　走不远，转过屋后朝南的一侧，只见山麓下有个小土包，黄泥明显是在施工后翻过的，豌豆花、地衣还有些杂草扎根在上面。角落里有成堆的瓷器碎片，有的嵌进了土里，有的裸露在外，毫不费力就能从杂草丛里捡起。那些瓷器的碎片残缺不全，有碗底、罐口，还有些壶柄，有的青绿，有的青中泛黄，上了釉，但表面粗粝。它们就那样随意地散落一地，却很难找到一块巴掌大小的碎瓷。朋友说：记得以前这里有一块县级文保单位的牌子，可能因为厂房扩迁，原先的旧窑址已经被翻过了，那些瓷片也就成了现在这个样子了。我多少有些好奇，这样原始的古窑址我还是初次见到，这里的历史真是十分遥远。

　　那些瓷器的碎片安静地躺在地上，仿佛诉说着什么。可以想象无数年来它们深埋地底，不见天日，如今，又破土而出，与杂草为伍。这样的陈列尽管有些荒凉，但在这样一个阳光明媚的春日，我们可以用带着体温的双手触摸它的粗粝青黄。

　　山麓之下，桃红李白。田野上绿油油的，紫云英和豌豆花盛开成了花的海洋。

甜春溪的春天

雨,湿漉漉的,乡村如同一张陈年的宣纸,氤氲开去。4月23日,夜宿坞根镇大岩头。次日清晨,山林烟雨,雾气霭霭,我们的"美丽温岭"文化大采风小分队进入了东里村。

东里村的壁画,我4月初曾在本地媒体报道"美丽温岭乡村行"第四站东里村的组图中欣赏过。错综的河道,烂漫的田野,黄澄澄的油菜花。壁画中有石屋、晒谷场、稻草人;大片金黄色的麦浪起伏,孩童牵着线在紫色的薰衣草田上奔跑,农人夫妇躬身用镰刀收割,白鹭在麦田里扇动翅膀。这些都是中国美院的师生们用各种颜色的丙烯因地制宜勾勒出的作品。此刻,我身临其境,对着壁画听人们评头论足。

建于20世纪70年代的老村部办公楼,是一排5间二层楼的石屋,如今已改头换面,修葺一新。中间镂空,做了个观景台,内部木结构换成了钢结构。同行的画家季海威在微博上写道:"坞根的老石屋加入当代建筑元素,传统与现代,石头与钢架的组合,非常让人着迷。"令人着迷的不止这些,建筑四周的空地铺上了地砖、溪石、草皮,门前摆放着两个石臼,等完工后里面还将摆放一些老式的农具,凸现当地的农耕文化。一路走去,村道的路面十分整洁,两侧的矮墙石屋错落有致,院内长着花草。一户院落内的李树结出了青果,我们几个拐了进去,女主人好客地说:"等李子熟了,欢迎你们再来品尝。"

坑潘村与东里村毗邻。在路的尽头,拐弯,有一个凉亭,一个宗祠的台门,一株翠绿的古樟树映入眼帘。我好奇地张望,一个村民过来说,这可是株 800 年树龄的古樟树,原先这里有一个宗祠,绿水缭绕,溪名甜春溪,桥名坑潘桥,古时村人有做官返乡、娶新媳妇的都要在此落轿。1978 年村民因在树下烧纸失火吞噬了古樟树的主干,如今里面空空如也。这些年,枝节也因建房而被砍掉不少,真是可惜!后来,我们过了坑潘桥,去了西里村,还见识了桥头一侧"杨梅一家人"的铜雕和几幅描绘"二十四节气"的壁画。

朋友对坑潘村的民俗文化很感兴趣,隔了几日,约我再去,村委会主任潘昌东接待了我们。他说,已邀请中国美院设计了"三台九名堂"的图纸,准备恢复重建。大概从民国时期到 20 世纪七八十年代,村里还有拜土地爷的习俗,本村及移居宁波、舟山虾岐头、海门、梅岭等地的同宗都要赶回来祭祖,算是比较隆重的祭祀仪式。老潘带我们参观了村里的新祠堂、梦贤草堂(老人协会)、姜窟、旧民居、寺庙以及他的潘氏庄园。一个地方的民俗文化,自然离不开它的历史沉淀。祠堂内摆放着潘氏祖宗的牌位,梦贤草堂里有古色古香的太师椅和书画;旧民居的台门前镌刻着一副楹联,上联是:古荫蔽庐舒瑞霭,下联是:碧溪绕舍奏清音,横批是:辉迎北极。这般古朴,透着书香。男主人是个忠厚的中年人,背微驼,咧着嘴朝我们憨笑,他一定暗自庆幸,这样的旧台门在坑潘村为数极少,上辈的传家宝如今还在。

坑潘村依山傍水,宽阔的甜春溪(又名甜春坑)在欢快地流淌。春光明媚,溪水里的一群鸭子在摇头摆尾,"嘎嘎"叫唤。坑潘村属沙性土,据说在新中国成立前曾大量种植过烟叶,酿过酒,种过生姜,山脚下有几个五六米深的姜窟。路旁的菜园里种了几拢毛地黄(又名地虫兰),据说是上海的制药厂委托温岭供销社请农民种植的。

潘昌东带我们沿着甜春溪,参观了寺庙,还邀请我们去了他家——潘氏庄园,庄园很有气势,堂屋内挂了好些当地名家的字画,有两张用镜框装裱的信笺吸引了我的目光。他解释说,这是已故叔叔潘承文珍藏的两张"中国人民解放军西南军区革命军人家属优待证明书",落款:

司令员贺龙,政治委员邓小平,分别签发于 1951 年 3 月和 10 月,是部队发给潘贵仁的优抚证。潘贵仁从小由潘承文带大,后来参了军,当了卫生员,复员后返乡开诊所,当赤脚医生。叔叔潘承文和潘贵仁老了都是他赡养送终的。尽管老潘只有小学文化,像个粗人,可在他的言谈中,总离不开"情义"二字,他对坑潘村民俗文化和自然生态的保护可谓不遗余力,让人欢喜。他还说,村口望樟亭的楹联是他草拟的,请人书写,上联是:观樟赏樟论樟唯始祖知樟,下联是:雄心恒心慈心独我树虚心。

在潘氏庄园门前的清风亭,老潘亮了亮嗓子,用他那粗犷的嗓音吼起了田洋曲(田歌),虽然只有短短几句,却很能感染人。"山歌是农民在山野田间劳作,或在休息时自娱自乐演唱的一种民歌。……温岭的《田洋曲》《长工叹》都属于这一类。曲调高亢婉转,节奏自由,气息悠长。"(参见林梦、李敏华《台州民间歌曲浅析》)。就在老潘放声歌唱的时候,隔着溪岸有位匠人正往墙上抹水泥,老潘见我们感兴趣,便请了过来。他叫潘连忠,68 岁,是当地自学成才的灰雕艺术师傅,村里委托他创作十幅灰雕来装饰围墙,潘师傅便从正月十六开始整天琢磨着编绘吉祥图案、农耕文化和本村民间故事为题材的灰雕。已经完成的作品有反映耕读传家的"绿草成茵",画中有老翁在亲授儿孙书法,骑牛横笛的牧童、合欢树、苍松翠竹、大雁等等,还刻了注解:"几百年人家,无非积善;第一等好事,只是读书。"有反映农耕景象的耕牛犁田,农人插秧、车水、叠稻草图案,等等。还有以本村民间故事为蓝本的"潘兄打虎",描绘潘氏兄弟山中遇虎,潘兄赤手打虎的情景,无不绘声绘色,栩栩如生。在当代,经这些老艺人之手,民间工艺能够原汁原味地传承下来,确实不易。

午后的时光流得缓慢,我们挥别了老潘和村民,沿着甜春溪,驶离了坑潘村。此刻,我对建设宜居、宜游现代化生态村坞根镇多了一份憧憬,东里、西里、坑潘村都在"美丽乡村"的规划之列。且记下,春光多么明媚,乡村如此多娇。

访明因讲寺

和丁竹约好,次日清晨去探访明因讲寺。其实,今年我曾去过三次,对于明因讲寺这方丛林来说,我只是个过客,我对它的认识还很浅薄,但每次都有收获。

母亲是个信徒,这可能与外婆有关,及至年长,愈发显得虔诚。自然,我想到了母亲。一早,我同孙敏瑛、母亲和她的朋友坐上丁竹的车前往明因讲寺。

接待我们的是个高瘦青年,手持念珠,束发,像个艺术家。丁竹健步上前,握手,并把携带的一幅小画递了过去,他同孙敏瑛一道展开画作,是一幅墨兰。这边,丁竹介绍说,他是郑能田。我竟有些意外,你是郑能田,那个写《珍园听兰斋记》的郑能田?前些日子我刚读过你的作品。"珍园者,丁竹先生之所居也。地处村隅,在本市城西之莞田山阴也。"如今,写文言文的除了一些老先生,的确已经不多了,何况郑能田与我年纪相仿,也就四十来岁。我俩一见如故。

丁竹又介绍了寺里的月光法师,接着,我们相互握手致意。

月光法师中等个头,一袭灰色的僧衣,戴副眼镜,一看便是敦厚之人。母亲和朋友去烧香拜佛,我们一行四人则随月光法师在寺里闲逛。同许多寺庙一般,明因讲寺规模中等,殿堂楼阁,并无多少特别之处,但我知道一些它与天台宗国清寺的渊源,喜欢这里的偏僻、幽静。明黄的墙壁,洁净的回廊,短短几步,便能感受到恬淡与静谧。

在一处厢房,推门入内,檀香扑鼻而来,只见摆放着一些木质的桌椅,墙上挂着几幅陈野林、王镛斌等当地书画家的作品。丁竹先生原先的竹石图加上这幅新画的墨兰,想必能给画室增色不少。

稍作逗留,随月光法师去了寺庙西侧的一处水池,此处积水系山间清流,澄碧清澈。明因讲寺地处温峤镇以南一公里,江厦森林公园中心,面临梅溪,背倚龙鸣山,在绿树掩映间,是个清幽的所在。乾隆年间,本邑人氏陈世环这样写道:"一径入梅溪,溪流水深绿;终日不见人,经声出林竹。"林间溪泉,平添了不少雅趣。

月光法师又领我们去了寺后的山坡。穿过一道山门,踩着林间的腐土、落叶以及遍地的松果,我随兴与他聊了起来。

上坡不远,见有一幢灵骨塔和一处墓地。此处灵骨塔是去年为式德法师所建,墓地则年代较远,为式海和尚及弟子宏性合葬所筑。后来,在能田为我提供的《温岭梅溪明因寺志》稿中读到,式海和尚在明因讲寺住持期间(1914－1932)"德巨功广,难以尽纪"。他圆寂之后,遗体坐缸,奉于观日山房,却在"文革"初始被毁,僧允尚、宏性为其筑墓于寺后。"文革"中寺院被拆毁大半,幸老僧宏性抱残守缺、坚守寺宇,可敬可佩。宏性圆寂(2011年),合葬于此。

明因讲寺的历史可上溯到唐朝咸通五年(864),为唐代古刹。清道光年间智者大师住持寺院(1821－1850),宣演、弘扬天台宗义理。发祖永智、源祖严恢、清祖严净、达祖式慧、厚祖文质、济祖式海、怀祖澹云,先后住持,是为"七祖"。一千多年间发生的变故,如同历史上的诸多寺院,经历大致相仿,兴极一时,毁于一旦。远的不说,就在式海和尚进寺(1914年)后的百年间,由盛转衰,几起几落,这些都离不开变幻莫测的时代变迁。"文革"后,寺院曾一度改为中学,1990年迁出。从1988年集资修葺大殿,泥塑卧佛,此后20多年间,僧必成、式德、可传等人可谓不遗余力地营建、修复这座在历史上颇负盛名的寺院,使香火得以延续至今。

离开后山,我们又在周遭转了一圈,月光法师管理寺院的日常事务,故对一切了如指掌。我与能田的谈话则涉及他的经历、寺志及写作。能田所撰《寺志》中的《后记》,大体印证了明因讲寺的兴衰:"接目所睹,坊塔耸然;门庭轩昂,殿堂崇敞;寮楼栉比,黄墙连横。触怀所慨,而忆二十年前,屋残院荒,堂楹废于杂草之间;墙败础坏,殿宇颓于陋户之如。方外之缘,宛若宿世以夙! 居住于此,连续八月。恍一弹指而时空转,便再回顾已沧桑变。"能田在八股文、文言文方面的造诣,我自愧不如,况且,他对经史颇有研究和见解,实属不易。

后来,月光法师径直引我们去茶室小坐,喝他亲手采摘泡好的绿茶,在室内焚一炷清香,聊一些轻松的话题,一时便起了丝丝禅意。

秀丽岱山

岱山,这秀丽的群岛,相传在两千多年前是秦方士徐福为始皇求长生不老药而登陆的蓬莱仙岛。遥想当年,徐福率三千童男童女至此,声势浩荡地在东沙山咀头上岸,他所见到的岱山应当是仙乐飘飘,云雾缥缈的仙界。

从舟山三江码头登上渡轮的那一刻,便被岱衢洋所吸引,这个时节的岱衢洋,洋面波澜壮阔,赤潮涌动,赤色是因为洋流里的微生物所致,故对鱼类的繁殖来说大有益处。显然,这是一处天然的渔场。远处烟波浩渺,四百多座岛屿星罗棋布,如一粒粒信手拈来的棋子。难怪放荡不羁的诗仙李白在酒后如探囊取物,写下"蓬壶来轩窗,瀛海入几案"的千古绝唱。

海是汹涌的,也有着柔情的一面,它会掀起滔天巨浪,也是孕育鱼类的温床。百十年前,岱衢洋是大黄鱼的故乡,渔民们一边在搏击风浪,一边会心一笑,那是沉甸甸的收获所带来的喜悦。渔民们出海,要祭海,渔民们归来,要谢洋,饱含着对大海的敬畏之心。在"鹿栏晴沙",我们顺着缓坡上的龙王石雕,沿着石级走向高高的海坛。在高处,恢宏的广场上,一枚金光闪闪的定海神针直入云霄。传说中的雷公、电母、千里眼、顺风耳、二郎神、捕鱼郎雕像守护着四面八方。每当祭日,渔民们便要备好丰盛的祭品,举行祭祀仪式,祈祷东海龙王能够护佑船只顺风顺水,渔获满仓。在大海面前,人类是何其卑微,用虔诚之举敬畏自然,是一种自我觉悟与警醒,从而达到人与自然的和谐相处。

离海坛不远的沙滩便是"鹿栏晴沙",我一听到这个名字便有些醉了。辽阔的海岸线，弧形的沙滩，它因鹿栏山而得名。沙的质地细密坚硬，呈铁灰色，沙滩宽广平坦，有"万步铁板沙"的美誉。一波一波的潮水不断地涌上了岸，"哗哗哗"，有节奏感的律动，扣人心弦。潮水退去之后，沙滩上便留下一道道细细的波纹，那是海浪与沙滩激吻后留下的印记吧。当你赤足在沙滩上漫步，海风迎面吹来，掀起你的长发；潮水亲吻着你的脚尖，柔柔的，酥酥的，有一种醉人的舒畅，身体也会变得轻盈。

趁时间还早，我们去了东沙古渔镇，这里的建制可上溯到唐宋时期，兴盛于清康熙年间。这个号称"中国唯一的海岛古渔镇"，如今却像个垂暮的老人，在夕阳下多少有些黯淡。我们踩着石板路，徜徉在横街头。那些经过翻修后的临街店铺是清一色的白墙黑瓦木质结构，透着古色古香的韵味。米行、布店、银楼、客栈、鱼货行等等早已落了门板，人去楼空。而原先散落在四处的老房子屋檐都很低矮，狭窄的里弄通往深处，空间局促。它们肩并着肩，仿佛诉说着陈年的往事。昔日万人空巷的繁华渔市已经杳无踪迹，如今冷冷清清，光影将横街的影子拖得很长很长。

在群岛作家陈列室门前逗留，那清幽的院落，是适合闲暇时小坐的。早就知道岱山有个优秀的作家群体，近几年来，将"岱山杯"全国海洋文学大赛搞得风生水起。如今，在这个小小的院落，陈列着他们的创作成果，这个仅有50余名会员的县级作协，却编辑了150余期的《群岛文学》，出版了《写意岱山》《海边书》《岱山小小说七人》《岱山海洋散文选》等多部著作，在诗歌、散文、小小说等创作领域取得了骄人的成绩，这些，足以证明他们的实力。在廊檐下搬一把椅子，坐在长条桌前，泡一壶清茶，翻开一本书，读上几句，便会齿颊留香。

相去不远是一家老式的茶馆，原来是一座完整的四合院，天井是敞开式的，各间厢房井然有序。一根根圆形的屋柱历经风雨，支撑起这座百年老宅。堂屋内堆放着一些杂物，除了一两间生活用房之外，其他都已闲置。房屋上过新漆，但依旧透着斑驳时光留下的旧物气息。房屋的主人好客，让我们随便参观。他已到耳顺之年，经营着这间清淡的茶馆，看上去气色不错，他的后辈们已经背离故土，搬迁到别的城市居住。

在茶馆的斜对面，坐落着中国海洋渔业博物馆，黑漆漆的大门，民国初期建造的双层四合院木结构，一座是海曙楼，另一座的牌匾上写着"渔都之光"，透着幽远的醇香，古朴宁静。那里陈列着各种海洋生物标本和渔民捐赠的船具、船模、渔网等实物，那里展示的是舟山海洋渔业史及近代渔业捕捞知识。那个18世纪初期开始便渔船云集，兴盛一时的古渔镇见证了一段辉煌的历史。当我走出老宅，一只懒惰的花猫趴在墙角，眼里发出幽蓝的光，面对着镜头的聚焦，却始终是静默的，悄无声息。

第二天上午，我们去了岛上的最高峰——磨心山，这座灵性的"化性山"上有座慈云禅院，建于清乾隆年间，如今扩建成一座恢宏的寺庙。从一级一级石阶往上，穿越一座座佛殿，在庄严的佛像面前，心态也会变得平和。在青葱的山间漫步，闻鸟语啁啾，便有了说不出的欢喜。当我登临山顶的玉佛宝塔，见四周山峦葱郁，云雾缥缈，远处的岛屿和山下的县城便一览无遗了。

散佚的山水

少时，读李白的《梦游天姥吟留别》时，便知道有个新昌，那里的山水奇异，有着梦境般的瑰丽。古时浙东的唐诗之路，便是从绍兴出发，自镜湖向南经曹娥江，沿江而行，入浙东名溪，溯江而上，经新昌的沃江、天姥，最后至天台山石梁飞瀑，全长约200公里。新昌，是唐诗之路的必经之地，众多文人墨客留下了大量脍炙人口的千古名篇。那些山水，曾无数次散落在名叫唐诗的册页中，供人遐想。

我曾两次来到新昌，作短暂的停留。大佛寺位于新昌县城西南，南明山与石城山之间的山谷。那个午后，天有些阴，随后飘起了细雨，沿着一条石砌的小径，在林间穿梭，去往财神殿和观音殿。香火明明晃晃，烟雾在雨气中升腾。"佛手无限藏世界，财神有缘赠金银"，世俗的欲望，使人性变得贪婪，急功近利，欲盖弥彰。却不知财神范蠡在世时辅佐越王勾践卧薪尝胆，灭吴后生财有道，又广散千金，这便是"舍得"。有舍有得，不舍不得。

在石宕岙去往射雕村的路上，女儿在前，我在后，几次与她迷失，却原来是个花径迷阵。绿意浸染，鲜花烂漫，红墙黑瓦，木屋雕窗，恍若进入了桃源世界，达到侠的境界。这意境使人的内心回归到宁静、朴素、与世无争的境地，丰衣足食，过简单的生活。女儿属马，生性活泼，她在桂树下流连，采摘桂籽，那扑鼻的清香袅袅而来，一路芬芳。在梅花桩，她单腿而立。在去往卧佛殿的石阶上，她扑腾得像只小鹿。

卧佛殿在双林石窟，在高高的悬崖之上。石匠们将一块完整的岩体精雕细刻成卧佛的模样，面如满月，双眼微垂，侧躺在须弥莲花座上，达到了不生不灭、涅槃寂静的境界，这是亚洲最大的石刻卧佛造像。

在通往大佛寺的路上，有个放生池，水面宽阔，池水碧绿，在树下静坐，随意冥想，没有红尘的喧嚣，只听花开花落，也是一种难得的逍遥。池的一侧山坡上有个白塔，是为纪念智者大师而建，智顗是佛教天台宗的创始人，隋开皇十七年（597）应晋王杨广之请赴扬州，途经石城寺，圆寂于此，后移葬于天台山塔头寺，此处为衣钵纪念塔。我在塔下凝望，只见有松鼠在树上跳跃，乌黑的眼睛，粗短的身材，毛茸茸的大尾巴，好似林间的精灵。

沿着放生池边的影壁，可见一块石牌坊，上面刻着四个大字"石城古刹"。两侧对联撰着"晋宋开山天台门户，齐梁造像越国敦煌"。大佛寺果然颇负盛名。在一段长长的甬道上，在人群中我一眼便望见了年迈的法师，他一袭皂色的僧衣，左手捻佛珠，右手执拐杖，身材魁梧，大有鹤立鸡群之感。老法师走走停停，若有所思，那清瘦的脸上透着慈祥。

穿过甬道便是弥勒内院，一侧的山壁上有大书法家米芾题写的"面壁"二字，入内便可见大佛寺恢宏的正殿了。大佛寺的前身是"隐岳寺"。据《高僧传》记载，公元345年，僧昙光受竺道潜和支遁的影响，慕名前来弘法，栖于石室，草建"隐岳寺"，而后东晋十八高僧中的于法兰、于法开、于道邃等相继前来，大佛寺俨然成为浙东一带的佛教圣地。

我从正殿入内，得以瞻仰这久负盛名的江南第一大佛。殿堂内烟雾缭绕，天光漏了下来，大佛宝相庄严，伽蓝趺坐，慈眉善目，几乎从任何一个角度都能看到他面含微笑。佛像通高16米，头高4.8米，耳长2.8米，两膝相距10.6米，这样的比例，在视觉上达到了完美的协调。我们在佛像足下，惊叹于他的完美。我们的信仰源于内心，在俗世里会有很多的不如意，在那一刻，内心会获得一丝安宁。遥想当年，在南齐永明四年（486），僧护见仙髻岩的崖壁上有佛光出现，便发愿在此开凿石弥勒像,历僧护、僧淑两代而未成。至梁天监十二年至十五年(513—516),僧佑继袭遗业,方得成功。如此宏大的伟业,被誉为"三生圣迹"。从大殿出来,我又遇见了那位可敬的老法师,此刻,他在殿堂外,正为请愿的香客摩顶。近处,通红的烛光摇曳着,令人心醉神迷。相隔一年,当我再一次来到大佛寺,依然见到了老法师,我注视着他,他含笑不语,就这样再一次擦肩。修行是一份心境,即使在众生喧哗的时代,依旧要保持明净的初心。

后来,当我再去新昌,重读了一遍李白的《梦游天姥吟留别》:"海客谈瀛洲,烟涛微茫信难求。越人语天姥,云霞明灭或可睹。天姥连天向天横,势拔五岳掩赤城。天台四万八千丈,对此欲倒东南倾……"便心生感慨,从明净的沃洲湖到沃湖山,真君殿檐角的华丽与雕琢,香火的传承与衣钵。任何时代的诗人,都有一个浪迹天涯的山水梦,当你身临其境远眺天姥山,李白的梦境是否依旧延续?在这个缺少山水情怀的时代,只是憧憬,抑或是寄托罢了!

扎木合古城漫游

在黑山头镇住了一宿,第二天起了个早,我们来到昨日午后骑马的草场。当时下了场雨,天色晦暗,如今天光明媚,大地上的植物早已苏醒。天瓦蓝瓦蓝的,飘着浮云,新鲜的绿意浸漫着眼睛,要不是被前方几里外绵延的山丘阻挡,视野会更开阔。

一个黝黑的草原汉子给马套上缰绳和车辕,那些工序看似有点繁复,但他动作十分麻利,我在一旁耐心观察,等他收拾停当。

我从未坐过一辆披着红盖的四轮木质马车,而且是在草原上驱驰。土生土长的草原汉子,立在马车的前排,挥舞着缰绳,"驾"的一声吆喝,马儿便扬起蹄子奔跑起来,身后马车下的四个轮子便"咿咿呀呀"地滚动,一路颠簸。渐行渐远,这时我才注意到远去的一道道车辙,穿插在草原上,经过反复碾压后,地表裸露,如同一道道伤疤。

草原上的风是熏人的,混合着泥土、花草和牲畜粪便的气息。一群奶牛被马车惊扰,撅起了蹄子,扬长而去。更多的奶牛依旧在悠闲地吃草,跟大地耳鬓厮磨,聆听她的耳语。一蓬低矮的灌木在风中舒展,投下细密的碎影。更多的灌木沿着河流生长。

终于,马儿不再奔跑,它喘着粗气,在河流前驻足。这条宽阔的河流离山很近,蜿蜒着流向远方。我们走下马车,去跟牛群为伍。它们从我眼前晃过,摇头摆尾。它们顺势走下斜坡,将头探入水中,在浅水里沐浴。它们个个膘肥体壮,仪态大方,它们才是草原真正的主人。幸好,我们的贸然闯入并未引起它们任何不满。

根河沿岸，是广袤的湿地和草原。沿着根河，我们要穿越这片牧场，接近远方连绵的山丘，并且找到那个历史上的古迹——扎木合古城遗址。烈日下的草原，气温在不断升高，暑热逼人。我喝了一大口水，捂了捂帽子跟墨镜，并且很快取出驱蚊水涂在身上。这并非小题大做，这样的小心很快被验证实属必要。

　　我们穿越了牧场，并且走进了一片花的海洋。那些不起眼的金黄小花，竟能开得如此灿烂，漫山遍野。远处，一匹骏马闪电般驱驰，在花海里狂奔。我隐约听见牧民的吆喝声，又一匹骏马进入了视野，同样黝黑骠壮。我们在花海里跋涉，被青草和各种不知名的小花裹挟着，白的纯洁，黄的灿烂，红的夺目，紫的妖娆。脚步到处，蚊蝇四起，"嗡嗡"作响。一只瓢虫躲在艳丽的花蕊中，随风摇曳。

　　扎木合古城遗址，原来就在前方不远的山坡上。它并不雄伟，甚至可以说毫无屏障可言。领队三木跟我介绍说，扎木合是成吉思汗的拜把兄弟，这才让我提起了精神。

　　终于爬上了山坡，我不免有些失望，扎木合古城只有一块石头和一排白石雕刻的图案。石头上刻着"扎木合称汗地"，而白石正面的图案则描绘着一群蒙古人，有马背上的骑兵、敬拜的子民以及扎木合本人，这可能表达的是他称汗时的某个场景。在白石粗糙的背面，刻着一段文字，是关于扎木合的小传。我试着将它拍下来，以便解读。

　　"扎木合，出生于 1160 年（据专家推测），卒于 1204 年，扎答澜部人，是蒙古草原最强大的部落首领。扎木合少年时就有过人的才能，英勇善战，足智多谋。曾三次与铁木真（成吉思汗）结为安答。扎木合历来争强好胜……"。原来，这儿是《蒙古秘史》中记载的阿兀纳兀，即根河和额尔古纳河的汇合处。铁木真暴露了统治草原的野心，而下克鲁伦河流域的塔塔儿人、下色楞格河流域的篾儿乞惕人、下斡难河流域的泰亦赤兀惕人、贝加尔湖西岸的斡亦剌惕森林狩猎人以及与这些部落亲善的许多小部落，参加了扎木合的联盟，在此地公推他为汗，尊称"古尔汗"。盟军在阔亦田与铁木真的军队展开激战,史称"阔亦田"之战,扎木合大败。这位草原英雄最终被 5 个随从押送给铁木真,铁木真念他们年少时的友谊,又念扎木合在强大时也没有谋杀自己,愿与他修好,但他拒绝了。这对草原英雄多年的恩怨就此终结。我欣赏扎木合对待死亡的无畏与坦荡,他才是悲剧里真正的草原英雄。

到达山顶,我才发觉自己的渺小。广袤的呼伦贝尔草原显现出博大的个性,接纳着天地万物,包括山川、河流、草木、牛羊。我们沿着一个小小的敖包转圈,三木说,捡上一块石头,转上 3 圈,许下你的愿望,只要你够虔诚,会灵验。我默默许了,这里离天很近,草原上的万物都是有灵性的。

当我登上了身后的悬崖,才真正领略到根河湿地的宏伟,根河在静静地流淌,湿地是它远足途中的宏大叙事。山坡上的植被葳蕤,鲜花娇艳,我绕着扎木合古城遗址走上一圈,试图让那些被土石掩埋下的故事说话。

临江屯的幸福时光

　　她们说临江屯很美,就在中俄界河额尔古纳河边上,它三面环山,是座桃源式的村庄,比起闻名于世的小镇室韦和恩和,这里没有沾染上太多的商业气息,不过,恐怕再过些时日,临江屯也会被不断开发,从而失去应有的原生态。她们说的那样真切,我信。

　　日已西斜,走进临江,就像走进了乡村电影中的某个场景。天依旧很蓝,村庄被落日的余晖笼罩,投下斑驳的疏影。开阔的马路上,一队人马与我擦身而过,蹄声四起,尘土飞扬。道路两旁建着一排排叫作"木刻楞"的民居,用木栅栏围成一个个独立的院落。每走一步,我都要小心翼翼,尽量避免踩上牲畜的粪便,但那股混乱的气味依旧暧昧不清。一棵树下,一匹枣红色的矮马被拴在木桩上,一动不动;一头花白相间的奶牛侧卧在牛栏边吃草;几只黄狗四处游荡,却对我们这些陌生人置之不理。

　　我们来到了歇身的旅馆,确切地说是一幢新建的木刻楞民居,两层楼。木刻楞,是俄罗斯族的典型民居,是用木头和手斧刻出来的,有棱有角,非常规整。因为隔岸便是俄罗斯,临江有 80 多户人家,据说祖辈大多是白俄罗斯移民。多年来汉俄满蒙通婚之后,绝大多数是第 3 代、第 4 代的华俄后裔。他们沿袭了一些浓厚的俄罗斯特有习俗,如居住木刻楞、过俄汉两个民族的主要节庆日等。

　　我放下行李,很快便四处转悠。一阵悠扬的手风琴声将我吸引了过去,只见三位老人静坐在靠近民居的马路旁,其中的一位老人操着手风琴,弹奏的是一首欢快的俄罗斯歌曲,我的兴致便提了上来。另外两位老人在一边闲聊,其中一位老人个头不高,但外貌尤其显眼,鹞眼鹰鼻,眼睛是玛瑙般的深蓝。给我们开车的律师傅曾经在俄罗斯待过,懂点俄语,便用俄语与他交谈,探讨俄语的发音问题。因为是第3代的华俄后裔,有些专业名词的俄语发音老人似乎也很难确定,边说边跷起大拇指,赞扬一下律师傅,律师傅也很受用,跟着歌曲的节拍跳起了俄罗斯舞蹈,有模有样。我一下子被感染了,陶醉在欢乐的气氛里。

不知不觉中,天渐渐暗了下来,最后的晚霞将天边照得通红。村庄显得静寂,静得让人彻底放松下来。老人们早已各自离去,我们也心满意足地用完晚餐,准备参加一场小型的篝火晚会。

村庄在黑暗中沦陷。马路上几乎没有什么照明,我打着手电,摸黑朝着那块偏僻的荒地走去。黑暗如潮水般袭来,四周空荡荡的,只有脚下的砂石在"沙沙"作响。暗夜里,篝火一下子点燃了夜的激情,木柴在"噼里啪啦"地燃烧,火焰升腾,空旷的荒野有了温暖的亮色。我们尽情地喝着啤酒、奶茶,抓起手把肉,大快朵颐。在火光和酒精的作用下,一个个都脸颊发烫,忘乎所以。

散场之后,回到木刻楞的廊檐下,不知有谁在喊:星星,星星。我禁不住抬起头,只见黑丝绒般的夜空镶嵌着一颗颗钻石般的星星,北斗七星、猎户星座……众多的星斗盘桓在头顶,若隐若现。我惊呆了,一股无以名状的兴奋如电流般击中全身,这是多么纯粹与透明的夜空啊!

第二天起了个早,从马路上经过,发现这里每家每户几乎都是一个独立的院落,屋后有自己的菜园,窗台上摆放着一些鲜艳的花朵,勤劳的主人们早已牵着马匹在此等候。朝着屋后的山坡走去,一条泥泞的小道一直通往山顶。山顶上有个电视塔,很空旷。就这样静静地在风中伫立着,将临江的美景尽收眼底。蔚蓝的天空、流动的云朵、连绵的绿草、墨绿的森林、明净的河流,还有那红蓝相间的屋顶,组成了一幅充满质感的画面。光影在不断变幻,一如童话里的色彩。

静享太平

在草原，我的视野是开阔的，没有遮挡，眼前的景致与我无数次的憧憬不谋而合。蓝天白云，绿草如茵，山峦、湖泊、牛羊、蒙古包都极其和谐地融为一体，构成一幅绚丽的长卷。汽车越往山里开，就越接近大兴安岭，山峦开始坚挺、丰满起来，由松树、桦树组成的森林开始覆盖，成片的油菜花地，郁郁葱葱。

离开临江屯，汽车在大兴安岭山麓的土路上颠簸了几个小时。在穿越了一片黄澄澄的油菜花地和茂密的白桦林之后，我们来到了太平村，一个在地图上不起眼的小村庄。但因地理位置特殊，位于中俄界河额尔古纳河边上，而成为白俄和汉人通婚的前沿。百年以来，从荒无人烟到人口稠密，几经变迁，如今却又衰败下来。

七月的骄阳，有些炫目。在村口下车，只见一侧的遮阳伞下摆着两个摊子，几个当地的妇女在卖些时令的蘑菇、蓝莓和金银花之类的山货，比起山外，价格都很便宜。为了买一包烟，我独自随一位阿婆到她家里去取。走过一段黄土路，只见山脚下有个牛栏里关着大约十来头牛。一排排用栅栏围起的木刻楞民居就搭在道路的两侧，因为年久失修，都很陈旧。没走多远，就到她家了，门前挂了把锁，阿婆利索地从怀中掏出钥匙开门。

屋子很小，也很简陋。看来，这里远离城镇，物资相当匮乏。一个角落里堆放着一些小卖部常见的油盐酱醋、方便面、饼干和矿泉水之类的商品。老人从柜子里取出几条香烟由我挑选，大多不贵，也就是几元、十几元一包不等。

我随口跟她聊了几句，老人说，这个村子也就几十户人家，家里的儿女都住附近的镇子上去了，就老两口在家，老头前几天也到儿女家去了。老头退休前是林场的职工，这里有林场和农场，以前都是国有的，如今改制了，老两口就拿1000多元的退休工资养老。儿女们在周末有时也开车来这儿，都是自家种的蔬菜，来时带些回去。说着，她透过窗户，指着前院的一块菜地跟我说，自家种的新鲜。品种还挺多的。老人家的屋子也就三四十平方米，两间卧室和厨房，卧室摆放着简陋的床铺和橱柜，略显拥挤。厨房搭着灶台，一堆柴火，一只水缸，还有些农具和锅碗瓢盆之类的家什。水是用一个自制的水泵从地里压出来的，就在屋子里抽水，直接抽进水缸。老人给我舀了碗水，我喝了一口，甘醇可口！我连说好喝，老人乐得露出了两颗门牙！

这个村子非常宁静，我又朝着来时的路返回。在路过的一家栅栏前停了下来，只见一位白发苍苍、略显富态的老太太正在菜园子里劳作，便拿起单反给她拍起照来，顺便跟她聊了几句，老太太一边弓身劳作，一边回答，"这里住的都是以前林场和农场的职工。这里交通不便，在山上安装了太阳能，前些日子才通的电。也就这两个月待在这里，等过了秋天，收完这一拨蔬菜，我们也就回到镇子里去了，这里天冷，没法过冬，但这里空气好。我们在莫尔道嘎都有房子，离这里有200里地呢。住在镇子里，小孩子读书也方便。"我们就这样有一搭没一搭地聊着。"有俄罗斯族吗？""老一辈的有，大多过世了。年轻一代的也大多移民了。"

太阳暖暖地打在身上，其乐融融。太平村的老人们却能够像候鸟一样迁徙，在这里住一阵子，再到镇上去享受一下儿孙绕膝的温暖，周而复始，优哉游哉，这何尝不是一种幸福呢！

在额尔古纳河右岸

离开太平村,汽车颠簸着从原路返回,途经老鹰嘴。老鹰嘴在临江屯以北七八公里处,因岩石状似老鹰而得名。这里鸟语花香,植物葱郁,可远眺风景。我们走下车,步行来到山冈,再从山坡一侧的青草地滑下,艰难地攀爬到岩石之上。听山风在岩缝里"呜呜"作响,河水在脚下"哗哗"流淌,如此难得的体验,实在是一件值得冒险的事。经临江屯,我们再一次向可爱的房东告别,取了衣物,前往美丽的小镇室韦。这一路上,行人和车辆依然稀少,偶尔会遇见一两队散客,由附近的村民牵着马匹四处闲逛。此地与俄罗斯边界接壤,车行之处,见到当地驻军的瞭望塔和军事设施便不足为奇了。总之,这里偏僻、寂静,只有极少数的村民或养蜂人会在路边搭上帐篷居住。

小镇室韦位于大兴安岭西北麓,呼伦贝尔草原北端,额尔古纳市境内,是蒙古族的发祥地。室韦族在历史上最早的记载始于北魏,居住在黑龙江中上游两岸和嫩江流域,以狩猎为业,也种植麦、粟。夏时城居,冬逐水草。唐代室韦分为20多部,其中居于额尔古纳河流域的被称为"蒙兀室韦",即蒙古部的祖先。这里有着大大小小10余座古城遗址,供蒙古族人寻根、祭拜。室韦的常住人口有3000多人,可能是因为几经迁徙的原因,如今的蒙古族人占很少比例,大部分是俄罗斯族和华俄后裔,因此称为俄罗斯民族乡。室韦居民的父辈,大多是来自山东、河北的"闯关东"移民和沙俄时期的西伯利亚移民。百年间,两个种族的移民在此不断交往、碰撞、联姻,繁衍生息。

比起临江屯的养于深闺,室韦早已名声在外,由于商业化开发,小镇有着完整的规划。整洁的街道两侧,一排排多层的木刻楞民居就在眼前整齐地排列着。有的专供游客住宿,有得则改造成独门独户的农家小院。在一家挂着招牌的俄罗斯农家小院,我们收拾行囊,停了下来。接待我们的房东看上去年纪不大,没有明显的俄罗斯族特征,她的母亲包着头帕,围着围裙,高鼻梁,依稀能够分辨出父辈的模样。多年之后,他们的外貌与口音已经很难匹配,真正会说俄罗斯语的三四代后裔已经为数不多,满口的河北、山东口音让人吃惊。在街头,一个金发蓝眼高大帅气的小伙子从我们面前经过,在交谈中得知他是个真正的俄罗斯人,从河对岸过来,表演歌舞。

镇子的北边流淌着额尔古纳河,是一条中俄的界河。我因读过迟子建的长篇小说《额尔古纳河右岸》而知晓它的大名。我们穿过大街,绕过广场,踏上一片青草地,便来到了河边。面对着这条浩浩荡荡的河流,我的心胸也变得无比开阔。这条饱经沧桑的河流,是蒙古族人魂牵梦绕的母亲河。河流的两岸,也曾是鄂温克族人祖先的栖息地。在《额尔古纳河右岸》中有这样一段描写,90岁的鄂温克族老祖母说:"河流的左岸曾经是我们的领地,那里是我们的故乡,我们曾是那里的主人。300多年前,俄军侵入了我们祖先生活的领地……祖先们被迫从雅库特州的勒拿河迁徙而来,渡过额尔古纳河,在右岸的森林中开始了新生活。"经历了一个个漫长的冬季和春季,额尔古纳河从冰封到解冻,很多往事已随风消散。

河的对岸是俄罗斯小镇奥洛奇,可能已弃之不用,一些残存的木刻楞老房子零星地散落在对面的山坡上,芳草萋萋,杳无人迹。左岸和右岸,不单单在地理意义上被分割,也将中俄两国人民的血脉分流。逐水草而居的蒙古族人已背离故土,放养驯鹿的鄂温克族人也离开森林,择地定居,眼前的额尔古纳河一如既往,奔流不息。阳光下,清波荡漾,水草摇曳。往河的上游眺望,只见一大群皮毛发亮的骏马在摇头摆尾,尽情嬉戏。一阵"突突"的马达声从远处传来，一艘插着红色国旗的快艇飞快地在河间游弋，所到之处，波浪翻滚。我目送着它离去，顷刻之间水面又恢复了平静。这个午后，就这样徘徊在额尔古纳河畔，与一条古老的河流对话，当我嗅着河岸边泥土草木的清香和动物残存的迷乱气息，便已心醉不已。

夕阳笼罩着大地，告别室韦，我们进入了另一个俄罗斯民族乡——恩和。恩和流水般的时光是散漫的。第二天上午，我背着相机在村子里四处转悠，在清澈如镜的溪间游玩。在民俗风情馆见识了驼鹿、驯鹿、黑熊等动物标本，和苏联时期的一些铜质雕像、器物等实物展览，并且体验了异乡的民俗文化。我还见到了一位90岁高龄、德高望重的老大爷——伊万。他在一间窗台上摆着鲜花、整洁明亮的屋子里坐着，目光专注地盯着电视画面。他热情地与我打招呼，丝毫也不见外。我有些忐忑，在他边上坐下，偷偷地打量。老人身形高大，红光满面。他有些耳聋，要大声说话才能听清。他拿起笔，在纸上写下了名字"伊万"。并且告诉我，他年轻时开过拖拉机、康拜因，还做过电焊工、铁匠，是土生土长的俄罗斯族人，说完还用笔歪歪扭扭地写下了"内蒙古额尔古纳右旗恩和乡"这几个字。

我对老人的过去知之甚少，但我知道，和室韦一样，这里的居民依旧保存着较为完整的俄罗斯族习俗。他们居住俄式的木刻楞，酷爱清洁、花卉和歌舞，女子多穿长裙、围三角头巾，饮食以西式为主，多信仰东正教，按俄罗斯族时令过巴斯克节。他们擅长种麦、放牧、狩猎和捕鱼，并且饲养奶牛、种植蔬菜，爱做列巴、野果酱、西米露等风味小吃。在热尼亚列巴坊，我曾目睹一位姑娘用白桦皮在火炉子里烤出新鲜的列巴，这种列巴是用列巴花自然发酵的，祖传烤制，不含任何添加剂。在店里，喝着异域风情的酸奶，品尝着有着树木清香的大列巴，实在是一件惬意的事。

寻芳丹芳岭

小说家苏羊发愿建一所类似于民国时期民间的书院,"沿袭传统书院建制,秉承民国时期乡村教育精神,提倡'教学做合一',让孩子们在劳动中学习,学习中劳动,创造现实条件,令他们能于风景优美的大自然中快乐、健康地成长,成为对社会真正有用的人"。目前,苏羊的理想国能仁书院正在修建,在乐清雁荡山能仁村。

距上次苏羊来温岭阁楼读书会已近半月,我与晓慧兄相约去走走看看,临行前通知实验学校的郭永军。郭老师很是有心,恰巧又在当日的微博上看到一条发自能仁书院的帖子,大意是要建一个图书馆,需要帮助,他在第一时间发动七五班的孩子们将自己手头已读的一本图书捐上,共 47 本,要我带上。

3 月 22 日,我们驱车前往,因去年 3 月到过能仁村,故驾轻就熟,未与苏羊联络。途中山谷里的桃花、油菜花开了,遍野烂漫,煞是好看。来到能仁村能仁寺旁问路,却在通往半山房的路上偶遇书院的邓老师和 3 个孩子,并且加入了他们去丹芳岭的远足之行。

邓老师是个随和的中年人,身上背着个竹篓,就像一个淳朴的山里人。当得知我们的来意,并带了一大捆书时,孩子们都很兴奋。邓老师让 3 个孩子先行下山,顺便陪我们去了半山房。半山房就建在杨树坑山腰拐角处(从能仁村口、能仁寺旁有个很明显的路标指向能仁茶社,上行约 1 公里),在溪流的对岸,有一座木桥相连,青山绿水,独门独户。这里是部分老师和学生居住与活动的场所。因时间有限,只能匆匆浏览了底层。进入门厅的两侧是用黄砖砌成的简单书墙,摆满了苏羊母女等的藏书。中间长条桌上铺着蓝印花布,摆放着笔砚和一叠诗集。一侧的墙上挂着蓑衣、斗篷和一对绣鞋,底下摆着新采的油菜花,很写意。一些孩子的涂鸦挂在靠近二楼木扶梯的拐角处。看上去简约自然、透着书香。邓老师出示了客栈掌柜阿婕(苏羊的朋友)的名片,每张都不同,是她随手涂抹的水粉画,透着山野的灵动(我曾在苏羊的博客上见过阿婕为客栈绣的古色古香的被面)。邓老师邀我们上楼,我们生怕山下的孩子们久等,便与正在厨房里忙碌的阿婕打了个招呼,下山去了。

返回能仁村口,我们见到了苏羊,她刚从集市上回来,带来了准备野餐用的一应物品。苏羊衣着得体,有着一股知性女子的干练。在创建书院之前,苏羊与她妹妹苏迪一起在上海经营一家图书工作室。小说家苏羊的日子曾被描述得富有诗意,那期题为《我的山居生活》的阁楼读书会是这样介绍的,"苏羊,曾在京华客居十年后又流寓沪上,恋慕江湖山薮之美,结庐雁荡山能仁村办客栈和书院,著有香格里拉支教随笔《在藏地》等。苏羊说,当一个人开始做一件过去从来没有做过的事情时,奇迹便纷至沓来"。苏羊长年离开老家乐清,做图书、玩古琴、支教、写小说随笔,在书院创办初期,苏羊和女儿刚刚结束了环青海湖 360 公里的骑行之旅。

能仁村有个能仁寺,能仁寺前有条燕尾瀑,这是我第三次见到燕尾瀑(昨夜,当我跟女儿提起那次有趣的郊游,她对童年的经历记忆犹新)。苏羊指着能仁寺旁山坡上的一所老屋说,这也是书院的其中一处,正在修整。那些老屋分散在山野四处,原先都很陈旧,有的干脆就已人去楼空,成为废墟,却被苏羊和朋友租下,修建书院、客栈和教育活动场所。

我们一行 10 人沿着能仁寺旁的小径朝山中走,能仁寺旁左为筋竹涧,右为丹芳古道。前几日,来访的厦门老诗人威格对筋竹涧曾有过生动描写："再转了个弯,涧溪汇集成一湾偌大的潭,碧蓝青翠,想必是蓝孔雀在这儿洗过衣裙,把一潭涧水都染了。"起先是平坦的水泥路,后来便是凹凸不平的石头路了,我们在逶迤陡峭的山路拾级而上,盘旋而下。邓老师说,这条路传说是南宋王十朋进京赶考时走过的山路,有49道弯,是条古道,人烟稀少。说这话时,苏羊、蹦蹦、威威和芯仪已经走在了我们前头。对了,还有一条可爱的小狗积木(邓老师后来告诉我,积木1岁多,是蹦蹦的爱犬,跟着娘俩去过丽江等很多地方),积木天性顽皮,时而摇头摆尾地跟在我们后头,时而冲上山坡,时而又蹿到我们前头。每当孩子叫一声:"积木",它略作停顿,一下就飞奔过来。我跟积木初次见面,它竟友好地舔了舔我的手指。有孩子们在,邓老师指着溪边的那只红冠的大白鹅戏说,它也是进京赶考的吧,孩子们都开心地笑了。

山野里的空气清新,透着青草味,就连在山间小憩,听松涛低吟,流水浅唱,都是一种享受。丹芳岭又名四十九盘岭,在盘旋的古道上,我们走得有点累,可孩子们很快活,不时一惊一乍,小打小闹。走得累了,大家席地而坐,补充一下食物和水分。孩子们很注意环保,也跟着大人一样将垃圾收拾好。在一处有水的山坳里,大人们分头搭起了炉灶,孩子们去捡柴火。起初,在背阴的山上捡,有些树叶还是湿的,树枝烧不开水。后来,他们又去捡松枝。苏羊说:"这些,孩子们知道。"这样的细节还有很多,比如跟大人们一起洗菜、洗碗、分享食物。芯仪妈妈因为住得近,几乎每周都来看她。野餐后,苏羊和老师们同她边休息边交流孩子的学习和生活,此刻,3个孩子早已脱离了我们的视线,苏羊说:"那边有个运动场。"这已经不是第一次来了,苏羊很放心。大人们并未刻意去教会他们什么,只是身体力行,言传身教。

这只是一次最平常不过的郊游,也是一堂难得的体验课。在能仁书院的博客里,我曾读到过他们的教育精神和理念:"向孩子学习,向内心学习,向大自然学习。""在能仁,孩子们不仅要学习中国传统文化,亦需深入了解现代科学文明;不仅要努力成为一个温和、宽容、友善之人,亦需掌握必要的防身之道;不仅要拥有来自书本的知识,亦需积累从生活中获得的经验。语文、数学、英语、自然、音乐、诗歌、种植、武术,将会是能仁书院最主要的课程……"书院里的孩子不多,目前只有 5 位,有几位老师分别志愿或兼职承担了他们的课程。同行的邓涛原先是海南某高校的教师,现教国文;张立航来自湖南长沙,大学毕业后当过翻译,教英语兼教书法。博客里还有这样一句话:"能仁书院栖居于自然,致力于给孩子们提供'一个适合他们的成长环境''找出一条属于自己的道路来陪伴孩子成长''让他们的生命力得到保护、意志力达到最大的发挥。'"

　　一路上,大人和孩子们都很开心,就在行程即将结束的时候,山上赶来了一群羊,我们狭路相逢,积木低吼着跑上去跟羊群嬉戏。我忍俊不禁,苏羊曾将"化身亭"命名为"羊舍",这样的山居,的确充满了诗意。

雁湖之旅

　　很久没有这样舒畅的日子了，晴空万里、雨后初霁的初春，寒冷即将过去，桃李争春，万物苏醒，鸟鸣山涧，千回百转。大山深处的时光流得缓慢，从潺潺的溪涧一路走来，她就像只燕子，不停地跳跃着，玫红色的身影，映照在溪流上、竹林间，那些低矮的老屋，就这样静静地伫立了百年，甚至更久。就地取材的溪石、瓦砾、窗棂，都是一道道最美的风景。她摘下脖子上的单反相机，轻轻一按，便瞬间定格了下来。

　　一条黄狗不知从何时蹿了出来，在不远处，朝着她使劲狂吠，她下意识地准备避让，或者有些心虚，小腿有些打战。她不敢与之对视，想喊出声来，却又有些害怕它有进一步的行动。又一只黄狗悄无声息地出现，打量着这个不速之客。其实，她并不惧怕这些小动物，她从小就被寄养在乡下外婆家里，天性乐观开朗，又有些顽皮任性，童年的经历，是深埋在记忆里的一丝丝甜蜜。

　　就在相机对准老屋的刹那，她对那些雕花的窗棂产生了浓浓的兴趣，于是，轻轻地抚摸了一下。就在一声声"咔嚓"声里，可能是碰到了什么东西，黄狗从隐身的地方突然蹿了出来。

　　虽然知道这里人烟稀少，没有遇见任何一个山里人，但仿佛有一股神秘的气息，召唤着她不辞辛苦，沿着羊肠小道，一步一步地来到这里。大山里的峰峦、溪流、竹林、茶场与村落，是那样地险峻、欢快、清幽、闲适，完全是另一个幽深的世界。

　　她的手指微微有些颤抖，仿佛自己已经冒犯了这里的主人。黄狗的敌意并未消散,但也没有进一步的行动,在它们的眼里,或许她构不成威胁,狂吠只不过是偶尔的激动与虚张声势。在这个人烟稀少的村落,黄狗们大概是太希望嬉戏了吧。

她心神落定,打量着眼前的有惊无险,放开胆子,用镜头对着黄狗,使劲按下了快门,"咔嚓",大功告成。就在这时,黄狗的主人也从屋里摸索着走了出来,一个老奶奶,微驼、嘴有些瘪,发音含混不清,说了句听不太懂的方言。她连忙靠近,随手扶了一下老奶奶,"阿婆,您好。"她的声音很甜,像这山谷里的鸟鸣般清脆。老奶奶用昏花的老眼打量着眼前的陌生姑娘,缓慢地挪动了一下脚步,坐在靠门的一张矮椅上。

她松开手,拿出事先准备好的地图,顺手翻看了一下。"阿婆,这里是石门吗? 听说山顶上有一个雁湖,是从这儿上去吗?"老奶奶可能不太懂普通话,但大致意思能听个明白,用稍能懂的方言回了一句:"这里是石门村。"她开心地笑了。这里的山路一直通往石门瀑布。再从石门瀑布的上方一直往上,就有一条通往雁湖的路。雁湖是大山之上一处绝佳的风景,但她从未来过。千百年来,大山的由来因雁湖而得名。

"阿婆,雁湖是从这条路上去吗?"她指着门前不远处的一座小石桥问,微拱的石桥苔绿斑斑,通往的是一条隐秘的林间小径,清风将竹林吹得簌簌作响,仿佛林间隐匿着居士,奏鸣着铿锵的曲调。贴着老奶奶的脸,她用近似于当地的方言大声重复了一遍刚才的疑问。老奶奶动了动干瘪的嘴角,散漫的目光顺着她的手指,落在了门前溪涧上方的石桥上,若有所思地点了点头。"这条路去雁湖,很少有人走的,只有林场的老黄一家住在山上,山上有个国家的茶场,快到清明了,这两天茶场的人可采茶叶了。""这里的茶叶很新鲜的,比别的地方都要嫩。"老奶奶开始有些呢喃,又仿佛是给了一个圆满的答案。

她开始有些迫不及待,很想马上往山上走,又生怕辜负了老奶奶的好意,便拉了张藤椅坐了下来。老奶奶的脸上绽出了花朵,拉着她的手,问这问那:"姑娘,你一个人来的?""嗯。""来,喝口水。"说完,便要起身,进里屋给她倒水。她连忙拉住老奶奶的手,"不了,阿婆,不用客气的!""这里的山水甜,又解渴"。老奶奶执意要给她倒水,她只好陪着老奶奶跨入门槛,堂屋的光线忽明忽暗。墙上贴着一张旧时的年画,角落里有个破旧的灶台,但一尘不染。老奶奶从缸里舀了瓢清水,递了过来。她清了清嗓子,一口咽了下去,凉意沁人心脾,五脏六腑都舒坦开来。

她拉开背包,掏出喝了半瓶的矿泉水,灌满,跟老奶奶道了声谢。辞别了老奶奶,跨过小石桥,步入了一条荒芜的小径。一路上,乡野的空气有股青草的味道,清新自然,呵出的气也是一团团白雾,漾了开去。小径上散布着一粒粒细小的羊粪。她小心避开,生怕沾了那双新买的登山鞋。

她的裤腿、脚跟上还是沾了不少青草、泥巴甚至羊粪,这一路走来,寻觅到一处狭小洞开的石门,一处飞流四溅的飞瀑,两间断垣残壁的老屋,在芳草萋萋的泥泞中渐行渐远。

山中自有一番天地,草木是新鲜的,空气是新鲜的,就连羊粪都有着新鲜的热度,她流连在山野里,就像是一只迷途的羔羊找到了家园。但在不久之后,她却真正成了那只迷途的羔羊了。原先的小径突然消失无踪,草木之间,隐晦曲折,荆棘丛生。

在这个叫天不应叫地不灵的山野,她开始有些不知所措,就像一只被困在林地里的小兽,孤独如潮水般涌来。新鲜、刺激,对她来说,已经发生了微妙的变化,想走回头路,却又有些不甘,何况回程也要寻寻觅觅。一咬牙,还是往上爬吧,就是连滚带爬,总会爬上山的。密布的荆棘勾住了背包,刺疼了脸,这些都不算什么。大山里并没有什么可怕的野兽,这倒令她心安。越往上走,山风钻进衣领,脖子冷凉。这鬼天气,明明昨日春意盎然,今日却骤降到 5 摄氏度。杜鹃还未绽放,低矮的灌木使她分身无术,只能挨挨挤挤,见缝插针。她开始后悔独自上路,由着性子从北麓上山。

她只能咽下苦涩,在一小块开阔的岩石上,掀起头帕,理了理乱发,继续上路。路很长,一侧是一眼望不到边的悬崖,一侧是茂密的山坡。还好有惊无险,只不过在树丛里又跌了一跤,崴了下脚,一点小伤,并无大碍。

　　她想飞,当她站在悬崖之上,就有一股飞翔的欲望。山风扑面而来,玫红色的凯乐石冲锋衣被山风吹得鼓鼓的,在江南水乡乌镇买的蓝印花布头帕早已不知去向,攀登时的汗味已经消散,身上的每一个毛孔都一张一合。鹅脂似的脸颊冰凉如水,细密乌黑的秀发迎风飞舞,如无数只手指触摸着耳畔,她张开双臂,朝着瑰丽的日光,那一点一点扩展的残红,尽情地释放着。她早已铆足了劲,想放声呼喊,但微弱的声音被风带走,消失在空旷的山野。山巅上仅有的几棵松树,针芒在夕阳的映照下熠熠生辉,摇曳着,散落一地的枯枝败叶已经腐烂,滋养着大地。一小块黑石的一角上结着冰凌,发出一道夺目的光芒。杜鹃花还未开放,那些低矮的灌木,在向阳的山坡上忍耐着,等待生命绽放的那个短暂时刻。再过一个月,这片山野的杜鹃花就要开了,阳春三月,山巅上的寒意依旧很浓。

秋夜，星空下

当天边最后一抹残红褪色，夜幕悄然降临，远处的群山、田野、河流都渐渐隐没，近处的房屋、树木、草堆影影绰绰。炊烟袅袅升起，鸟儿归巢，鸡犬返家，一切都重归静寂。

月亮爬上了树梢、屋檐、山坡，在淡淡的云层里，缥缈着。星星闪烁着，隐隐约约，仿佛无数个顽童眨着调皮的眼睛。

我在星空下行走，走过了村庄、田畦、河畔。一丛丛野花混合着泥土的芬芳，在暮色四起的大地上摇曳。

微黄的秋叶从风中飘落，轻轻地，生怕惊碎了遍地的月光。月光照样轻柔地铺在了池塘的水面上，晃晃悠悠。

这真是个迷人的夜晚，可我却希冀着，找寻回家的路。偶尔会有一两声狂吼的犬吠传来，或不经意间在草丛中惊起一只落单的飞鸟，"啾"的一声飞远了。秋虫不甘寂寞，不约而同地吟唱，此起彼伏。

路的尽头，有一束温暖的光，在前方忽明忽暗，星星点点。这样的场景，是在记忆里重现，还是真实地存在过？我不能确定。我只知道，秋夜的气息是香甜的，还有外婆家的炊烟和那可口的饭菜在等着我。

星空下，我是在放学后贪玩忘归？还是从另一个镇子赶来探望外婆？这些都无关紧要，重要的是，月色唤醒了一些美好的瞬间。

当我兴冲冲地推开外婆的家门，她一定是抬起头来，"呀"地轻唤了我一声，赶紧为我递上了筷子和热气腾腾的饭菜。炉火正旺，木柴在炉膛里噼里啪啦地燃烧着，屋内香气四溢。外婆是和蔼的，笑容可掬，她从不责备孩子,任何时候都是那么和风细雨,不疾不徐。

　　等我吃完晚饭,外婆已经收拾好屋子,便有空在灯下坐了下来,开始穿针引线,缝缝补补。月光如水般泻了进来,外婆在灯下忙碌的剪影,便贴在了墙壁上,无声无息。

　　秋夜已有些凉意,那轮圆月一定会在天际静静地陪伴着我的外婆,直到她有些倦意,疲惫地打了个哈欠,随手关上窗户。而我,早已在夜色中安然入睡。

回不去的故乡

外婆下葬那天,父亲哭了,以前从未见他掉过一滴泪,这一次却泪流满面。母亲的泪早已淌干,面容凄切,止不住地哀伤。我的心很疼,却无法找到宣泄的出口。

在我年幼时,外婆是我的依靠。在她漫长的一生里,始终是劳碌的。家里所有的农活,都是她一个人干的,年迈的太公需要她照料,4个女儿也是她一手拉扯大,末了,还要带两个小外孙。在农村,外婆就像牛马一样劳作,却享不了几年清福。外婆去世之后,她的故乡,我年幼时的福地,曾一度以为是我故乡的那个地方,再也回不去了。

从我记事起,外婆家便是乐土,所有的欢乐都在这个小小的村庄生根、发芽、结果。那个年代是贫瘠的年代,经济开始复苏,可农村的生活依然贫穷。母亲在镇上的供销社上班,周末会来看我,我与外婆相依为命。每当村口有货郎摇着拨浪鼓经过,我总是翘首以盼,两眼放光。货郎在村口放下担子,一群毛孩子便围了上去,拿着鸡毛、鸭毛换他的"笃白糖"。"笃白糖"是我们乡村的俚语,其实就是麦芽糖。货郎小心翼翼地剥开用箬竹包的叶子,用榔头和铲子轻轻地敲碎结成块的大饼样的麦芽糖,你一块、他一块。麦芽糖舔上去甜甜的,有着丝丝清凉的味道,涎水止不住地流下来。

鸡毛、鸭毛其实也是稀罕之物,家里养的鸡鸭原本就少,宰杀的可能性不大,每当集市日,外婆或母亲会提着一篮鸡蛋、鸭蛋去集市上卖,换得可怜的几毛钱,再去购买一些必需的生活用品。菜里的肉一般很少见到,记得有一次,年事已高的太公,偷偷去厨房里夹了块猪油渣放在嘴里咀嚼,被我发现了,偷偷告诉外婆。被说教的太公耷拉着脑袋,就像做了贼一样心虚。我曾赖着外婆要吃鸭肉,外婆实在应付不了,只好等到在外地乡镇工作的外公回来,跟邻居买了一只嫩鸭给我开荤,那可是鲜见的大餐。

那个村庄田地空旷,房屋俨然;阡陌交通,水网相连。绿树环绕的小河边有洗衣淘米的石板埠头,大河边有停靠下货的汽船埠头。那时的交通并不发达,除了一条公路可以坐上有限的定时班车外,水运的汽船是重要的交通工具。外婆曾在离家几里地外的贝壳厂打过零工。那个贝壳厂就在大河岸边,临水的一侧,时常能见到"突突突"的小汽船开过,浑浊的河水掀开一道道波浪,翻滚着,喘着粗气,然后又像小媳妇的脸庞一样光滑如镜,碧波荡漾。

池塘分布得更广,除了灌溉农田之用,还有几口专供饮用水,因此相对来说干净清澈。每当夏日来临,池塘里盛开着一朵朵荷花,娇艳欲滴,荷叶田田,蛙鸣声此起彼伏,仿佛是一场盛大的合奏曲。村里的孩子便一个个跃入水中,尽情嬉戏。我一直都是旱鸭子,至今也不会游泳,可能与外婆的怜爱有关,那时候,她决不会允许自己的宝贝外孙有任何的闪失。我只得在岸上用南瓜花做的饵去钓青蛙,或是提着竹竿去河边钓鱼,更有可能是用一个弹弓去打麻雀,或进到竹林里去掏钻竹蜂。那些童年趣事,都与故乡的村庄密不可分。

村里的人家,有的住在破旧的瓦房里,屋檐低矮,独门独户;也有的住进了双层的大寨屋,那些大寨屋通常由几户人家的石板屋连成一排,明亮通透,是那个年代农村特有的建筑风格。20世纪80年代初的浙东南农村,已经出现人员流动的迹象。村子里的好些人家,青壮年开始去往外地,如杭州、上海、北京等大城市,卖衣服,卖豆腐,做些小本生意,仿佛这是农村人致富的唯一出路。留守的基本上是老弱妇幼,村子里除了唱大戏之外,平日里很少见到热闹的场面。邻居荷莲一家也去了,只留下老奶奶,难免孤独,外婆就时常过去与她拉拉家常。等到春节来临,家家户户张灯结彩,儿女们拎着大包小包往家里赶,带些时髦的衣物和杂货。自行车、收音机都是些贵重物品,拥有的可都是富裕人家。

每当除夕夜,我那可亲的外婆好似变戏法般,变出好些水果零食供我享用。那是一年中最开心的日子,穿着新衣服,捏着压岁钱,兴许还捧着一把姨妈姨父从大上海带的大白兔奶糖,乐得嘴都合不拢。外婆家的门口挂上两盏大红灯笼,贴上父亲手写的对联,吃顿丰盛的年夜饭,再欢天喜地地去门前的空地上放一串鞭炮,年的味道、幸福的味道便浓了。

大约是在20世纪90年代初的一天,外公带了几个陌生人,在家里商量着要将老屋卖掉,年逾九十的太公死活不同意,说叶落归根,大把年纪了不愿离开故里。可家里真正做主的是外公,不知怎么的给太公做了思想工作,反正他是同意了。于是,外婆一家便真正离开了农村,离开了她生活了大半辈子的故乡,来到了一个镇子上。对于外婆来说,离开便意味着与过去告别,再也不用去田里耕作,喂猪养鸡,再也不能与老邻居家长里短,那些乡村的物事渐渐离她远去。几年之后,太公病逝那天,村里来了上百号人,为他送葬,那个盛大的场面,至今我仍记忆犹新。太公在村子里的辈分最高,德高望重,这样的待遇,在农村社会,是他身后的荣耀。从此,外婆与故乡藕断丝连,她的出生地因与外公邻村,每当故人登门,她极尽待客之道。那份质朴,那份浓浓的乡情,始终伴随着她一生。

又过了几年,外婆随女儿迁到了城里,开始过起了城里人养尊处优的生活,清秀的外婆越发显得富态。偶尔,我也会去她家坐坐,或带她到公园散步,城里的高楼大厦对于外婆来说无疑是惊讶的,如同刘姥姥逛大观园。但大部分时间,她还是喜欢待在家里,活动范围远没有农村广阔。每当远在农村的姐姐过来看她,外婆总要留她住几天,拉拉家常。家里老屋拆除了,农田被填了,建了新厂房;当年的乡村小路拓宽成马路了;谁家做生意攒了钱,也搬进城里住了。这样的信息,不断在外婆的脑海里徘徊。不知她是否还惦记着故乡,惦记着她的一亩三分地。外婆是个闲不住的人,除了做些力所能及的家务,依旧会坐在太阳底下穿针引线。她的身上,总会留几个体己钱,接济并不富裕的兄弟姐妹。外婆大字不识,却能讲好多人生道理,她的一生是忍耐的,向善的,并且默默付出,无怨无悔。外婆信佛,从不与人争执,只求家族兴旺,后辈平安。

我心中的外婆,便是另一个故乡,她的温暖慈祥、和蔼可亲,始终是一团光和火,照亮我的人生旅程。在外婆的坟前,我重重地跪了下来,泪水止不住地流淌。

我 的 父 亲

一

应该是在去年,买了作家阎连科的新书《我与父辈》,其中不乏对父亲、大伯、四叔的怀念之情,语言质朴温暖,是很自然的亲情流露,难怪被出版者誉为"椎心泣血的文字"。对于父辈,阎连科做了最煽情的表达:"在我所有的作品中,这是一颗钻石。"是的,父母的生养之恩,是世上最无私的爱。即使父亲的打骂、责罚、训斥,都是天经地义。

阎连科在《想念父亲》中,就专门列了一个标题——《打》。他有过 3 次被父亲打的经历,分别是七八岁、近十岁、十几岁,那是最应该被管束的少年时期,他的被打原因分别是:偷钱买烧饼吃;别人偷了瓜主人卖黄瓜的钱,他却被父亲冤枉,狠揍了一顿;第 3 次,顺手牵羊捞了把刮脸刀送给父亲用了十多年,一直没被发现。他这样写道:"第三次,父亲是最最应该打我的,应该把我打得鼻青脸肿、头破血流的,可是父亲没打我。是我没有让父亲痛打我。"少年时期,很多男孩子都有这样的成长经历,任性、脾气倔强,犯了错,挨了打,开始死不认账,直到把父亲气得暴跳如雷,痛下拳脚,才会屈服。父亲对待子女的态度,往往取决于子女的行为表现。俗话说,"打是亲,骂是爱",任何一个父亲,对待子女,都会尽他的职责。

在我的记忆里,父亲很少动手打骂或责罚。这并不代表对我教育的缺失,相反,我觉得,父亲是爱我的,尽管他在言语和行为上没有太多地流露,却会以言传身教来引导我,要我做一个人格健全的人。小时候,我个性顽皮,却是个比较听话的孩子,大人们很少操心,也并未有过出格之举,故一般来说很少被父亲管束。但有一次,却激怒了父亲,他五指并拢、弯曲,用手背狠狠地给了我一个栗暴,我被这突如其来的一击给打懵了,泪水不争气地漾了开去。具体是因为何事犯错,却想不起了,我只记得,那一次被打,成为记忆里的一道烙痕,从此对父亲心存敬畏。

令我感动的是,当一个父亲,错怪了儿子,他在痛打之后,静下心来思索,是那样地令人动容。阎连科记录下这样的场景:"睡到半夜父亲却把我摇醒,好像求我一样问:'你真的没拿人家的钱?'我朝父亲点了一下头。然后,然后父亲就拿手去我脸上轻轻摸了摸,又把他的脸扭到一边去,去看着窗外的夜色和月光。看一会儿他就出去了。出去坐在院落里,孤零零地坐在我跪过的石板地上的一张凳子上,望着天空,让夜露潮润着,直到我又睡了一觉起床小解,父亲还在那儿静静地坐着没有动。"这是个令人为之动容的场景。一个父亲对儿子的爱,没有太多的言语,却黑白分明。相信父亲在我记忆里那唯一一次的责打之后,一定也感到了一丝怅然,因为在他发怒之时,会有气愤的理由,而在平息之后,怅然的原因是,这样的责打,是否会起到教育的目的,因为打人并非他的本意,况且,父亲的性格并非刚烈,他只是在尽一个父亲责无旁贷的职责。

我早已过了而立之年,多少能够体会父亲的苦心。在前两天,女儿过了九周岁生日,回想起来,她因为顽皮、任性以及学习上的原因,没少挨我的打。其实,她远没有我幸运,我挨打的经历屈指可数。她是个天真活泼的孩子,只是很少约束自己,不服管教,没少让父母操心。是放任还是约束,这真是个令人担忧的问题。

有一天,我偶尔想起小时候的事,问父亲是否还记得我年少时是如何顽皮不懂事,又是如何挨他的打,他只是爽朗地笑了笑,说已经不记得了。

二

　　大年初一,父亲病了,我见他时,他脸色苍白,侧身躺在客厅的沙发上,看上去有些虚弱。见我一家来,起身打了声招呼,又躺了下来。平常父亲可不是这样的,见了小孙女,总要及时去拿一些好吃的给她,给我们让座,顺便聊上几句。今天则不同,显得有气无力。母亲见我们来,一边忙着准备饭菜,一边唠叨起来:你爸得了感冒,昨晚还发高烧呢! 我有些吃惊,吃年夜饭的时候不是好好的吗,怎么说病就病了呢? 母亲接着说:都怪你老爸,平时也没见他怎么干活,大年三十那天下午,偏偏要去洗车。说车子脏了,要洗洗,端了盆井水,洗了一下午,结果就着凉了。母亲说得那么肯定,父亲听了也轻咳了一下,我无语了。一直听母亲唠叨,这病也反复,昨晚看了一半春晚,你老爸就说要睡,结果刚躺下一会,就发高烧,我给他吃了药,大半夜就好了,结果没想到早上起来,还不见好。瞧着父亲病恹恹的样子,我心里有些难过。平常,父亲的身体极好,没想到刚过春节,感冒就乘虚而入了。

　　就这样,春节期间,父亲的感冒时好时坏,一直持续了10多天。因为感冒也不是什么大病,我们不太在意,就连父亲也照样去走亲戚,吃饭应酬。前两天,母亲说,她陪父亲去医院看病了,起先父亲坚持不去,最后还是拗不过她,也就去了。医生检查之后开了药方,说只是一般的流行性感冒,并无大碍,母亲放心了。

　　得知父亲又感冒了,弟弟跟我说,天冷了,父母家卧室的温度实在太低,要不去买个加热器吧,我说好吧。于是,我俩一同去了商场。后来,弟弟又说,要不还是干脆买台空调算了。在征求了母亲的意见之后,她不同意,只好作罢。家里的事,无论大小,基本上都是母亲做主,我俩从小到大,都是母亲操持。这些年,母亲提早退休在家,收入并不高,全靠父亲的工资养家。两个儿子读大学,买房子的钱,也全是父亲挣的。尽管如此,可父亲在家里的"地位"并不高,母亲凡事亲力亲为的个性给我们造成这种错觉。

　　在我的记忆里,父亲是个极随和的人,很少发脾气。即使偶尔有些不满,也坚持不了多久,就烟消云散了。父亲对我俩的管教极少,都说慈母严父,可在我们眼里,父亲是那样的谦和。父亲其实是一个极负责任的人,无论是在单位工作还是别人有事相托,他都会尽心尽力去做,乐此不疲。难怪很多熟悉父亲的人提起,都说他是个本分的人。这样的褒扬对于父亲来说是很客观的,他是个农民的儿子,有着农村人的质朴。父亲生于建国初期,是毕业于六十年代末的中专生,也是一名普普通通的会计,长期与数字打交道的职业习惯养成了他严谨的个性。父亲除了做好本职工作之外,并无其他爱好,为了给家里添砖加瓦,他会利用大部分业余时间兼职做账,以贴补家用。母亲常说,你老爸就一个缺点,爱抽烟。是的,父亲的烟抽得很凶,可烟却廉价。在他退休之后,母亲不停地唠叨,身体要紧。父亲是固执的,多年的烟龄对他来说已经养成了习惯,起先,他总是在外头偷偷地抽,尽量不被母亲发现,即使发现了,也跟孩子似的开心一笑。可他终究抵不过母亲的唠叨,如今彻底戒烟了。作为父亲,他是知足的,可以放心工作,不为家务所羁。作为男人,他很务实,如老黄牛般兢兢业业,任劳任怨。

　　尽管有母亲的悉心照顾,但父亲的突然感冒,对于儿子们来说,便有十二分的义务,要为他做些什么。毕竟,我们都将老去,而父母眼神里的一丝欣慰,便是对我们最好的褒奖。

我与《海风》这些年

2009 年春，我收到了一本新的《海风》杂志，我的散文《走读畲乡》第一次刊登在上面。作为一名在文学论坛上自娱自乐多年的写作者，以纸质的方式与自己的作品见面，当然心怀喜悦，况且《海风》的装帧设计和文学质感都令我感到满意，这当然与编辑的执着密不可分。从那以后，陆续有我的散文、小说、诗歌在《海风》上发表，那是《海风》对我一次次的鼓励和褒奖。编辑曾不止一次电话与我联络，提出关于修改一篇小说结尾的意见，或跟我谈一谈他对散文作品的看法，很中肯，我也欣然接受。可见，作为一名编辑，他尽心尽责。

作为一家县市级文学杂志，近年来，《海风》在不断推陈出新，提升自己的品牌，搞一些文学征文、诗歌朗诵会以及文化采风等活动，旨在激励作者们，彼此有文学作品方面的互动。2011 年夏，我有幸在一次征文活动中获奖，在颁奖仪式上，见到很多素未谋面的当地作家，如杨邪、徐晓军、叶艳莉等，在阅读他们的作品之外，我们可以安静地坐下来对话，彼此之间又加深了良好的印象。后来，又在《海风》组织的文学座谈中认识了享誉诗坛的本土诗人江一郎，他的不修边幅和豪爽个性，令我顿生敬意。这几年，我总能够及时收到新鲜出炉的《海风》杂志，我一期不漏地保存着。不断有新人的作品在《海风》上发表，不断有一些本土实力作者的作品在发表之后，又在更高层次的文学杂志上刊载、获奖。他们所取得的成就，凝聚了一个个文学写作者的不懈努力与坚持，当然也离不开《海风》多年以来的悉心照料。

2013年初,《海风》举办了一期非常成功的诗歌朗诵会,这场名为《春天的回望》的诗歌朗诵会,规格是相当高的,历年罕见。朗诵会的诗歌是从18年来的《海风》杂志上挑选的18位作者的诗歌作品,我的《在草原,我失落了一颗明珠》名列其中,这对我来说无疑是个巨大的鼓舞。编辑要求我好好准备,自己朗诵或邀请他人,他说话的语气,隐隐透着一股凝重的干练。事实上,在2012年末,就已经开始了这场诗歌朗诵会的精心准备,这是一场盛典,参与这项工作的包括选诗、LED、音乐、舞蹈以及宣传册的设计,都要事无巨细做好。这场朗诵会座无虚席,当音乐的旋律响起,优美的诗歌萦绕耳际,那股久违的气息令人窒息。今年4月,我参加了"美丽温岭"百名作家艺术家文化大采风,对于一名写作者来说,这种亲身的体验与交流是极其宝贵的经历。这些年来,《海风》在文学路上对我的指引和接纳,无疑激发了我在文学写作途中的热情。

　　前些日子,我的两位文友出了新书,为了表示祝贺,我曾这样写道:"每一个用文字书写的人,都要承受内心的艰难与寂寞。就在灵魂深处,有一朵隐秘的花朵,缓缓地绽放,然后,燃烧出不一样的激情。"同样,我要表达对《海风》的敬意。

走进魔幻的森林

——读马尔克斯《百年孤独》

直到加西亚·马尔克斯离世后的第 3 日,我才有幸拜读他的传世经典《百年孤独》,这也算是对他的另一种致敬吧。

《百年孤独》描写的仅仅是拉丁美洲十六世纪前后一个家族的兴亡史,却浓缩了整个世界。在马尔克斯宏大的叙事里,不乏魔幻色彩,又有着现实的忧伤,如同是在迷雾重重的魔法森林里漫步,无边无际。而马孔多就是这样一个偏僻的避世之地,一如世外桃源。最终,这群离群脱俗的人还是无法逃脱宿命的围剿。

自这个家族的创始人何塞·阿尔卡蒂奥·布恩迪亚在加勒比海沿岸创造了小镇马孔多,到这个家族最后一个孩子不幸被蚂蚁吃掉,都与马孔多的命运相连。但我们是否会想到,一个家族的厄运,是被外来者胁迫? 抑或原本就要自生自灭? 战火的无情,外来者的入侵,只不过是灾难降临的前奏。殖民与被殖民,外来文化对土著民族的侵略,政府对马孔多管理的合法化,天主教堂的建立,迷茫与痛苦重塑了马孔多,同时也使布恩迪亚家族被卷入消亡的边缘。最终,拉丁美洲人只能在原始的巫术与习俗中找寻历史的残片,马尔克斯用魔幻现实主义的写法诠释了它的寓言。

我欣赏马尔克斯精巧的叙事结构,如同一只瑞典手表,每一个细节都精巧入微,又像是一架古老钢琴,每一个音符都能演奏出绝佳的旋律。当故事的开头奥雷里亚诺·布恩迪亚上校面对行刑队回想起父亲带他去见识冰块的那个遥远的下午,简洁描写马孔多这个村庄新生伊始的时候,就有一股引人入胜的魔力。一如《创世记》里的洪荒时代,到处都充溢着离奇魔幻的色彩。当吉卜赛人梅尔基亚德斯带着他的魔法出现,马孔多就已经无可逆转地进入了时代的洪流。强大的磁铁、望远镜、放大镜、炼金术、飞毯、魔法书,这些不断涌入的文明世界的魔法与科技,让何塞·阿尔卡蒂奥·布恩迪亚产生了各种荒诞的念头而难以自拔,从而使马孔多失去了往昔的宁静,频繁的战乱更诱使这个家族的第二代乃至第三代人颠沛流离。

可以说,这个家族的编年史是混乱的,七代男人的名字以相同的阿尔卡蒂奥和奥雷里亚诺反复出现,让人产生时空错乱之感。这个家族又是荒唐怪异的,不乏对魔法达到痴迷不悟之人。这个家族的男人们血脉相通,骨骼健壮,想象力无以复加。女人们意志坚定,情感丰沛,精明利落。但对两性之间的关系却并不纯洁,不乏情人、私生子、通奸等畸形的情感事物涌现。与第一代人单纯对自由美好生活的向往相比,后代几乎都在情感与伦理上陷入混乱不洁的泥沼。到最后一个姑妈与侄儿通奸生出长猪尾巴的孩子,然后被蚂蚁吃掉为止,羊皮卷上的预言不幸被言中,悲剧终于上演。可见,一个烂掉的被诅咒的家族,是会被时间洪流淘汰的。

在现实中,马孔多只是一个曾经被世人遗忘的村庄。遮蔽的森林企图掩盖一切真相,那里的居民曾经安居乐业,可仅仅过了百年,这个村庄沦陷了。当我逐字逐句地阅读,就像漫步在一片魔幻的森林,为一个个被魔法催眠的人物命运扼腕叹息。无论是被战争洗劫还是被外来种香蕉的庄园主所摧残,马孔多的居民都有一种乐观向上、与生俱来的反抗精神,如奥雷里亚诺·布恩迪亚上校经历的 20 年内战,何塞·阿尔卡蒂奥第二率领的罢工,最后一个奥雷里亚诺对羊皮卷的破译,可惜的是,一切都已烟消云散。人性对未知的恐惧令他们妥协,未能使马孔多走向繁荣,相反,它的衰落早在 100 年前就被写在羊皮卷上的预言所证实。

　　《纽约时报》形容《百年孤独》是"《创世记》之后，首部值得全人类阅读的文学巨著"。诺贝尔文学奖颁奖辞这样写道："加西亚·马尔克斯以小说作品创建了一个自己的世界，一个浓缩的宇宙，其中喧嚣纷乱却又生动可信的现实，映射了一片大陆及其人民的富足与贫困。"马尔克斯的离世，是世界文学史上的一大损失，也使我们看到，大师生命的陨落是他使命的终结，留给世人的却是伟大的作品与辉煌的人性。一如网友评价的那样，他是一位谦卑的王者。

雪域的召唤

——读陈庆港《冈底斯遗书》

　　跟很多人一样,我也喜欢关于西藏的文学读本。西藏,令人朝思暮想又心存敬畏。"那是逼近天堂、逼近死亡的旅程,它让我知道了生死的距离,也让我懂得生命是个奇迹。"近读《冈底斯遗书》,在陈庆港笔下,不断涌现出旖旎多姿的自然风光,风云变幻的神话故事以及人神共处、生死相依的凄美爱情,人性在神圣的雪域高原上得以净化,如浴火重生,凤凰涅槃。

　　确切地说,这是一个发生在西藏的离奇故事,故事的人物是"他"一同前往阿里朝圣冈底斯雪山的同伴。他们原本形同陌路,一次不谋而合的际遇,使他们走到了一起,并且,在短暂的时光里,发生了很多始料不及的遭遇。故事的主人公陈小鸟的职业我们无从知晓,但可以肯定"他"是个富有爱心和激情的人,在"他"经历的离奇曲折的故事里,我们感同身受。

　　先说说故事里的人物吧。两位司机:达娃和丹增。三位女性:北京、山口、黄青。四位男性:我、胡超、罗益和常白。阿里之行,命运将他们串联在一起。

　　达娃,是个正直的藏族小伙,他果敢刚毅,爱憎分明,是个虔诚的信徒。当胡超在羊卓雍错试图将献祭圣湖的牦牛头搬走时,达娃毫不留情地阻拦下来,并小心翼翼地用鞋带将摔成两瓣的牛头骨拼好放回。达娃说:"你没有一点敬畏,你不能没有一点敬畏。你没有神,我们有神,我们的湖有神,我们的山有神,我们的天空也有神,我们的一草一木都有神。你在这块土地上不能没有敬畏,要敬畏神,我们的神。"当他说这些话的时候,我仿佛看到了一个活生生的人,就站在面前,一字一句,斩钉截铁,令人心生愧意。达娃也是个有智慧的人。当北京得了重病处于昏迷状态之后,为了帮助她重建希望和信心,"达娃使出吃奶的劲,终于将四只瘪了的氧气袋重新吹鼓起来"。他更是向善之人。他说:"我为她做了祈祷。也为你们每个人做了祈祷。她不会死在这里的。她会回到家的。"可惜的是,达娃走了,为了使大家走出困境,他在严寒里独自去找宿营地,结果再也没有回来。达娃的灵魂升天了,在他看见彩虹的瞬间,他已经知晓生命的结局,这可能就是宿命。

　　黄青,一个单纯、弱小而又任性的上海女子。她和罗益在画展上相识一个月后,一起来到西藏。在外人眼里,他俩无疑是情侣,但罗益并不这么想,他一直将黄青视为需要照顾的妹妹,他的关心体贴在不经意间被黄青误解为爱情。因此,在罗益照顾重病的北京时,黄青非常吃醋。但她除了耍点小心眼,发点小脾气之外,却很单纯。她是个画家,她的毕业作品《白山》寓示了她的身世之谜。"这是我梦里的山,还在很小的时候,它就开始出现在我的梦里了,至今没有消失过。这山,已经成为我生命中很重要的东西,甚至超过了许多真实存在的东西。"圣山之夜,当黄青拆开姨妈写给她的那封信的时候,一切都昭然若揭。她的母亲难产而死,她的父亲就葬身在眼前的冈仁波钦雪山,原来,这魂牵梦萦的雪山之梦,便是父亲的灵魂在召唤。"再看眼前的这座雪山,黄青不再觉得陌生,它一下子变得那么亲切,亲人般地亲切。""此时此刻,黄青不再憎恨罗益,反倒觉得他是自己命中注定的一位引领自己抵达白山的先知,在他的引领下,冥冥之中,她一路来到了自己生命的原点。"多么深的领悟啊,又是一个关乎宿命与轮回的话题。后来,黄青因产后抑郁症离世,她和胡超意外结合而生的孩子,却在山口的带领下又一次来到了这里。20年后,"我"在拉萨遇见的那个唱着羌塘民歌、带着

126

白巾的神秘女子,竟是黄青的后代。

北京,一个成熟美丽的知性女子,因为身患绝症而远赴阿里,却在弥留之际意外被濒死的朝圣者用水晶般透明、长着人脸的神奇草药挽回了生命,这是绝处逢生的人生际遇。北京濒死挣扎的奇幻梦境又一次令人看到了灵魂的无处不在。"他希望你帮他把这颗牙齿带到冈仁波钦,他说他到不了冈仁波钦了,如果你能帮他把他的这颗牙齿埋葬在冈仁波钦圣山下,这样就等于他到了冈仁波钦了。"朝圣者,一个多么高贵的灵魂啊!北京怀揣着朝圣者的牙齿在圣山为他完成了转生的心愿,并将牙齿埋在了圣山脚下。后来,北京的病不治而愈,却又开始反复。第二年春天,她离开了北京的家,再次回到了冈仁波钦脚下,死亡却迟迟没有降临。她便定居了下来,做了小学里的老师。北京在圣山脚下的流水时光,似曾相识的熟悉,冥冥中的相知,心如止水的安逸,所有人生的欢愉便是无忧无虑相安无事的那份静谧吧。

世俗里人的命运总是在忙碌、忧虑、纠结中度过的,幸福是如此短暂。胡超去阿里另有所图,是去贩运雪蓼的,结果在等待救援达娃的过程中冻伤了脚趾。罗益为了拍摄登顶冈仁波钦雪山而葬身于雪崩。常白用磕祷和篆刻经文完成了对灵魂的救赎。而山口,因为喜欢阿古顿巴的传说而将自己的爱情交付给了藏族小伙达娃。那份至真至淳的爱,达娃至死也没有听见山口亲口对他说出来。也许,所有浓烈的爱都如醇酒般芬芳,一直埋藏在爱人的心底,直至海枯石烂。

《冈底斯遗书》,是一部带着生命的热度书写的灵魂之书,它的故事就发生在晶莹剔透的雪域高原,一尘不染,又如风中的格桑花,摇曳多姿。它使我们相信,生命在哪里,灵魂就在哪里。作者在前言里这样写道:"拥有来生的人,敬畏今世。因为没有来生,我们无所畏惧。因为没有来生,我们无比畏惧。"

流放，或者归来

——读张炜《外省书》

　　读罢张炜的长篇小说《外省书》，掩卷、思索，这是一部饱含生命热度的思想之书。从史珂，一个行将衰弱的老知识分子的视觉关注社会，从人的情感出发探究人性，亲历时代的裂变和进程，这样的思考是有意义的，可以回溯到生命的本源。

　　书的开头，出现了这样的场景，史珂在荒凉的路上行走，在海边树林子里的一间孤零零的大屋子前徘徊、踌躇。甚至有点后悔去见新结识的"老朋友"师麟——一个自取绰号"鲈鱼"，屡犯"流氓罪"的"刑满释放分子"，自称"革命的情种"的家伙。两位老人的见面充满着戏剧性，又有着鲜明的反差。史珂在京城退休之后孤身一人返回故乡，自愿选择了一处靠海的祖屋居住，这意味着叶落归根；而"鲈鱼"则是被流放的囚徒，一个时代的弃儿，油库看守。两人曾经一见如故，生活态度却有天壤之别，一个生性严谨，一个玩世不恭。

　　故事围绕着两位老人和身边的亲人展开，既交代了每个人的来龙去脉，有个清晰的脉络，又相互交错。"鲈鱼"个性鲜明，他军人出身，战功卓著，他的一生爱过很多女人，每一次都真心付出。"他在任何时候对于异性的美都不会无动于衷。""他刚从一场战争中退出，却投入了另一场战争，准确点说是'追逐战'。与所有战争不同，这样的战争一旦开始就没有结束，它会绵延一生。"在那个时代，他的确是个另类，他的军功章与帅气的外表就是资本，而个性上的开放与大胆，沉稳与细腻，很

128

容易俘获女性的芳心。在不计其数的"追逐战"中,他从未失手。当这样一位情场上的浪荡子进入暮年,依然有位年轻的女子"狒狒"为他着迷。在他荒唐的一生中,我们不难看到,寂寞对他意味着什么。而"鲈鱼"又是极其睿智的,他热衷于给人用动物的名字命名,他对书本的渴求和对人性的探究都极有见地,难怪史珂将其视为挚友。

史珂现实中对故乡的回归,其实是另一种精神的流放。他离开京城的原因是因为"京城太喧闹,一辈子都太喧闹"。他回归故乡只想安安静静地过完余生。但事与愿违,故乡的海湾毕竟不是梭罗的《瓦尔登湖》,家族的纷扰和即将到来的拆迁都使希望成为泡影。跟很多饱含沧桑的老知识分子一样,史珂的身上刻有很深的时代烙印。他的父亲是个大资本家,归国华侨,将所有的家业都奉献给祖国建设,之后遭遇一些不幸,哥哥史铭出国叛逃,自己因学术被打倒下放,妻子因病早逝。这样一个悲惨的事实,始终是压在他胸口的一块巨石。尽管史珂身体单薄,但他有着很强的自制力。在对待吴妈的态度上,我们不难看出,他作风正派,忠于操守。史珂是个有思想的人,他对物质的要求很低,对事物的观察尤其敏锐,经常会陷入冥思。如文中几次提到他留意"京腔儿"和故语在发音上的区别,从先前对故语发音的排斥到认同,从对乡音的态度转变说明了情感的回归。如他对拾荒老人的同情和帮助,都是身体力行的。他用感官和行动去触摸故乡的事物,用思想和笔记来丈量故土,学识体现了一个人内心的涵养与气度。张炜说:"他不妥协:在任何时候都敢于问一个为什么,不慌。能够在世事面前不慌的人特别少。"在时代大潮中,史珂并不去顺应,反而逆流而上,用自己的思想去实践,去行动。

在史珂栖居的海湾,看似宁静,其实暗潮涌动。它偏安一隅,其实是一个时代的缩影。无论是史珂已故的妻子肖紫薇、朋友元吉良、哥哥史铭、侄儿史东宾、侄媳马莎,还是"鲈鱼"的妻子胡春旖、女儿师辉、侄女"狒狒",他们都有一个不同寻常的人生,他们所遭遇的生活,都与这个时代息息相关。爱情，并非空洞的字眼，"鲈鱼"对女人忘情的追逐是炽烈的，史珂对爱人一往情深。肖紫薇与元吉良、小胡子之间的情感纠葛，师辉对婚姻的冷淡，史东宾对师辉不择手段的追求，"鲈鱼"与"狒狒"的不伦之恋，以及老校长对师辉的非分之想，等等。"鲈鱼"放荡不羁的生活似乎在某种程度上刺激了史珂，情感上发生着微妙的变化。同样是老人，他也会空虚，他要寻找安慰和寄托。况且，"午夜闪过一个美好的面容"。他曾经在精神上出轨，他对异性的美还有着异样的冲动。凡此种种，展示了人性的复杂和情感的隐秘，在一扇扇通往心灵深处的隐秘之门，有光明也有晦暗，有甜蜜也有苦涩。

《外省书》中描述的一个个故事，就像一张张编织精密的网，将人的欲望、情感、困顿、迷惘淋漓尽致地展示出来，那样宽广、细密、精致、活灵活现。同样，我们也欣赏到张炜那浓烈的诗性和富有张力的语言魅力。张炜说："这个时代真正意义的作家一定要对这个时代的喧嚣芜杂、对这个时代非常轻率的写作有一种藐视和否定。失去了这些也就真的失去了希望。"做个沉潜的写作者，这也是我所希望的。

乡村社会的冷酷书写

——读盛可以《野蛮生长》

    盛可以的长篇小说《野蛮生长》，是一部乡村家族的血泪史。她虚拟了一个隐痛的世界，一幕幕人间的悲剧上演，活着就是遭罪。那些蝼蚁般活着的人们，生存境况令人担忧，或安于现状、卑微劳作；或企图挣脱命运的藩篱。而收获的只是阵痛、绝望与屈辱，最终家破人亡，妻离子散。可见，谁也无法改变一株植物的命运。

    在乡村社会，家族如同一棵老树，盘根错节。小说演绎了3代人的生命历程。在爷爷李辛亥看来："他活着只干两件事，一是读书，二是赌博；偶尔给乡邻写对联，做祭账，赚些零花钱。"他是个纨绔子弟，读过几年书，却玩世不恭，荒唐透顶。他的个性自私、冷漠，因犯了不可饶恕的罪过与儿子李甲戌水火不容。没有了家长威风的李辛亥只得装聋作哑，自娱自乐，经常与李甲戌暗地里较劲。在他漫长的一生中，潦倒落魄，空虚寂寞。故事始于李辛亥，以李辛亥的死亡告终，恰好百年。最终，李甲戌原谅了他的父亲，并且承认了他的"私生女"，这是最令人感动的。

    在这个家族中，父亲李甲戌是个家长制的暴君。他脾气火暴，犟得像头牛，并且拥有至高无上的权威，随时对老婆孩子诉诸暴力。长女李春天所遭遇的双重家庭暴力来自父亲李甲戌，来自丈夫刘芝麻，她生性忠厚，任劳任怨，却一生忍辱负重。因为对父亲的恐惧，嫁人前夜里啃火柴头，嫁人后被丈夫无端打骂，无法自己做主。夫家重男轻女，在生了两个女儿刘一花、刘一草后,她被迫超生、逃亡、打胎,遭尽白眼。后来,李春天破罐子破摔,迷上打牌,与人苟且,始终活在男权的阴影里。同时她又是一个善良的农村妇女,在丈夫受伤后无法一走了之。在男性占主导地位的乡村社会,反映出一些极不正常的社会现象和乡村陋习。

在那个特定的历史年代,各种运动应运而生。大哥李顺秋,顶了父亲的班,农转非成了城镇户口。在"严打"中因在河里网鱼,被判盗窃国家财产罪,获刑8年。从一个老实巴交、充满朝气的年轻人,变成一个极度自卑、沉默寡言的隐形人,他一生都活在"劳改释放犯"的阴影里。盛可以在语言方面很有天赋,擅于这类漫画式的描写,"我大哥很能营造自己的世界,这个世界有它自己的气息与氛围,像一朵云飘在村庄的上空,没事的时候我大哥就坐在上面,下来就把这朵云折起来放里面,谁也不让看。"二哥李夏至,是个富有朝气、一腔热血的激进分子,在一次学生运动中他为自由抗争而命赴黄泉。在20世纪80年代中后期,这样典型的抱有理想的文学青年不乏其人。而"我"——李小寒因为受了二哥的人生启蒙,大学毕业后在媒体工作,用良知揭露了可恶的"收容制度"。三兄妹所遭遇的不同人生,可以说是一个时代的缩影。

尽管命如草芥,但始终有人毫不妥协。大哥李顺秋的爱人肖水芹,她的一生都在为同一个目标而努力,便是送女儿李线线进城、出国,彻底改变她的命运。她省吃俭用,对自己的苛求已经到了无以复加的地步,却未能如愿以偿。在这个家族的第三代中,刘一花南下打工,面对着光怪陆离的情欲世界,逐渐迷失自我。刘一草生性叛逆,遭遇群少的羞辱,离奇死亡。这一代人的青春,有着天真与迷惘,希冀与憧憬,却在错综复杂的时代中走失,黯淡无光。另外两人的命运也令人唏嘘,曾经游手好闲的刘芝麻为了生计,在与城管冲突中致人死亡而被判了死刑;六子为了爱情上街为刘一花买衣服,却被无故收容,结果非正常性死亡。当一个人燃起希望之火时,又被命运当头棒喝,无情嘲弄。这些阴差阳错的事件，与人性是相背离的，喻示了命运的不公与无情。

生命是蓬勃的，万物都在顺着天性野蛮生长。"雷阵雨过后，天边一片火烧云，仿佛天体的巨大伤口，艳血流淌，地上一切都镀上金黄，温暖明亮，一点也不像发生过悲剧的人间。"其实，人间不全是灰暗，仿佛使人看到生命的一抹亮色。

《野蛮生长》是一部关于活着的历史，而作者就是最好的见证者。盛可以是个柔弱的女子，却有着野性的一面。她的笔法大胆精湛，字字见血。她像个冷眼旁观者，用尖锐的解剖刀揭露了人间的虚伪与丑陋。她富有才情的描写，使人物的形象变得有力、丰满，当然，这得益于她对现实的敏锐观察和冷酷书写。

被潮水淹没的童年
——读郭小橹《我心中的石头镇》

　　郭小橹的长篇小说《我心中的石头镇》,是一部超现实主义小说,我购于 8 年前,近来又重读了一遍。她虚构了一个阴郁、不完整、没有安全感的童年,那种孤独感和隔离感,从生活中剥离,营造出青春的残酷之美。离大海很近,离书中描写的石头镇原型——石塘很近,空气中弥漫着的那股阴暗潮湿的海腥味,在脑海里逗留,挥之不去。

　　在人的一生中,很多记忆难以磨灭。比如声音、画面、气味,在某一刻已经根深蒂固地隐藏在记忆深处。在异地,当一条寄自故乡的鳗鱼鲞出现在面前时,那咸腥的鱼的气味,那海腥味,足以唤醒沉睡中的记忆。"我"在千里之外,已经在多年前成功地逃离了石头镇,尽管获得了新生,但记忆还是出卖了"我"。

　　"我"叫珊红,有一个悲惨的童年,一切的不幸源于母亲难产而死,父亲的背井离乡。从小,"我"在祖父母身边长大。因祖母在年轻时没有遵守石头镇的习俗,得罪了祖父一家,而一辈子不得翻身。祖父母分屋而居,分灶而食,相互仇恨。"我"就像个野孩子,无依无靠,没有朋友。这仿佛是一场宿命,"我"的童年注定是不完整、不快乐的。

　　作者运用了大量的篇幅描写石头镇的故土风情。面朝大海,依山而建,能抵抗台风袭来的石屋小巷。石头镇在水仙花、月季花、茉莉花香中完成四季交替。渔妇望海盼着丈夫打鱼赶海归来,讨海人丰收后热闹欢乐的景象,以及祖母喊"我"小名阿狗回家吃饭等等之类的生活场景描写,渲染了石头镇的渔村氛围和"我"的孤苦伶仃。

"我"的耻辱从遇见哑巴时开始。那时七岁,尚在幼年,世事懵懂,被经常在炸糕摊前和棉花糖摊前转悠的哑巴发现了,"我"成了他的猎物,于是便发生了性侵。"耻辱,是我从哑巴那儿得来的一种情感。整个世界只存在耻辱。"极度的恐惧与自卑令"我"难以自拔,这直接影响到"我"的身心,以致后来都活在阴影里。在"我"的眼中,无论是母亲的难产而死,父亲的失踪,祖父的自杀,都比不上哑巴所带来的耻辱更刻骨铭心。这样的描写是有难度的,作者在小说前半部分对童年经历和心理阴影的准确复述,令人不寒而栗。

在小说的后半部分,"我"盼着与小镇车站站长老癞海生交谈,盼着坐上一辆通往石头镇外的面包车,表明"我"已厌倦了这里的生活,萌发出逃离石头镇的念头。对于"我"的童年来说,石头镇是潮湿的、封闭的、阴郁的,它局限于狭窄的地理空间。"我"与中学莫老师的交往,是情窦初开,是青春期的萌动,也是被哑巴伤害后所带来的后遗症。这段师生恋,实则是"我"在引诱莫老师,因为耻辱,因为孤独,因为对异性的憧憬,才相互用身体取暖。那些不堪回首的荒唐往事,延续了"我"的人生悲剧。事发之后,"我"被学校开除了,"那一年,我15岁,我永远地离开了我的石头镇。"

现在,回到小说的开头,回到那条鳗鱼鲞。28岁的"我"和恋人朱子寄居在都市的底层,有梦想但生活依旧困顿,"我"与朱子尽管同居,但从情感来说依旧无法完全相融,"我"是相对封闭的,这与童年的阴影不无相关。面对来历不明的鳗鱼鲞,"我"和朱子想尽方法享用了它,它打开了"我"面对故乡的一扇窗户。随之而来,一位自称"父亲"的老人突然造访,他得了绝症,只为见女儿最后一面,求得宽恕。从开始对石头镇的选择性失忆到鳗鱼鲞勾起的回忆,直到老人的出现,突如其来的变故,令人始料未及,也打乱了"我"的计划。父亲的到来,打开了情感的另一扇窗户,最终"我"选择了原谅,对石头镇的仇恨慢慢消减,也唤醒了埋葬已久的亲情。最终，"我"和朱子带着怀在肚子里的孩子，回到了阔别 13 年的石头镇，寻访故土。在某种意义上，"我"对故乡的回归，意味着"我"作为女人的真正长大，意味着"我"与朱子在爱情上的拯救，意味着在外漂泊的"我"对家园的归属感。

郭小橹的这部小说，尽管是虚构的，但在情感上，依旧有着自传的影子。这是一部关于过去的小说，更是关于现在和将来的。小说是对北京和石头镇两地空间和时间上的超现实转换，一如电影里的场景，反复切换。对于青年时在异地求学，在异乡拍电影，满世界走来走去的郭小橹来说，小说寄托了一种她对故乡石塘，对童年经历的复杂情感，具有现实的批判性和怀旧色彩。这是一部献给故乡的小说，也是对青春往事的致敬！

满庭芳·徐晨作品

介　春

　　地名通常带有时代色彩，在过去习惯套用姓氏，譬如林家里，方家里，金家里……在这里提到的介春，原本应该是叫作陈家里的，不知"介春"两字的字面含义，是否指介于冬夏之间，抑或是意指徜徉于春天的故里。

　　介春当年地处太平十字街，十字街的繁华起源于元代，提起曾经的十字街，卖鱼桥、横街、三元桥，老温岭无人不知。有何愚咏泉村诗为证："五桥风月双溪水，两岸楼台十字街。最是夜深难及处，家家灯火在书斋。"

　　如果把十字街比作飞珠溅玉的瀑布，介春就好比隐藏于石壁后的桃花源，于喧嚣之中步入如山泉般静静流淌的小巷，穿过隐没于花荫下的香径，花墙里连绵的庭院，托起一幢幢华厦耸立于繁华尽头。

　　生命如河，岁月如歌，几十年弹指挥手间。就像河流埋入泥土依旧不能停止流动，就像草木飘零秋冬依旧不能停止生命。曾经清晨于井台汲水，曾经黄昏于灯下苦读，曾经的花草树木，曾经鲜活过的生命，还有存储于记忆之中曾发生于此的一切陈年往事。

　　虽然已无从寻找承载起过往光阴的巷陌、溪流、院落，还有因此而引发的恩怨情仇的实体人物。十字街、卖鱼桥、介春……当年太平繁华的所在。三寸金莲、孤儿寡母，于几千年封建礼教，于残暴日寇的燃烧弹下，苦苦挣扎着的人们的苦难。

　　记得那是 2013 年的春天，在病床上的老人见到照顾她的保姆在捡拾野葱,突然情绪失控大声叫嚷起来。在一阵极力劝慰安抚,待老人情绪平复之后,那些刻骨铭心的记忆,仿佛从沉睡中苏醒过来。

极目所至"清明""火海""野葱",如原野上燃烧的绿焰,越过一层层尘封的岁月,淌过一道道阻隔的河流,从泥土深处满溢而出,一路奔跑着高呼着……就像那日掠尽繁华的火海,由欲望之火生生汇聚而成,青绿色冰冷刺骨的火海,深深地烙印在岁月深处,带着生命中不可触摸的伤痛。

清　明

　　1941 年清明这天,温岭太平横街介春,西南面的大厨房里,半夜后便传出铁锅碰撞灶台的尖锐响声。"刺"一下火柴划擦声过后,"吱鼓!吱鼓!"垂暮的老风箱,像是在梦中被人掏空心肺一般,"铁扑! 铁扑!"一声声发出痛楚的抗争。

　　"咯咯咯"阁楼小床薄被下,一个小小的身形,尽量紧地缩成一团,仿佛是要把自己完全彻底地埋进夜的深处。"咯咯咯"楼下小房间传出咳嗽声,一阵急过一阵,仿佛一双无形巨手握一把利刃,于胸腔间肆意钻取。

　　这是一户由富裕走向贫困,由兴旺走向没落的破败家庭。这户人家年轻的男主人,染病去世已有几年,身后只留下年迈的母亲,年轻的寡妇,年幼的女儿,紧跟在她们身后的,还有一屁股的高利贷。

　　"清明时节雨纷纷,路上行人欲断魂。"清明断肠之际,最断魂莫过于老年失子,青年丧夫,幼年失父,清明伤心倍伤神。然而屋漏偏逢连夜雨,恰逢战乱之年,人生悲苦莫过于此。

　　"起床了!"这家年轻的寡妇三娘,摆动细腰扭动着三寸金莲,上楼来取食盒。变形的木楼梯,满世界也找不到一些依靠,只能绝望地趴在开裂的木地板的边缘,无助地挣扎着。

　　"也不看看什么日子。"三娘顾自嘟哝着埋怨着,捣蒜似的小碎步,每一脚都能捣出些不满。而此刻全家最配合三娘的唯有这张残缺的老楼梯,竟然"咯吱! 咯吱!"不知死活地全身跳动起来。

食盒就摆放在阁楼西北角,与食盒并排站立着的是一行书架,书架边叠加着几只藤条书箱,书箱边上有几只竹木编制的考箱,考箱非常精细,看着就知道有些年代,而且各考箱朝代不一。

阁楼除中间可供人走动的些许空旷外,边角都挤满了杂物,然而最多的还是书。书架、书箱、考箱沿着北墙,由高及低,最里面则整齐地码放着一大堆古籍,把阁楼低矮部分塞得满满当当。

"一个个睡得像米猪。"三娘对着阁楼的暗处加大语气继续嘟哝着,此刻阁楼南面小床上躺着三娘的大女儿心月,从楼下母亲拉动风箱这刻起,心月便是躺不住了,挣扎了几下,终于没有力气将身体拉离床铺。"哎呀!今天就清明了。"心月在心里默默自语道。

可是奶奶治病要花费,家里门头开支,母亲脚小行动不便,心月小小年纪便学会养蚕织布捣米磨面,只要能挣到钱,不管什么活都行。近日家家做清明,捣米生意好起来,心月每天从学校放学回家,便一刻不停地忙,一直忙到深夜,无非是想多挣些碎米,自己和妹妹学费尚未支付,还有那件童子军服,全班就心月一人没有。

其实心月的大家族在本地是出了名的,连成片的三透九明堂,让人望而生畏。心月家原先也是极好的,有田地、房舍、产业、名望,所有一切都是爷爷在世时节的风光。

爷爷过世后,吃素念经的奶奶不能持家,父亲是爷爷这脉单传子,从小锦衣玉食惯了,不知人世凶险。经不起至爱亲朋及市井无赖合着伙地算计,不出几年好端端的一个家被败得精光。

心月5岁那年,年关将近,父亲赌债要付,药店手折要清,亲戚送礼的盒篮要担……别的不说,单每日请客一宗的馄饨厨一项的包年银子,也够平常人家几年吃喝用度。

天上总也不掉个躲债庙下来,思来想去没有其他办法,捉襟见肘的心月父亲只好向其姐借洋钿过年,其姐时任当地著名小学的校长。平生最不愿早起的父亲,这日一大早便起床,在镜子头前倒腾半日,把每根头发压得服服帖帖方肯出门。

西装笔挺皮鞋锃亮的心月父亲，踱着方步摇摇摆摆稳妥妥来到学校。这运气就好到没法说，刚巧在门口遇到了亲姐，校长姐姐领一批学生排着队从学校出来。一边的心月父亲凑了上去，期期艾艾地刚张口借钱，就遭其姐当众训斥。

在这之前心月父亲断断不会想到，人生字典里会有"拒绝"二字，而且是在如此大庭广众之下。可恶的俗物，说到钱就泼皮样……说时迟那时快，"啪!"的一声，心月姑姑脸上惊现五个鲜红指印。亲情碰撞金钱，有时竟然会是如此不堪一击，心月父亲因当众殴打校长，被官府捉进牢房。

进去牢里不久，父亲托人送出来一个小包，里面包着一条鲜血染红的白色绣花真丝手绢，血液来自父亲的肺腑。父亲于牢中感染痨病被保出狱，于一年后去世。父亲走后，家的支柱倒了，虽然除了吃喝玩乐，除了败家并无一技之长，可是三代单传的父亲毕竟是这家唯一的也是最后一位男人。

父亲于29岁去世，父亲走在新年临近的时候，当时心月的妹妹不足两周岁，母亲才28岁。父亲上山这天，天降大雪，6岁的心月身披孝袍手抱孝杖，于冰天雪地之中，被祠堂豆爷抱着扶灵，一路之上所见者莫不伤心落泪。

像是被摘去心尖一般，父亲走后，不能接受的奶奶日夜啼哭，病情越来越不见好。在奶奶以为，自己唯一的儿子，毕竟是被自己亲生的女儿投进牢房才枉送的性命。

提起心月奶奶的慈悲与淑德，这在当地早已是远近闻名的了。奶奶闺名安慈，娘家在长屿石凳里，兄长四人，安慈排行老五。安慈父母早亡，兄长们俱以开山取石为生。嫁给心月爷爷时安慈已然是27岁的高龄老度娘（老姑娘）。

母亲在生下安慈后得产后病去世，据说安慈出生那天风狂雨暴，刚好是台风登陆的日子。安慈父亲原是石匠，石匠最易得肺病，为了挽留父亲的性命，小小年纪的安慈曾于佛前立下终生吃素的誓言。

父亲去世后，安慈便成了在家带发修行的佛门弟子，每月初一十五安慈都会到堂门陪老师太打坐念经，做完功课一刻不闲地打理堂门杂务。坚守着"待客好名扬"的家门准则，安慈宁可自己挨饿也要把最后一口食赠予他人。平时里不管谁家有需要，安慈都会前去帮忙，其实从小到大，安慈从来就不会推辞，即便是难以做到的事。

话说当年媒婆为安慈提亲时，当说起陈家泼天一般家私，原先几房太太都已不在，老爷虽然年纪大了些，嫁进去就能当家做主。特别是老爷膝下无子，如能添个一男半女……这边媒人的两片薄唇还在喋喋不休，那边安慈的诸位兄长早已是惊得一佛出世二佛升天，诸位嫂嫂们更是张着的大嘴忘记了闭合。

嫁到城里名门望族，当家大奶奶，且有着泼天一般大的家私。这些在于长年劳作于石矿深处的兄长们的眼里，在于从来未曾见过世面的嫂嫂们的眼里：安慈仿佛天人出世，浑身上下立马发射出一道道璀璨的耀眼金光。

一心向佛的安慈原本是决意不肯出嫁的，奈何家人百般劝说。一顶八人抬起的大花桥，一阵震耳欲聋的爆竹吹打声过后，便是洞房花烛的静美之夜。当一身红艳喜服的安慈，面对着披红挂彩且年纪比自己父亲还要大的新郎……此生从来不知拒绝为何意的安慈，只能尽数把血泪吞入心底。

在安慈剩余的人生长路中唯有数不尽的无奈苦笑，这种笑就起始于安慈的新婚之夜。然而安慈心里也……毕竟给家人挣得了几百洋钿，也算是报答了父母兄长的养育恩情，这也许就是安慈唯一的安慰。

"善有善报"众人都说是安慈行善积德得的大福报，嫁过来不到一年便生下一女，继而又产下一子，儿女双全，人生最大福气。常言道："求儿求败子，求雨求风飚。"没想到临老来安慈却落得如此光景，这般的结局凭是谁也是无法想象得到的。

心月的母亲三姐，是家中唯一从来没有埋怨过心月姑姑的人，无论是嘴里还是心里，她明白姑姑本意是为了自己丈夫好的，当日的作为无非想教训教训他，并无加害之意，只是当时并没有想到会是这样的结局。姑姑唱白脸都是为了这个家的考虑，心月母亲一直这样对心月说来着。

然而在心月心里却一直记恨着，心月始终记得父亲是因为姑姑才入狱，才染上不治之症，才送的性命。这点心月和奶奶齐心，和母亲至死都讲不到一起。

在当时在心月奶奶的世界里，女子们遵循的是"三从四德"。儿子是自己的天，自己的地，更是自己的命。现如今儿子已死了，自己便什么也没有了，奶奶是一心求死的了，然而想要和儿子团聚却也不是件易事。

"富在深山有远亲，穷在路边无人问。"想当年家里风光时，心月姑姑结交的十八姐妹，每日云集介春里，现在却连个影子也不见。信佛的奶奶，做了一生好事，想不到晚年要承受这些。

万念俱灰之下，奶奶的神志，时而清时而不清。如此结果，对于奶奶来说，实在不知是祸还是福。"他人求我三春雨，我求他人六月霜，三春雨水容易得，六月寒霜无处寻。"也许清明的缘故，奶奶这回念得是顺的，并没有像往常那样念成错乱。

今年陈家祠堂大公轮到心月家。年景不好，公田收成无法承担祭祀费用。父亲去世时欠下一屁股的债，仅靠养蚕织绢这点收入勉强支撑。何况战乱中蚕茧没人收绢卖不出，平常人家借高利贷养蚕的，上吊跳海不计其数。昨日母亲悄悄命心月将陪嫁的珍珠包帽，拿去当铺换钱。兵荒马乱年头，东西不值钱。清明？清明！没办法活，却要管上代人的事。祖宗规矩不能变，纲常礼数不能少，打肿脸蛋充胖子。

父亲喜欢新时代的女性，母亲一双缠得笔尖似的金莲，不仅没有给婚姻带来幸福，给生活带来的除了不便还是不便。心月只能没日没夜捣米磨面，多挣点米星头维持生计。身体够不着木架子，双手接着布条，一脚一脚踩踏捣臼冲米，一天下来脚肿得像发糕。

"也不想想今天什么日子？一个个睡得像米猪。"母亲一边忙碌着一边机械性地念叨着。什么日子？心月在内心无声地反抗着："饭也没得吃，还装门面做阔佬。"

"介春里吃也吃过用也用过，穷到地步蟹酱卤拨牢乱呼（穷得连盐蟹汤都觉美味）。"奶奶喘得透不过气，刚坐直身体顺口气，又开始发表亲自发明的重复了无数遍的人生感言。母亲本来就烦得钻心捣肺，忙得前后脚不照地，这一下下就更是肚里像酒糟一样翻动起来。

"呀"一声惨叫，心月被揪着耳朵离了小床。每每也就这一声叹息，会把剧情推进高潮。心月被一把拉进冒着热气的厨房，灶山上点着盏昏暗的油灯，蒸笼里呼呼的热气冲得油灯这点光亮直打哆嗦，灶膛的火光直冲冲映得半堵老墙闪着红光，心月捂着发红生痛的半截耳朵，坐在灶膛发着呆，红光映在她清秀的瓜子脸上。

做清明猪肉头碗菜，再穷也要拿得出手的是猪肉头碗菜。母亲激发出娇小身体内所有能量，左右开弓握两把铲，从锅里捞出一块块，足足五六斤重的大肥肉，连皮带肥的猪全肉。

白肉下水煮熟后，肉香在这个长年不闻一点油味的大厨房四处弥漫开来。肉上放把刀，刀上面洒些盐，名曰刀头肉。难得一见的肉，不是给自家享用，却还得拿珍珠换取。

心月一边接着风箱，一边往灶里塞着柴火，手在柴堆里翻着，一下就抽出劈成半截的讲义夹。好好的崭新崭新的，封面是山水画的，非常精致，就是这本，是父亲不曾用过的。原本心月将其藏在书籍最里面，是学校里要夹音乐讲义，心月才当宝样地向去世的父亲借用一下，打算用完后归还父亲，不曾想到。

"娘啊！不是叫你不要烧这些。"心月哭着腔说道。

"那你说叫我烧什么?"三娘瞪着眼怒斥道。

心月不说了,反正说了也没用,母亲又不认得字,尽管心月把家中藏书宝一样搬到阁楼,母亲总会乘其不备,抽些下来当柴烧。心月把这讲义夹看得珍贵,都舍不得用,没想到却被母亲一柴刀了结。跟着遭殃的还有学校发下来的音乐讲义《中国童子军歌》和《尽力中华》等歌曲。

"万里重关,都付与鼠偷狗窃。烽起处,白山黑水,惨无余子……看城头风展太阳旗,伤心色。痛国耻,何时雪? 恨日寇,眦欲裂。誓犁庭扫穴,挥戈跃马……"这首慷慨激昂的抗日名歌《满江红》是心月和同学们的最爱。

拿着父亲遗留的被母亲损坏的半截讲义夹,面对着激情澎湃的抗日歌曲,心月的脸涨得通红。谁叫母亲不识字,母亲认定女子无才便是德,读书能有什么用处。心月的姑丈是留过洋喝过洋墨水的文化人,性情极好。见心月乖巧懂事,也是对心月特别关心,常拿些书籍讲义来教心月学英语。

早上当心月坐在灶膛一边读英语一边烧饭,母亲最是受不了这些,会骂心月:"就不好好讲人话,念什么的婊子话。"哎! 没奈何,这真是"秀才碰到兵,有理说不清"。谁让母亲不识字呵。

言归正传,话说清明第二主题理所当然是鱼,取意年年有余,祭祖时最少不了的是顶大顶鲜的黄鱼、鲳鱼、墨鱼。排在鱼后面才是鲜活的大对虾,蟹非要是膏蟹不上桌。

接下来是两炒,肉丝炒笋,笋取意欣欣向荣蓬勃向上。再者就是象征长寿的绿豆面,象征发财的肉皮胶,都可以上桌。蛋象征子息,做月节一般不能用,取意不能自食子嗣,断然不可上桌。

当然清明顶顶不能缺少的是海蛳,相传清明吃海蛳亮眼。八大碗里无论是肉或鱼,每一道菜都有顺序,从祖宗起就定下的规矩。

蒸笼里蒸煮着各式点心,青团是断断不能缺的,青团在方言里叫作青饳,在心月觉得还是青饳来得服帖。青饳是用糯米粉掺地梅做皮,包进冬笋肉丁做成咸的，包进豆沙桂花糖做成甜的，用点心印打出各式福禄寿喜或鱼形或梅花形，蒸熟后用扇子扇凉，一双一双捉进荸荠桶里。

做青饽手艺好坏直接体现各家办事能力，所以每家轮值时，主妇们会拿出十二分精神来完成。昨日母亲已命心月给族里每家送去甜和咸各四双青饽。

八大碗放进盒篮的食盒里，黄酒灌进酒壶，酒杯筷子放进竹篮。三娘扭着细脚迈着碎步，捣蒜似的进了自己房间，打开双门柜的大铜锁，跟在后面的心月，一眼就见着让人神往的，橘红色描着金线的荸荠桶。

心月庄严地爬上春凳踮起脚尖，勾着脑袋，从荸荠桶里拿青饽，一双一双往下数着递给母亲。这梦里几回流口水的，青色的小团团，床上的妹子小月，见状打滚一样爬起。

从第一碗白切肉飘香开始，装睡的小月就躲在被窝里吞口水。一直熬到这会，知道是最后一道工序，就算起来也不用做事了，小月猫儿一般从母亲脚下位置钻出，穿件底衫底裤扑向一双双青饽，就像廊沿下燕子窝里那只张着大嘴的小燕。

“老太公还没吃。”只听“啪”的一声，母亲手掌重重拍在小月伸着的手背上。就听“哇！”的一声，小月放开声大哭起来。

“起早打孩子，做月节来。”奶奶唠叨着。

“三娘在呢?”屋里闹腾着，在几声大门铁环敲击声后，门外传来祠堂豆爷的叫唤。

“来了！来了！”心月忙不迭声地应承着跑去开门。

“三娘，早！”提根扁担的豆爷一阵风似的赶将进来，一脸憨笑着拍了拍心月的头顶。豆爷在扁担上套好食盒，两头绾好绳，挑起担，放飞脚一般出了大门外。“蹬蹬蹬！”脚步声声能把地面敲出坑坑，“三娘！走了来！”话声刚落人却早已出了巷口。

寡妇家不能参加祭祖仪式，母亲留在家里照顾奶奶。心月换了件清亮的碎花小袄，衣服原是母亲的，质地极好只有花色过时，母亲几个晚上不睡，连夜改制而成。

拉起小月，心月赶去祠堂祭祖。走出院子才发现天已大亮。姐妹俩提起脚，一路小跑着冲进田野。细细的春雨扑面而来，淡灰色雾气下，静静地流淌着清澈的河流。脚边刚钻出地表的野葱青绿养眼，洁白的梨花飘落水面，春色无边让人暂时忘却烦心的日子。

陈家祠堂位于五龙山石夫人峰下，介于三星桥和横湖桥中间，占地面积约二十来亩。因四面环水，进出用渡船，故取名渭坛。端庄秀丽的夫人峰倒映在宁静的水面，河边绵延的柳树夹杂着桃树，像是给沉闷的渭坛挂了条明亮的珠链。

1941年古历三月初九，清明祭祖第一天，族人们汇集于此祭拜祖先，之后从总太公开始到太太太公到太太公……这样的活动持续5天，所有经费采用轮值方式，轮到做公时，仰仗公田收成，完成祭祀福礼采置任务。

豆爷是个卡着点做事的实在人，能估摸出心月和小月脚力，一分钟没耽搁，用渡船把今年做公的这家残兵残将拉进渭坛。

祠堂大门外有一丘二亩良田，靠河边水浇灌旱涝保收。大门口原竖有两根旗杆，现在旗杆没了，只剩插旗的两副石板，石板刻有二龙抢珠的花纹。大门架上雕有各类人马，因年代久远，有些人马已剥落不全。

走进大门内第一个院子，两边各有一排宽1米多的石柜，中间一条石板铺出的神道，自南而北由低往高连贯整个宗祠。神道两边古木参天，最是高大的有千年古樟和百年银杏。

第二个院子两旁的偏殿全是空地，豆爷讲原是有房子的，在心月爷爷12岁时，三十夜放鞭炮失火，太太婆吓昏了，提只空鸡笼，呼天喊地跑进跑出，什么值钱的东西都没抢出来，整个家被大火烧得精光。大过年没办法，只好将祠堂的房子拆来建在介春的火着基上，所以才留下这些空旷。

空地上除了四季果树,有棕榈树、毛竹、棕叶,还有多畦菜地,靠左边是 5 间平房,围墙靠水边,豆爷就在这里烧饭,睡觉。中间的客房甚是宽敞,可容纳百人。

第三个院子是大殿,堂中石柜上有雕花木窗架拦着,摆放历代祖宗牌位,总太公牌位居正中极是高大。每年正月初八子孙们都要去向老祖宗拜岁,清明、冬至各一次拜太公。大殿两边各有两间很大的房间,前后通风光线明亮,暂时空着没有人住。

豆爷在总太公灵位前摆好酒菜,黑压压一群陈家子嗣,有长袍马褂者,亦有西装革履者,男女老少尽数行三跪九叩之礼。礼毕,在祠堂摆下酒席,众人按辈分入席享用,当然心月、小月只能待在一旁,吃碗白菜煮绿豆面的道姑菜。

自打父亲去世后,族亲们从不拿正眼看待这一家,心月和妹子会知趣避开他们,祠堂后山坡上有成片的果园,这里才是天堂。坐在后山的凉亭,抬头可望见山顶的石夫人,低头可望见水中的石夫人。听人说石夫人也是寡妇,难免在心月心里对石夫人又多了一份亲切。

所有人里面就属豆爷最惦记着这可怜的姐妹俩,只要得空会包些小点心送过来。啃着点心,坐在石亭的石级上,姐妹俩指着山顶的夫人峰,又缠着豆爷讲石夫人的故事。

传说石夫人原是位长得非常好看且受人敬重的寡妇……每每说到"寡妇",豆爷会不好意思地停顿一下。这个心月懂得,因为自己家三代女子就有两代寡妇。寡妇门口多是非,寡妇人家最怕听人提"寡妇"两字。

"太平九龙山,可惜铁场无门关。"又是相同的开头,像讲大书的一样,豆爷每次都要从这几句开始。豆爷说因九龙盘绕,太平本来是可以出天子的风水宝地。

"如果没有铁场这个缺口,太平县老早就出天子了。"太平的这个缺口让世世代代太平县人深感遗憾,就这点从豆爷的语气里,可明显感受到既骄傲又惋惜。

"孤家天下再无忧矣。"据说这缺口曾让游江南的乾隆皇帝好好地乐呵了一阵子,没想到乾隆也是个小气的主,心月在心里想着。小月最是爱听这些,而且是听什么信什么,不会想太多,毕竟年岁小,加上凡事有姐在前面扛着。

"相传很久很久以前,夫人峰山下原先是大海,后来才变成河……"豆爷说着,姐妹俩听着,兴趣甚浓。

"咯咯咯!"像公鸭子一般干咳着,走上来的是族人们眼里最不待见的三寸丁。

"石夫人其实就是镇住恶龙的镇妖塔。"豆爷匆匆将故事结尾,这回,就连小月也有些觉悟,从豆爷的语气中。离开几步后,小月神秘地告知心月,这恶龙就是三寸丁。扮着鬼脸的小月,一边回头直望着远去的三寸丁,一边拿两只小手在头顶摆起龙角状。

提起这三寸丁,实在是不知道让人怎么说才好,长相尖嘴猴腮不说,吃喝嫖赌样样能,且做事做人没底线,只能用"头顶生疮脚底流脓"来形容最为贴切。以前心月家光景好的时候,他像条狗似的黏在心月家爷爷旁边,看上去是百依百顺,背地里没少对着干,尽是些欺负族人的坏事。

心月家爷爷走后,就是这个缺德的主尽勾引心月父亲做些不当做的勾当,为了挣几桌酒饭,竟引来外贼合着伙骗心月家钱财。讲起来还是心月父亲堂兄,实在可恶至极。

哎!现在说这些也没什么意思,父亲都已死了,平日里大家都习惯躲开他走的,他从东边来,众人往西边行,避疫情一般。就说今日只要能避开这个瘟神,心月宁可躲到这后山来,偏偏连这里他也是不肯放过。

常言道:"富不过三代"这话就像符咒一样灵验,从总太公传到心月这一代已是第七代。一代一代下来,养成坐吃山空的习性,其他房头景况实在也好不了多少，只是介春最是明显，自从心月父亲去世后，剩下孤儿寡母度日艰难。

这可恶的脸上干瘪像枣核的三寸丁，借着保长的头衔，腰里别把不知真假的手枪，带几个狗腿子整日里东游西荡，为非作歹祸害乡邻。

人都老成十分老了，还色心不死，何况家中养有好几房姨太。三娘是摇摇石头不踏（形容贞洁的女子每一步都走得稳）的个性，没办法三寸丁只能想尽方法骚扰软弱可欺的三娘一家，这可恶的东西就剩这点念头了。

前些日借着收壮丁钿，三寸丁一天到晚到三娘家敲诈，说起来他还是心月过世爷爷的堂侄儿，全没了一点人性。这一日，母亲奶奶去庙里点香，只心月一人在家。远远地看着三寸丁跛着八字步迈进头门，知道来者不善。钱钱钱，一天到晚……被钱逼得不能活的心月，怒从心头起，恶向胆边生，轰轰轰放下手中的活，轰轰轰操起柱门的横档冲了出去。

"来！来！来！我跟了你去！坐牢也可以，反正在家里没饭吃也一样饿死。"一边拿门档在石地坪上敲得震天动地。"好笑来！壮丁钿！壮丁钿！也要有丁啊？一个男人也没有，哪里来的壮丁？"

"你等着！你等着！"见围观者越来越多，见不得人的三寸丁习惯地将手伸向腰际那把不知真假的手枪，一边叫嚷着一边落荒而逃。

仇人相见分外眼红，远远地见这泼皮货过来，豆爷与心月就连故事也急急打断，便四下散开。一路上，心月在心底把这货色好好地多白了几眼。

清明雨潺潺，春意阑珊。经过足足 5 个日夜的奔波，终于到了三月十三，清明祭祖最后一天，此刻只有心月一家独自上坟。豆爷是总太公祠堂的人，本不管其余房头的事，只是心月一家，实在没有人手，没有脚力，豆爷不放心。

这天，豆爷大汗淋漓在前面挑着盒篮担，心月提着装酒水的篮子，领着小月紧随其后,出城往北翻过山岭,来到小岙池爷爷、伯爷、父亲的埋骨之处。

沿着石阶依次而上,石阶两边竖立着雕花石柱,平台两边守护着石马石兽。先登上顶层爷爷坟地,最后才是心月父亲的。3人放下祭品,来不及喘口气,拔去坟茔顶端和墓地四周的杂草,搬些精致泥土领坟头(扫墓)。接着在坟前祭坛上摆放八大碗,点上香烛。

心月跪下轻轻话道:"爷爷伯伯爸爸吃清明啊!"只这凄凉的一声叫唤,豆爷像是熬不过香火熏烤一般,转过死劲儿高仰着的头脸。

酹酒3遍,豆爷摆几堆千张钞票元宝,心月跪下轻轻话道:"爷爷伯伯爸爸钞票拿去用啊!"豆爷抬起衣袖悄悄擦拭眼泪。

"海蛳摘坟头子孙世代起高楼!"心月从盘中抓起海蛳,使全力扔向天空,最后海蛳散落于坟头。沉默如山的豆爷仰望苍天,忍不住含泪喊了声:"天老爷哪,这人家连个男人都没有啊。"

火　海

　　青馃长毛了，母亲才从柜子里连荸荠桶搬出来，一只只洗了，再放锅里蒸熟，让心月小月吃。清明过去都 10 天了，能不长毛？如此珍藏，怕小偷啊？终于又长毛了，年年如此，为何非要到变酸了才吃。

　　清晨上学前，住在隔壁的校长姑姑，送来心月的童子军服，同时还送来空袭警报：下午 3 点小日本要来扔炸弹。也许报的次数太频繁，也许不知为何，这惊天消息，并没有给当时在场的任何人带来任何触动。

　　心月之前满心思都在长毛的青馃上，之后满心思都在这件捣米磨面换来的新衣上。对于小日本扔炸弹一事，说实话，心月此刻压根没在意。心月母亲满心思都在公田的收成上，计划要去田里看看，能否收点租头还债。奶奶满心思都在阿弥陀佛诸位菩萨上面。小月更是一门心思钻进道地一角的花草丛中。

　　姑姑有气无力地说完，看看，实在没一个在听，只能叹口气，走了几步，又回过头瞅了瞅眼前几位，抬头望了望天空，皱下眉毛，然后匆匆离去。只要不涉及钱的事，其实姑姑也并非传闻一般地不堪。

　　心月在心底对姑姑是怨恨的，只是不敢表现出来，就连奶奶也是。母亲自始至终理解姑姑，认定姑姑送丈夫入狱，是为了挽救迷途的丈夫，绝非大义灭亲，毕竟是丈夫不学好在前。心月对此特别不接受，父亲无非是借钱过年，本无大奸大恶之过，罪不至死啊。

　　其实姑姑只是一个特精明特现实的人，这点不随心月奶奶，更是和去世的心月父亲没有一点同处。当年姑姑盛夏读书，怕蚊子叮咬把脚伸进酒缸里。晚上读书读到半夜五更，奶奶每次睡醒都会看到姑姑还在读，奶奶说：“妹啊！书读得我心颤颤动了。”

心月父亲在奶奶十二分小心呵护下，尽情享乐人生，当年心月母亲嫁入陈家，房间里有间里娘服侍，房间外还有间外娘服侍；厨房里有厨官爷，厨官爷下面还有帮厨的洗菜的，原本简简单单的几口人，却非要摆出如此复杂的架势来。

介春地处太平繁华闹市区的十字街，在当地有“十里洋场”之称。如此恶劣的环境，加上奶奶无原则的溺爱，硬生生地把心月父亲，培育成声色犬马吃喝玩乐样样能者，特别是爷爷过世，没了管束之后。

还有一点心月觉得姑姑最是小气，当家道败落后，姑姑竟然也不给奶奶一点照顾，特别是姑姑嫁给大户人家，姑丈曾留学日本。不过姑丈是极好的一个人，没有姑姑这般势利。

在姑姑传话小日本扔炸弹，相隔不到 8 小时，终究还是灵验了。灾难再次降临到这个濒临破碎的家庭，确切地说是降临到这个原本太平的小镇。

火，在翻滚的浓烟下炸裂。火，在沿街的商铺上肆虐。到处是烟，烟在四处飘荡。到处是火，火在到处燃烧。瞬间，整个城区的商业街被烧成一片血红。

火苗，像千万条毒蛇嘴里的红信子，嗞嗞作响口吐狰狞，翻过高楼爬过街道。裕益、方同仁、新品庄、培元堂……一家家颇具名望的商铺，仿佛纸糊的积木，顷刻间化为灰烬。

1941 年 4 月 15 日，古历三月十九，清明节后第 10 天。日军向温岭太平城区商业中心投下两颗燃烧弹。开始吓傻了的人们趴在地上动也不动，片刻后，求生本能促使大家爬起身飞奔起来。

人们不管天不顾地乱跑，火在燃烧，家在燃烧，人的心也在燃烧……铺天盖地的人群穿过火海向城外逃生。漫无目的，永无止境，眼里有恐惧，有不解，有愤懑……所有人的瞳孔里清一色全是火海。

早上已得到日军空袭警报,在这个世世代代被称为太平县的地方,习惯安逸的人们对于炸弹并无太多概念。一个上午平安无事,开店的照旧营业,学生赶着去城外临时校舍读书,主妇在家里操持家务。

下午两点忽然防空警报嘶鸣着,还没等反应过来,两架飞机低空呼啸着从头顶飞过,巨大的轰鸣声,使得人们抱头鼠窜。突然一阵热浪猛烈袭来,雨伞店顷刻化为灰烬,紧接着冲击波击碎了天主教堂的五彩玻璃。

谁也不明白到底发生了什么。过后想想,实在可恶。无过节,无怨仇,甚至都不相识,居然路远迢迢跑来扔燃烧弹?一生碌碌奔波,只求一口安乐茶饭的老实本分的太平县人,百思不得其解这些可恨的小鬼子的恶毒行径。

来不及细想,只见那滚滚黑烟弥漫天际,火在咆哮在撕裂。黑的天,红的地……大火一路猛进,沿着木结构老屋延伸下去,这火决然是不会停息地烧掉了一代又一代人的梦想。

轰炸!轰炸!轰炸!学校并没有因为空袭停课,应对空袭城区各中小学纷纷迁徙出城。县中移至梅花庵,方城小学移至小南门庵。

12岁的心月因家贫无钱供养学业,从5岁私塾开始,书读到这会还是没能迈出小学门坎。这天警报响过,只听"轰"的一声巨响,心月吓得直往庵堂的春凳底下钻。

仿佛整个世界在这一刻静止,不知几世几代几朝几夕,实则短短几秒钟光景。一个个从刚刚能钻的掩护体下面爬起来,头也不回赶紧地拔脚就往南面山坡跑,大致基本上是没有人想到救火什么的,甚至连想也没想,同学们放飞了脚不要命似的往山上跑。

心月随着人流涌过兰田庄,不幸之中的大幸,居然碰到跑散了的妹妹小月。小月才8岁,刚入学方城。姐妹两个拉紧手缩在山上,看着不远处直勾勾冲上来,然后地动山摇地扩散开来的黑烟和火球吓得直发抖。

这一声让全城为之震惊,无论多远都能听到的巨响,之后就是无尽的黑烟,然后才是冲天的火光。树荫下趴着的一群此刻也是不能安生,不断有信息传来:"日本人扔炸弹,坊下街炸了……""有人炸死了……""坊下街到卖鱼桥屋全部烧光了……"每一道消息都会牵引出一阵阵失心痛哭,然而就这哭声又极快地被众人制止,人们压着声嘤嘤地哭,死命地抽泣着,就怕哭声招来天上的飞机。

又有信息传来:"横街都着了。"火的消息刹那间凝固。"阿哪,屋里都着了。"心月和小月互相对视着对方雪白的脸,二话不说,拉起手拔脚就往城里跑。

跑啊跑,不要命地跑着的姐妹俩,在关庙前碰到自己的娘还有奶奶,听说因为家并非临街,暂时还没有被烧。娘带着奶奶和家里抢出来的东西,逃在关庙前,暂时关庙前比较安全。

奶奶有病,妹妹年少,母亲小脚,心月被授命回家抢东西,没有路走,到处是火海,心月都是钻人家房间才能通行。

第一次抢出来的是一袋米,心月背不动把米放斗桶里,顶在头顶抢出来。第二次抢出来的是衣裳,好不容易抢出的童子军衣,万没想到最后结果还是被弄丢了。不知被谁拿走,本来就没有衣服,刚到手还没穿,心月心痛得很。

非常奇怪奶奶居然没有哭,原先奶奶是比较能哭,想来此刻基本上被吓得丧失原本最擅长的哭泣功能了,或者简单地说是吓傻了。

关庙门前空地,云集大批因裹脚无法上山的妇女和老人。从火场逃出来的人越来越多,小小的关庙前容纳不下如此众多,人们挤着叫着,到处哭爹喊娘。此刻姑姑的校长身份,发挥出来的最大效用,是可以让奶奶进到关庙里坐会。

慈眉善目的心月奶奶颤巍巍地步进神庙,认真盯着红脸关公爷仔细打量了好一会,突然身子一歪,扑通跪倒在神像前,失去了知觉。

"关公收人了!"不知谁在喊,人群一阵不安,一个个脸儿变色。面上以为关公收人,收有道之人,使之脱离苦海;心底也有人以为是做了什么不应该的,才在危急时刻关公显灵将之降服。当然奶奶是不值得关老爷收留的,母亲用手指按着奶奶的人中,不停声地哭着叫着:"娘啊! 不要吓我呵,醒来啊! 娘。"庙祝闻讯赶来,用一根银针刺了心月奶奶虎口几下,半日奶奶才悠悠醒来,仿佛神游了一番。

几个来回心月实在跑不动了,可又不敢不动,火不等人啊。一迭声关于火的战报正在升级中,心月拉起小月再次出击。到处是火,火从南至北,最先中弹燃烧的商铺已然焦土,而火蛇依旧伸出红红的信子,向着家园步步逼近。断垣残壁处不时传出老宅过火噼里啪啦的燃烧声,鲜血淋淋的呻吟声,几个县中学生,帮着抬用门板做成的临时简易担架,把伤者送去日清医院。

有位不忍离家又暂时反应过来的人高呼着救火,呼啸的火声马上压住了这一点叫喊。确切地说叫也没用,周围根本没有响应的人。不多的几位,只是目光呆滞看着祖屋被烧,吓得傻了一般。苦楚啊! 曾经几代人住过的老房子一旦化为乌有。过往的繁华不过南柯一梦,瞬间的悲痛取代了几世人的喜悦。

叫天天不应,叫地地不灵。在几百度高温燃烧弹的威力下,卖布的大盛,开百货店的森大,华通麻爷开的华通,益泰酱园店……连街所有商铺,瞬间化为灰烬,无一幸免。

横街对面一片都是有钱人家,当时风俗有钱人家后院,会存放一些还不曾出殡的棺材,结果房子和未出殡的棺材统统在大火中被烧得精光。烈火,烈火,烈火……火海,火海,火海……烈焰铺天盖地势不可挡。

与陈家大宅下头门接壤的洪家房子,租给林子青开打米厂,火一下子就烧了起来。再进来,再进来一点,下一个目标就是介春的院子,第一接近的是三嫂和心月家放柴的小屋。

心月拉着小月的手紧盯着火蛇,就这样眼睁睁死命盯着,像是一眼要把火蛇切断,又像是对即将消逝家园的最后祭典。两只脚钉在地面不能动弹,身体抖得像寒风里最后两片落叶,上下两排牙齿敲得"得得"

作响,眼睛里喷出来全都是火。

"不要命了?"两只大手,从身后一把揪住两个亡命的小姑娘。心月回头一看,原是外婆屋里的长四娘舅,长四娘舅在西洋潘,怎么会在此时此刻出现? 念头一闪而过。

原是当西洋潘得到城里被炸消息,当听到"横街"两个字,村民脸上立马神色大变,众人惊呼"太平县人"。站在人群中的四位壮汉八目相对,不发一语,"通通通"撑起大四仓船,不要命地往城里赶。后来得知长四和冷饭等四位娘舅,为了加快速度,把四艘大四仓船笼起摇过来救火。

"咚咚咚!"在长四娘舅后面,冲上来三个手持家什的娘舅。四个娘舅齐整整带着救火行头,穿过火海直扑横街介春里。此刻,冲天的大火已放倒对街的方家全部,又急急地窜过街道,挥师心月家隔墙的金家及洪家,火舌吞噬着米行,成堆的粮食被烧得噼啪作响。大火近在咫尺,大火马上就要进来。

路是完全没有了,到处是火,火海一片。家走不进去,长四和娘舅们从头往下各自淋了桶水,然后用带来的湿布包起心月和小月,抱在腋下,冲过火海。

听得见火的叫声,看得清火的张狂。快! 快! 救火! 救火! 四位汉子拿起木桶冲进火场,二话不说,打水的,递水的,倒水的,接力一般往墙头淋水。几桶水下去后,看看在如此炽热高温下,这点力量实在难以对抗。

有娘舅奔进各家屋中,扯出棉被准备铺到墙上,马上就有一位不明事理的婶娘,不知从何处角落突然跳将出来,拉住被头死死不放,貌似准备来抢。长四娘舅两只圆眼一瞪说:"屋都不保了,还在意被子。"那位平时挺能来事的婶娘,也许是被长四娘舅的气势镇住,竟然一下子就松了手。

实在搞不懂婶娘此刻躲在家里干吗? 一不救火二不搬东西。心月记起来了,自己第一次进来搬米时,就看到婶娘挪着细脚,提只空鸡笼,拍一下膝盖,叫一声"天啊!",拍一下大腿,叫一句:"地啊!"在院子里进进出出地忙碌着。

让人想起当年介春大年三十晚上,放鞭炮引的那场大火。当时心月爷爷才12岁,据说心月爷爷的娘亲也是提只空鸡笼在进进出出哭天抢地,今日火场之中,也出现如此惊人相似的一幕,说明当年的传说绝非虚构。

保护家园,封住火门,棉被浸湿铺在墙头,再水淋上去,不让大火进间。当娘舅们再拿起木桶往上面不停泼水时,就看到心月提着一桶水摇摇晃晃直往火场赶,长四娘舅大喊一声:"还不回家搬东西。"娘舅们怕挡不住火势,万一火过来了……让心月回家收集细软。

火,噼里啪啦地喧嚣着。火,耀武扬威地狰狞着。进来了,火,小鬼子种下的仇;进来了,火,小鬼子带来的恨。

危急时刻,两位汉子蹲下身躯顶另外两位上屋。火海中,西洋潘的汉子们,一左一右站立火中,亲手操起锄头,扒下了心月家和三嫂家连在一起的柴屋。为了保大屋,为了保整个院子,为了保火势进攻下的所有房舍。即使小屋,不到万不得已,他们也是实在下不了手。

屋上的汉子操起锄头掀开小屋屋顶,被火势盯上的这边小屋被挖得塌陷,形成过火区隔离带,而留在下面的两位汉子依旧用水桶打水把墙浇湿。

一边心月继续去各户收集棉被,娘舅们用水浸湿披在墙头。一边死命用水泼洒,屋顶上站立两位,地面上站立两位,有如四大金刚把守天门。

从这天下午,一直到第二天早上,在火海中心月的四位娘舅没有吃过一口饭,没有喝过一口水,把守了整个长夜,最后总算是保住了心月家的大屋。后来才知道这天这边方向的火海,就烧断在心月家的院子,代价是娘舅们扒倒了几间小屋。再后来才知道,这天日军投下两颗燃烧弹烧尽了太平繁华商业街大小房屋千余间。

野　葱

　　大清早，四面围水的西洋潘，已被一股凝重的气氛所覆盖。一位挑担的汉子正往船埠头赶，看见四娘老太在门口晒太阳悠闲得紧。没少受老太苦水的汉子不冷不热地说："太平县被日本人丢炸弹了，沿街的屋全都烧光了，四娘老太，听说你女儿要来避难，又送鱼肉来了?"

　　"是啊！是啊！"四娘老太斜着眼端起架子坐到门口椅子上，一张核桃似的老脸，立马阴了下来，眉毛分明根根直立，却又不便发作。汉子见状自嘲着伸伸舌头缩缩脑袋，肩上的担乘势从后背由左肩转向右肩，说话间汉子脚不停步地一直往埠头追赶。

　　西洋潘村子不大，人口不少，村民大都是为河对面地主种田的佃户。乍一看，这里河流交错，修竹掩映，风景如画，知根底的人都知道西洋潘，实实在在是个刨不出一两油花的穷地方。

　　当然四娘老太是个难得的例外，四爷在世时，于温岭街当铺做账房，收入丰厚，加上家底不错，目前只有四娘老太和小孙女，住在高大宽敞的二层楼大房子里，可惜整座房舍阴沉沉不透一丝人气，让人望而却步。

　　四娘老太是四爷的续弦，四娘进门前四爷已有一子。四娘老太一进门就不是盏省油的灯，费尽心思硬是把那孩子逼走他乡。由此四娘的泼辣劲，在村子里大大地闻扬开来。四娘是没人喜欢的，可是四娘的三个闺女却出落得水灵，特别是最小的三姐，就是现在人称三娘的女儿，人长得秀美。

四爷走后,四娘的两个闺女相继离世,最后,竟连唯一的儿子也不能保全性命。可怜的四娘老太,生不如死地守着剩余的孤独岁月。每隔半个月,城里的三娘会让长女心月挑着担子,翻过观田、吴岙两坐山岭,送鱼送肉过来,一年四季风雨无阻雷打不动。

村民们对三娘一家十分敬重,不因为曾经富有,不因为如今落魄。日前得知三娘一家遭受火灾,村里精壮的汉子们驾起四艘四仓船火速前往救火。第二天一早,当再一次得到日军突袭警报,因担心这家老小安危,长四先用船送她们回西洋潘避难,其余人依旧停留火场坚守。

和四娘老太无聊几句后,汉子挑着担来到了船埠头,远远地就看见长四家的船载着三娘一家徐徐靠岸。

"哦!何处钻出只野毛猴呵?烤得差不多熟了。"汉子一边打趣一边放下自家担,跑下埠头给长四搭把手,帮这家逃难的老少上岸。

这还是长四呢?头发烤得焦黄卷曲,双眼充血,嘴唇长泡,脸上起皮,额头上乌血封住几个大血口子……汉子伸手摸一把长四脑袋,就势落下一地毛发。对着疲惫不堪的长四,汉子眼中泛起层水雾,转瞬间当看到一身整洁的三娘全家,汉子满是胡茬的脸露出丝孩童般的笑。迟疑片刻,汉子只说一句:"三娘!来了呢……"

三娘双手相交于腰际,弯下身子道声万福。曾经三娘是十里八乡出名的美人坯子,虽然现在贫寒落魄,可是三娘依旧还是三娘仍然是十分好看。毕竟,当年她风光嫁入城里闻名的陈家,可谁料,陈家公子染上毒瘾赌瘾,把家中的田地一晚输掉十几亩。从此,家道中落,直至陈公子染上肺痨去世。

俗话说:"屋漏偏逢连夜雨,船漏又遇打头风。"孤苦无依的一家老少,遇上这战乱年代,生活重担竟然落到这个小脚女人肩上。汉子无语地摇了摇头,转身又看了看在泥泞中跋涉的老少,无奈离去。

虽然没有太多路,但有着与那个时代相媲美的泥泞,长四挑着行李大步流星在前方行进,女人不想弄脏自己和孩子,显然很小心地走着。

三月的江南,四周飞扬着水雾,小路左边流淌着静静的河,右边油菜花绽放金光,油伞下飘拂着一袭白衣素裙的三娘,扶着年迈婆婆,后面紧跟着心月姐妹俩。

刚刚逃脱燃烧弹的焦土,眼前这般细烟淡水,手边桃红轻染,足旁垂柳拂堤,远处青山含黛,近处碧水如镜,水中村落恬静得仿佛不沾人世烟火。依着河道转过几个弯,三娘终是回到了家。到了,就是这里,带着些许兴奋,来到了生她养她的家,恍若隔世。

"娘,我回来了。"

"哦!"当老太回头一看女儿两手空空,便恶狠狠地瞟了一眼。

"娘,现在外面乱得很,这次没带什么了。"说着从怀中掏出几块洋钿来递给四娘老太,这下四娘老太的眉头算是松了些。也就这难得晴朗的一小会儿,三娘赶紧乘机把吓得畏畏缩缩的婆婆,安排进了客间。

要是搁在平日,心月是绝对不愿意在这里过夜的,所以每次送食材过来,都是起早动身,天黑回家。如果不是顾及奶奶和妹妹,这次心月也不愿意在这里停留片刻。

提水扫地擦洗客房,把包袱打开,把衣服码进衣柜。不一会,就到了中饭时间,看着小孙女从后厨端上碗菜,四娘老太便起身说:"来的太匆。没有准备你们的饭……"

还没等说完,三娘便说:"我们娘仨来的时候有带干粮,只是婆婆年岁大了,打扰母亲一下。"

四娘老太把斜着的眼翻了几翻,三娘也便当是答应了,欣喜地牵来婆婆的手到了饭桌边。看四娘老太的样子,可怜的婆婆呆得连阿弥陀佛也只能放在心里念了,屁股只敢在椅子边沾了一点,拿着碗的手只管在抖。

三娘领着心月小月退回客房,便从怀里摸出一块方巾包着的一块干瘪的馒头,母女三人遂分掉,当然心月只得了一口,三娘的一口也淹没在小月紧盯着的目光和吞咽着的口水里。

住了一宿，三娘担心城里的家，搭长四进城的船回去。三娘临行时嘱咐心月，让她好生照顾奶奶和小月。心月提口气咬着牙应承了下来。

如果说三娘在时，四娘老太的霸道让心月奶奶受惊，那么三娘走后，四娘老太之前的一切恶行，只当作是运动前的热身了。

这阵子，日本鬼子们特别不得安生，整天四处扔炸弹。之前听人说松门不仅也遭了空袭，还被日军一路烧杀了过去。在心月家被烧不久，又传闻大溪的潘郎也遭了殃，日本鬼子不仅扔了炸弹，还用机关枪扫射，烧了很多的房屋死了很多的人。

这天，在船埠头，听挑担的货郎说起此事，说地上都是尸体都是鲜血……当时走街串巷四处赶市的货郎刚好路过潘郎街，好在他人机灵，扔了担子，往人家肉铺底下钻得快，才逃过一劫。乖乖！看着货郎换上的新担行头，众人不自觉地将脑袋往脖子深处缩了几缩。

每次听到飞机的轰鸣声，心月奶奶就会吓得不顾一切往能钻的地方钻，一边浑身筛米一样颤着，一边阿弥陀佛不停地念着。心月一心想着回家，可是接连不好的消息，让心月回家的希望成为泡影。

偏偏，四娘老太是个天不怕地不怕的主，每到这会，四娘老太会跟个抽风一般手舞足蹈起来。以最恶毒的姿势跑到天下，指天画地拍着手大叫：“飞机！太平县人在这里。炸弹！扔这里下来，太平县人在这里。”居然没有想到如果炸弹真的扔下，她自己也会命丧当场。

“疯了，没药解了，这个死老婆子。”走过见到的都这样说。也有人说她是儿子死了难过，才这个样子。马上就有人反驳，她几时好过，打嫁过来后一直这样。众人摇摇头叹着气走了，毕竟来的都是客，看到心月家奶奶被四娘老太如此折磨，大家也会觉得没有面子，不可理谓，对于这样没理可讲的人。

晚上心月奶奶上厕所，只悄悄地划根火柴，四娘老太梦里都会惊醒，一醒来马上骂声一片：“哦！城里人啊！上个粪坑头也要点灯亮，照什么呢，有什么好照的……”当然下面难听的不便述说，怕污了众人耳朵。

有时情绪失控,四娘老太会把唯一的女儿三娘也咒了进去。"哦!你好福气啊!你的好媳妇在城里,日本人炸弹炸死了。"

虽说"最毒妇人心",可是还有一句叫:"虎毒不食子。"世上怕是再也找不到如此恶毒的女人了。每每到这会,脸色发白的心月奶奶,瘫倒在地,一路爬着要回家找三娘,孩子们哭着无法阻止病中的奶奶。

看着哭成一团的老少三口,听着"死也要死在一起"的老少三口,欣赏着挣扎在尘埃里的老少三口,唯有此刻,四娘老太才拍了拍双手,满足地走开,像看完精彩表演,露出稀罕一笑,也就这一笑,才可看清四娘老太原来也是好看的模样。

三娘在城里守着家,隔段时日会买些鱼肉鲜虾送到河头等待,遇到西洋潘的船捎回家。当船上同村接过三娘递上的食物,会深深地叹口气。三娘自然是知道这里面的意思,也只能无奈地叹息着。

每餐吃饭时节,奶奶是可以上桌的,就这点也不能太说四娘老太,至少她是一直做到待客之道,如果略去她折磨的这一套。而心月和小月是不能上桌的,只给点咸菜,让她姐妹俩当过饭菜。

时间像河水一样,一晃一个月快到了,四娘老太看着米缸里米粒下降的速度整日发愁,办法用尽了也赶她们不走,依旧无动于衷。四娘老太呶着嘴,瞟了一眼这多出来的三张嘴,口中便不停地在咒骂着。

一大早心月和小月起床了,低着头在吸着薄粥,小月吸了会儿发现不见咸菜,用掉了牙的嘴稚嫩问着老太:"外婆咸菜没了。"是时候发作了,老太眼睛一白说道:"白吃还这么啰嗦,今后你们自己去后园挖野葱吃。"

无奈姐妹俩喝完那浑浊的粥汤,便提着破篮子出去了。"野葱不好吃,我不要吃。"妹妹首先不乐意了,心月叹口气摸着小月干瘪的肚子甚是无奈。

心月愤愤地想,我送这么多担好吃的给你吃,今天落难了,你连碗烂脚咸菜都不给,还是外婆? 还是长辈? 屁……

　　心月一边用弯刀死命在泥里倒腾,一边在心里默默在骂着。当这个屁字的念头一出现,心月被自己吓了一跳,奶奶教导自己,要谦让,要尊敬,特别是长辈。

　　可是这样的也叫长辈吗,每次看到四娘老太折磨善良的奶奶,心月心痛如绞,听到四娘老太咒骂母亲,心月更是心中滴血,那场火海就会在眼前滚动起来。

　　广袤的田野上野葱生长得很是茂盛,这里一撮那里一丛,田间地头到处都是。眼前这郁郁葱葱的翠绿,却又让心月忆起大爆炸时的火海,野葱绿得逼眼,仿佛绿焰在四处滚动着燃烧着。

　　野葱不能当饭吃,吃多了上火,眼睛会雾得看不清,嘴巴发苦,大便秘结。爱折磨人的四娘老太,大概为自己找到如此奇招,暗自得意着。

　　整天吃稀粥吃野葱,刚在长身体的姐妹俩,一到中午肚子仍旧是饿得咕咕叫。对门的娘妗(舅母)有些不忍,这天,娘妗看到四娘不在眼前,悄悄地招招手,让姐妹俩过去。

　　娘妗从水缸中捞出条年糕,从盐瓮中摸出块咸猪肉,去后门竹梗里挖几根金竹笋,再递只小竹篮,让俩姐妹去地里割些草脑头,万事齐备,娘妗生起火,准备炒锅年糕给姐妹俩吃。

　　西洋潘的村民对太平县人都是极好的,姐妹在割草脑头时,一位放牛的老伯问道:“谁家小孩呢?”当看到是太平县逃难过来的孩子,老人怜爱地念叨着:“太平县囡啊! 可怜哪! 没关系,拔多少都没关系。”

　　“太平县呀不太平呀,三月十九呀,炸弹炸呀……”货郎的歌声渐渐清亮起来,村里的大姑娘小媳妇陆续云集过来,货郎的歌既有召唤之意,也会四时八节应景地改换歌曲,传递四方六路的各种信息。

　　在娘妗家里心月拉着风箱,娘妗在灶头翻炒着,不一会年糕的香气四溢起来。姐妹俩躲在火灶膛里,死命地往嘴里拨拉着滚烫的喷香的炒年糕。刚吃得欢时,四娘老太的怪叫声传来:“死哪里去了? 两个鬼?"吓得两姐妹咽得直翻白眼,好不容易吞下满嘴食物,才扯起嗓子应声道,然后用手摸把油嘴,赶紧往四娘老太屋里跑。

去时就知道没好事,她无非是寻事生非咒骂殴打。可是今日四娘老太让心月提一袋烂鸡毛去找货郎换顶针,也只有她想得出这等好事,好在货郎看心月姐妹可怜,也就递了一个顶针过来,才没让心月挨四娘老太的苦水。

完事后,姐妹俩又放飞了脚似的跑回对门娘妗家的灶膛里,把剩下的半碗炒年糕吃得精光。摸着滚圆的肚皮,这一个月来,也只有今日,姐妹俩才终究在娘妗家吃上了一顿饱饭。

心月是不能得闲的个性,中午乘四娘老太午睡之际,心月会悄悄拿出灶山头的淘米箩,去河道边桥洞下的石头缝里摸螺蛳,不消一个时辰,就能把整个淘米箩装满。螺蛳拿回娘妗家,放水里滴一点菜油,吐半天污泥,晚饭前剪去螺蛳屁股,洗清了放在箩里沥了水。锅里放点油放点盐,火烧猛锅烧热,放下螺蛳翻炒。接下来再放点酒放点姜放点葱。烧出来螺蛳的香呵。

对门娘妗知道心月孝顺,会盛一碗让她送回家去,四娘老太不给好脸色地骂道:"有这闲功夫搞这些野食。"虽然她会亲自把大半碗螺蛳装进自己肚皮,临了却不忘记骂句:"就这样的料作,放块石头子下去炒了也好吃。"当然没人理会她的话,反正她是说不出好话的了。

一日早上心月去竹梗地里挖野葱,顺便挖了一窝蚯蚓,心月折根竹枝,问娘妗讨根细纱细针,套上蚯蚓趴在河岸边吊河虾,一个中午竟然钓上十七八尾大河虾。

心月想着要给奶奶吃上一尾,哪怕一尾也好,这样鲜活的美食,虽然奶奶初一十五吃素。奶奶原是吃长素的,在产下心月父亲时,为了给儿子喂奶水,吃长素的使命受到了养育接力者的动摇。可是心中有佛的奶奶,到初一十五依旧吃素。

可是谁也不曾想人生会落魄到像现在这般模样,时至今日依着四娘老太,最好奶奶天天吃素,或者干脆什么都不用吃。这天刚好四娘老太娘家兄弟的儿子过来办事,四娘老太把心月钓到的整碗河虾都请了客,心月奶奶连汤也没喝到一口。

第二天,心月又准备去钓河虾,这明确违背了四娘老太野葱的指令,其后果不仅是让心月享受了一顿暴打,更是让心月奶奶也跟着受罪。

当心月捂着血流如注的伤口,看着奶奶在铺着碗碎的地上艰难地爬着……奶奶一生从来没有做过任何对不起人的事,却要承受这些非人的折磨。

当看到四娘老太狰狞的面貌,其实,四娘老太也曾经美丽动人,而生命一步步将她变成今天这样。谁对谁错,当依靠的所有都失去后,谁又知道自己的对与错。

为何父亲会英年早逝?为何小鬼子要来这里投燃烧弹?为何会避难西洋潘?为何会受伤?为何奶奶要受苦?

当糊里糊涂的奶奶一声声:"回家!死也要在一起!"的哭喊……终于,心月的世界彻底垮掉,只剩下一地野葱,还有一片火海。

野葱在燃烧在扩大,无边无际……咯血的白手绢,父亲临走时滚落的清泪,扶灵时触目的冰雪,祭祖时犀利的白眼,清明长毛的青馂,燃烧弹下的血光……

奔跑,死命地奔跑……记忆里所有一切像潮水涌出,从身后追赶上来。奔跑,死命地奔跑……叠加着的场景幻化成火海,青绿色的火海托着心月,不顾一切……奔跑,死命地奔跑……

"有人投河了!快来救人哪!"河埠头洗衣的对门娘妗失声尖叫。船摇来了,是长四娘舅的船,娘舅跳下河里救人。是谁投河呢?娘舅救谁呢?心月不解,只记得一片青绿的野葱,就像那日烧尽太平繁华的火海。还有一群群血迹斑斑的人,学生们抬起伤员飞奔着送去三元桥的日清医院。

水涨上来了，水冲过来了……水，无边无际，浇灭一切，绝望的和希望的。水在眼前，水在身边，四周都是水，四周都是燃烧着滚烫的水。当一切都将陷入死寂的刹那，耳边却是零星的噼里啪啦，渐渐地眼前出现了细微的灯火。

"太平县呀不太平呀，三月十九呀，炸弹炸呀……"是货郎的歌声！"都烧了几日几夜了，还没退……""哎！怎么交代呵！三娘还不知呢。"怎么还有对门娘妗略带焦虑的嘀咕声和长四娘舅轻轻的叹息声。

火！火！火！清明！火海！野葱！就像燃烧着的绿焰，到处都是……

满 庭 芳

清晨，最早奏响枝头的是树荫浓密处，刚探出脑袋的鸟类朋友。随着一声委婉悠长的序曲打破长夜，紧接着啾唧声此起彼伏，中间夹杂着几声稍稍急促的争辩，但更多的却是款款深情的对语和对于大地的无尽赞美。

清晨，最早敲打小巷路面的是垃圾车，"咯吱！咯吱！"垃圾车每一次停顿都会发出手把支架撞击水泥地的尖锐响声。"唰唰唰！"扫把拖着雨水泥土和树叶在清凉的寒风中轻轻掠过。

陆续有各式鸟儿飞出鸟巢，跃上小巷头顶的电缆线，嘴里一边尽情高歌，一边拿敏锐双目四周打量着观望着。"哪里有吃的！哪里有好吃的！"鸟儿心里总是想着这些大事儿。

车子在路面且行且走，鸟儿在天空盘旋飞翔，车每停顿一次，小巷相应就洁净一些。忽然，一阵锁链叮当，从拐角冲出一团黑影，原是憋了一夜的小狗，拉着脖子上的铁链狂奔，累得手中紧握着链条的狗主人也跟着狂跑起来。

小狗儿直往对街破败的空屋里钻，然后提起后脚畅快一番……突然从空屋院落里窜出两条黄狗，吓得刚尿了一半的拴链小狗急忙逃窜。这一幕发生突然，累得几只跳着在地面吃食的小麻雀紧急起飞，因慌不择路刚巧就撞了个满怀。黄狗们紧追不舍，院子里狗的主人叫声不迭，多事的狗狗，只略微停顿一下，跟在拴链子的狗儿后面跑得是完全没了影。

一扇没加锁的老门从里面拉开门闩,"咣"的一声旧木门应声而开,探出了满头如雪的聋耳朵阿太,天空飘着细雨,阿太没有像往常那样,端只古董级的洋铁碗站到巷子边,刷那几颗仅存的门牙,阿太顾自在自家屋檐下默默地站立着。

小巷北面过来一位推轮椅的老人,轮椅上放着只鲜亮的红色塑料桶,老人推着走着喃喃自语着。每当走累了,老人就自己坐上轮椅休息片刻。巷子里老人特多,就像这条又深又窄的巷,里面的老人们至今依旧遵循着早睡早起的规律。

眼前宽不盈尺的巷,看着分明是极小的,可是万分不解地在名字最后,却跟着一个极不相符的"街"字,小巷名叫仓后街,据说宽度当初只考虑给两辆手拉车交换而修建的。

曾经的小巷也有过青春年少,就像每个老人也都曾有过孩提时光,就像每个孩子都会成为老人……再过一会上学的孩子们,就像潮水一样会塞满整条苍老的小巷……小巷还有里面的老人在期待着,期待着下一刻这里将发生的一切。

在巷子左边,耸立着与小巷同样深远悠长,同样满面沧桑的老围墙。一墙凌霄只见头不见尾,一泻而下似瀑布飞扬。如果把墙头上的婆娑绿意比作飞瀑,头门白墙上几缕绿意,就仿佛紧贴在美人额头的刘海。

一条败落的巷,一堵败落的墙,一扇败落的门。有一天,忽然进来几对穿婚纱的新人……摄影师举起长枪,助理们提着挡光板,在这条巷中,在这堵墙下,在这扇门前,新人们留下了一生中最美好的记忆。

不知道小巷与老墙,从何时何代朝我们走来。有一天,当一位满面沧桑的老人,抢着大铁锤敲开墙体同样满面沧桑的神秘……不曾想到的是在墙洞里竟然藏匿着一支手枪,老人把枪藏在口袋里。于是在墙头站一个裤袋里插把手枪挥大锤的老人,这也许是老墙留给人们最后的幽默。

和老墙隔着小巷的是一幢有些年代的古建筑，人们习惯称之为陈家老宅。住在里面的老人介绍，老宅建造于明清两个朝代交接处，当时发生战乱，在鼎盛时期有里外两个四合院，貌似现在只剩里面的院落了。

　　老宅朝西大门上飞檐翘角，交错重叠，辉映成趣。曾经大头门上有许多木雕和牌匾，在"文革"时期被当成四旧给损毁了，目前仅存的是龙头和象头。白天老宅的门总是虚掩着的，透过门的缝隙，可望见里面一个铺着石板的小院和一口古井。

　　门作为一个家必不可缺的保障，可又不尽然，人们可以从这上面看到整座屋宇的精华。如此用心打造的门的作用，不仅是防盗，不仅在于遮挡风雪，更在于让人读懂：门是心的口，窗是墙的眼。

　　也就是一扇门的阻隔，更像是那段看不见的柏林墙，而对于眼前这扇沉重的门，带给人的是略微一些心动的感觉和心灵的畅想。里面应该不只是简单的庭院，有静静晒着太阳的人家，还有他们曾经像太阳一般迷人的光阴故事。

　　仿佛阳光穿透屋顶遗漏下的影子，老宅便更像是位轻言细语的老者，沉淀于此的那股子幽静与门外潮水般涌动孩子们的热情，相隔的仅仅是这一扇厚重的老头门。仿佛静止和流动，仿佛远古和未来，来自两个极端世界的极致碰撞，尽都完美于这一扇看不见的墙，这一道实实在在的门。

　　暮色残阳中，苍老的古巷，左边是填满岁月沧桑的老围墙，右边是充满家的温馨的陈家老宅。老宅大门外的小象头，大门内的井台，还有撑竿、竹竿、竹篱笆、石磙子……

　　眼前的巷还是巷吗？是的，眼前的分明就是；眼前的巷不是巷吗？是的，这不是一条巷，这是一条流动的河。眼前的门还是门吗？是的，眼前的分明就是；眼前的门不是门吗？是的，这不是一扇门，这是一道启动的闸。

还记得当年夜雨凄迷的那个黄昏,小巷尽头传来细微的脚步声,脚步止于陈家老宅北墙的木窗下。"外婆!外婆!"轻轻几声手指弹奏窗棂的声音。"吱呀"一声,屋里的人从里面拉开门闩……

还记得当年细雨轻扬的那个清晨,小巷曾走出位通体透着珠兰花气息的女子,一袭清雅的白衣素袍,撑一把油纸伞……女子身后经久着淡淡的无法散去的清香,这香味直至今日还在小巷深处弥散着、回旋着……

曾经的墙是有生命的,它可以轻轻诉说曾经承载过的岁月;曾经的巷是有生命的,它可以轻轻诉说曾经辉煌的往昔;曾经的门是有生命的,它可以随时为世界开启家的温馨。

当年购置老宅的老人早已离去,当年飘香的白衣女子也已走远,还有那些进出陈家老宅北屋的年轻人们都相继远去。岁月仿佛带走了曾经的一切,然而这里的巷陌,这里的房舍,这里的花草树木,这里的生命……就像河流一样永远不会静止。

从一道一道竹篾笆编织的老宅的年轮下经过,还可以找到当年作为联络点的那扇陈旧的木窗,陈家老宅北屋现如今是聋耳朵阿太的住房,就是当年白衣女子典租的房子,当年在这所房子里常年保存着几张大床,不管白天黑夜,只要与之相隔几步的王克明过来叫上几声,这家的房门就会应声打开,接纳所有需要落脚的同志。

说到这里,不能不问一声,王克明究竟是何许人也?他与白衣女子又有何关系?当年在这条清悠的小巷里,曾经发生过什么故事?我带着问号查阅相关资料。

据温岭党史介绍:王克明,原名孙小玉,温岭城关仓后街人。家贫,自幼丧父,是母亲把他拉扯长大。15岁时于上海闸北一木器铺学雕花工艺,1938年2月到海门一木器店当雕花工人,同年11月加入中国共产党。

1939年10月,中共浙江省委派刘清扬回台属任特别委员会(以下

173

简称特委)书记,1940 年 5 月 15 日晚,刘清扬遭遇国民党警察逮捕,被作为"异党要员"上解省政府处置。当时国民党省政府设在永康方岩,从黄岩到方岩必经临海、天台。

台属特委武装部长丁学渊,派王克明前往天台通知台属特委组织部长张贵卿设法营救。6 月 8 日上午,当两名警察押着刘清扬进入临海天台边界的山区时,伪装插秧的农民——守候在路边的梁老五等 5 名党员立即行动,顺利地将刘清扬救回。

1940 年 6 月,温岭县委机关及泽国、箬横等地的党组织相继遭敌搜捕,县委只剩下书记陈方汀一人,党组织基本上处于埋伏隐蔽状态。危难之际,特委任命王克明为温岭县委委员、组织部长兼联络员。

1941 年皖南事变后,国民党加紧了反共。1941 年 3 月 29 日,温岭县委书记陈方汀被捕变节,致使中共台州、温岭党组织再次遭受惨重损失,并直接造成省委书记刘英等人在温州被捕。白色恐怖下,王克明多次去石塘、高浦岙等地开展党的工作。

1942 年春王克明担任台属总特派员刘清扬的联络员。这时,党的联系点都设在偏僻的山区,交通十分不便,经费又没有。王克明就是凭着对党的坚定信念和一双磨不烂的脚板,冒着生命危险,风里来雨里去,跋山涉水,终日穿梭于台州各县和大荆之间。

当时大家的生活都很艰苦,王槐秋隐蔽在黄岩县西乡马加山小学以教书为掩护,脚上生疮流脓出水,无钱医治。刘清扬隐蔽在桐树坑山头,住的是草棚,地瓜粥都吃不饱。奔波其中的王克明常常是渴了喝口山水,饿了勒一勒裤带,可是依旧坚持着把党的指示传达各地。

1942 年 7 月 8 日,华中局正式决定成立由谭启龙任书记、何克希任军事部长的中共浙东区委。同年秋天,浙东区党委指示温、台两地,凡暴露身份的干部、党员,难以继续坚持工作,尽量转移到根据地。

接到通知后,刘清扬、王槐秋、鲁冰、盛里予、王克明、梁季武、袁竹林、江浩、林谦等一大批干部、党员、骨干分期分批撤往四明山。

1943 年 3 月,王克明进入浙东区党委培训班学习。1943 年 12 月任浙东区党委书记兼纵队政委谭启龙的警卫员,1946 年 12 月随军北撤,编入华东第三野战军。后参加鲁南战役、莱芜战役、孟良崮战役、淮海战役、豫东战役、渡江战役,以及抗美援朝等。1953 年转入地方工作,从此结束军旅生涯。

　　话说至此,关于王克明的情况已基本了解,然而小巷的故事才刚刚开始。由曾经王克明家的所在,往更窄的巷的深处,于小路尽头,出现一个不起眼的院落。石块砌成的围墙上爬满了植物,二层的小楼,房子小院子大。长年飘香于小巷的是清幽的珠兰花的香气,这香气分明就是当年雨夜高举着灯火的白衣女子身上散发出来的气息。

珠 兰 花

　　每年这个时节,院子里的珠兰花都会竞相开放,古老花盆里挤满了如竹枝般纤细的绿梗,团团圆圆的花叶间,高高举起的是一枝枝缀满了小米粒的花芽芽儿们。

　　珠兰花的香最是清幽的,如果循着花去寻香,必然无功而返,然而当你无奈地别过头去,花的香气却又会偷偷地钻出来,"嗖"的一声,冲一下你的胸;"嗖"的一声,撞一下你的怀。实在的,珠兰的香最是缠人的了。

　　似花非花,似香非香,一阵阵……仿佛一种力量,积聚到极致,深沉到极致,穿透过青石板,轻盈盈曼妙溢出,最后漫过长满青苔的苍老小径,直扑着,带着远古情愫,就这样一路直扑着过来。

　　说起院子里的珠兰花,那可不是平常的花,只要是见到过的人,都知道这不是一般的花。可是谁也说不清为什么,反正就是觉得相当的不同一般。说起这花那可是年代相当地久远,珠兰花的故事应该从何说起呢?也许还得从一个像珠兰花一样美丽的女子说起。

　　听说曾经有户人家的四个姐妹,一个个出落得十分标致,四姐妹都取了与花容相配,捎带着"兰"的名字,取意又"香"又"美"。四姐妹中最是甜美的还是小名叫兰儿的大姑娘,花容月貌的大姑娘长得比花儿还要美。

　　事情也就这样开始了,大约 90 或者更多些年前,江南水乡温岭县城,离县府不远处有一户姓朱的人家里,有一位知书达理的二公子,名叫朱乙生;与朱家隔条溪水有一户姓林的人家里,有一位美丽贤淑的大小姐,小名珠兰。

朱家公子看上林家小姐,在两人年纪还很小的时候。花开花谢,年复一年,像所有唯美的爱情故事一样,有情人终成眷属,珠兰小姐嫁入朱家,成了名副其实的朱兰嫂。

清秀俊雅的朱乙生供职于县府田粮房,兼海门阜大药店、同康酱酒店的账房先生。这在当时的当地,绝对是位响当当的爷们,自娶珠兰为妻之后,夫唱妇随相敬如宾,一家人生活安宁富足。更难得的是和当时许多同龄人不同,珠兰念过书,虽然学问不高,却也识得字,知道些大道理。这在当时实属不易。

自此以后,本来爱兰的朱家,更是在庭院里遍植兰花。春兰、蕙兰、建兰、寒兰、墨兰,一年四季葱葱郁郁着全部都是兰的芳踪,当然必不可少的还是盛开于四季,飘香于盛夏的珠兰花。

夏夜黄昏,透过窗棂,可见男子在宣纸上泼墨,女子坐在一旁抚琴。不多时,石壁下一丛丛临溪映水的幽兰,伴着"兰之猗猗,扬扬其香。不采而佩,于兰何伤……"的清雅曲调,更伴着一阵阵弥漫在空气中的珠兰之清香悄然而生。

如果不是因为后来发生的事,也许这样的日子会一直过下去,直到地老天荒,就像院子里的珠兰花,就像珠兰花年年发出的清香,更像他们海枯石烂的爱情至死不渝。

朱家生活的海滨小城温岭,自古以来人称太平县,太平太平就是永远太平的意思。这里有山有水,有溪有河更有海,这里的人们勤劳能干不怕苦,男人上山伐木筑屋,下山种植稻米,出海捕鱼捉虾。女人们养蚕织绢,于清溪浣衣,于河流淘米,袅袅炊烟升起之处,饭香鱼香其乐融融。这里是鱼米之乡,这里是江南水乡,富饶美丽胜过天堂。

可是太平之地不太平,打破这种宁静的,除了盘剥百姓的土豪劣绅,除了腐败的官僚政府,更有来自远方外国列强们的狼子野心。身处政府机关,从事田粮房工作的朱乙生,当然比任何人更能接触到他最不愿看到的一切:灾荒降临,无助百姓的惨死,当局者的无动于衷,更有甚者是当局者纸醉金迷的极乐享受,所有这些无不深深刺痛人心。

"五四"爱国运动的浪潮,把人们曾经禁锢闭塞的思想打开了大口子。人怎么能这样活着?当国家有难!当人民有难!当民族危亡之际!何去何从?何处才是希望所在?

夏夜在珠兰花盛开时刻,透过窗棂,虽然依旧还可见男子在宣纸上泼墨,依旧还可见女子坐一旁抚琴,可以画者笔下的兰,却早已锋芒毕露,"国破山河在,城春草木深"。琴声也早已不再缠绵,珠兰花散发的气氛,更似千军万马在奔驰在宣泄在狂怒。

1924年,在温岭与海门之间奔走的朱乙生结识了一位同乡,后来成了相知的朋友,这位同乡便是诗词"春晖楼上是吾家,少宴谈心酒当茶。回忆椒江聚首日,雪泥鸿爪两吁嗟"中的春晖楼主金辅华。假日里,只要逮到空闲,朱乙生就会和大家在一起商讨国家兴亡的大事。

就像珠兰花的香气在空气中弥散一样,有一种思想叫浸透,如果刻意要把某个人的行为,定格在某时某刻做了某件事,也许不太现实。就像当年的朱乙生一样,就连他自己也说不清什么时候,就这样一不小心投身到了革命的洪流。不为什么,没有特别的理由。

不知是第几次出门,刚开始朱乙生仅仅是去宁波给党组织办事,也许纯属偶然,就像珠兰要开花一样。因为朱兰嫂的三妹,嫁的丈夫家在宁波三北,更巧的是,三妹的丈夫也是宁波的中共地下党员,三妹的家就是共产党的一个联络站。

当时温岭地下党从属于宁波党组织,当时由朱乙生前往宁波,和上级党组织取得联系。真可谓是天时地利人和,所有条件都占据了。当然最主要的就是有落脚点,还可以节省夜宿费,当时党组织的活动经费都是大家凑起来的,资金非常紧缺。

随着革命的进一步深入,朱乙生的足迹早已不止于宁波,在1924

年到1928年期间,朱乙生代表党组织,曾经到过杭州、上海、宁波、广州、四川某地,当然朱乙生代表的党组织,也远远不止温岭或者台州党组织这样简单。

一天从宁波传过来不幸消息,朱兰嫂三妹夫不幸去世。朱乙生和二妹夫连夜赶过去宁波,帮忙料理后事,并带回来了三妹和三妹的一双儿女。本地一位财主,看到三妹姣美的面容,心生歹意欲娶回家做小,三妹不从,可恶的老财主,竟然命人带刀前来威胁。三妹拼死不从,朱家姐妹,何曾受过这种污辱?

来者不善,善者不来,人家财大气粗,放下两个选择:要么嫁要么死!要怎样才能抗衡?难道美丽也是一种罪过?要知道三妹的丈夫才去世,天下难道就没有一个让人说理的地方?

满院的珠兰开得真旺,可是光阴不再,美丽不再,最美丽的花也无法构筑已消失的曾经。也恰在这个时节,中国革命形势日益尖锐,身边的战友,今天刚刚相见,明天也许就阴阳相隔。也就在这个时候,被怒火燃烧得比炭火更炽热的朱乙生,有一天,和朋友们站在用四张八仙桌搭起来的讲台上发表演讲,号召群众起来革命。

而这个演讲的台,就搭在县政府门口,当时因围观的群众人多势众,当局没有动手,到了晚饭时候,当局派出打手,把朱家团团围住,幸亏有邻居相告,朱乙生才得以跳墙逃跑,成了一名亡命天涯的逃亡者。

随着朱乙生的逃亡,朱家失去唯一的经济来源,失去了曾经拥有无限温馨快乐的家。为生活所迫,朱兰嫂领着一家老小搬出朱家庭院,租住到不显眼的小巷深处。记得离开家园那天,天空黑得不透一点光亮,"山雨欲来风满楼",满院的兰花皆花容失色,朱兰嫂此刻失去的当然不止是家不只是花,还是曾经美好的青春韶华。

狂风四起,满地飘扬着一幅幅兰花图,就像曾经的记忆,在风中高高扬起,又重重落下,然后四处飘散。失去了的不会再回来,朱兰嫂清楚地知道她失去的不仅是兰花,抑或是几张兰花图,失却的就是这个曾经温馨的家。

国仇家恨，仇恨从此开始，在这个原本羞怯的江南弱女子体内燃烧。丈夫一直潜伏在周边县城，和朋友们坚持革命，一边等待着时机。有时候风声不紧，丈夫会偷偷回来和朱兰嫂团聚，风声一紧，又赶紧避走他乡。

1936 年 5 月的一天，门前的珠兰花就要开放，朱兰嫂的丈夫，为了躲避敌人追捕，深夜涉水得病，生命危在旦夕，朱兰嫂连夜把丈夫送到三元桥的日清医院救治，医者只能治病却不能救命，终于在黎明曙光将要降临时刻，朱乙生咽下了最后一口气，而此刻朱兰嫂，肚子里的孩子却正在蓬勃生长。上有老下有小，一个失去女婿的外婆，一个失去丈夫的妻子，几个失去父亲的孩子，此刻的家，就是由这些个失去依靠的老老小小组合而成。

要革命就会有牺牲，历经生活的磨砺，朱兰嫂已经不再是仅有似水柔情的江南女子。"继承丈夫遗志，将革命进行到底"是当时朱兰嫂活下去的唯一信念。在失去依靠后，曾经当日子艰苦到实在活不下去的时候，为了给小儿子一条生路，朱兰嫂曾经在藤岭头和一个买主谈卖儿的事。

一个母亲到了出卖儿子的地步，这是一种怎样的悲哀。据说是因为价钱问题，可是没有人会信，也许是实在不舍，也许是实在放不开手，也许是还有也许，生意没有成交。

当朱兰嫂抱起这个生下来就没有见到过父亲的苦命儿子，泣不成声夺路狂奔时，朱兰嫂的心被撕裂……一声声对儿子的哭骂，一声声母爱的悲歌，这是怎样悲惨的一幕场景。

然而在当时，这样的事不止发生在朱兰嫂一个人身上，和朱家父子一同革命的梁家后人，竟然也多次提到其母，差点用几担谷把自己换给人家的事。革命者家庭都出现卖儿事件，而且都没有成交，说明当时艰苦情况的相同，也更说明母爱的相同之处。

即便生活如此艰苦，朱兰嫂对革命的意志却一点没有动摇，丈夫去广州参加农会带回来的书籍资料，朱兰嫂精心保存；革命同志来到朱家，不管相识不相识她都会热情接待。在朱家长年保留着几张空置的床铺，不管白天黑夜，只要是家在对面的王克明，过来轻轻敲下木窗的窗棂，叫几声："外婆！外婆！"朱家的门就会应声打开，接纳所有革命同志，并给予他们家的温暖和保护。

谁能知道，在这个由孤儿寡母组成的最贫穷的家庭里，曾经接待过浙江省委书记刘英，也不可能知道，当年台州特委书记刘清扬，在上四明山之前，在朱家住过三个夜晚。

虽然朱兰嫂家，当时穷到就连过年也没有吃过一顿肉，可是在刘清扬特委上四明山的前夜，朱兰嫂却从福秋年糕店买来炒年糕给战友们吃，因为山上的战友比山下的城里要艰苦 10 倍。

最小的曾经差点被出卖的小儿子，吃着战友们来不及吃剩下的一点年糕，说多少好吃，还有肉，还有三四条肉……从朱兰嫂小儿子，现在 70 多岁的老人，形容当年情景时嘴里发出的响声，还可以充分感受到当时的记忆，这种记忆居然保存至今。

更不可置信的是，据原海军政治部主任鲁冰回忆：抗日战争时，地下党刻字发放宣传单油印（钢牌刻印）都放在朱家的暗阁中，朱家是一个革命的秘密联系点。宣传抗日的传单，就是从这个不起眼的朱家暗阁走出，走进千家万户。

难道，朱兰嫂不知道她所做的一切的危险性？在经历过这么多亲人朋友死亡的惨烈后，难道朱兰嫂一个弱不禁风的女子，竟然还会不怕死？也许就是因为经历过太多生死，朱兰嫂早已看淡一切，就像是珠兰花不会因为惧怕枯萎，而拒绝开放。生如何死又如何，生就要好好地活，若是不能活，就是死也要好好地死，这就是中国人常说的舍生取义的道理。

在革命取得胜利之后，朱兰嫂从来没有对任何人说起过当年，提起过她为党做过的事，更没有找过当年的战友，也从来不提丈夫为党献身的事，这种坚持一直到朱兰嫂默默地离开人世。

在朱兰嫂质朴的理念里，革命是每一个国人的本分，没有什么值得张扬和夸耀的地方。一个连生死都看淡的人，又怎么会在乎名利这样俗气的事情，如果是为了什么目的去革命，大可不必，因为在革命之前，朱家就是生活相当不错的一个美满家庭。

每年这个时节，院子里的珠兰花都会竞相开放，一直不明白，朱家后人为何会像爱惜生命一样爱惜这几盆珠兰花，直到今天才知道，珠兰花，在当年曾和朱兰嫂一起嫁入朱家，小小的珠兰花历经了朱家几代人的兴衰荣辱。当年朱家落难之时，朱兰嫂失去了丈夫，失去了家，朱家几乎失去了所有，唯一不曾失去的就是这几盆珠兰花，还有朱乙生从广州带回来的红色书籍。

夏之夜晚，珠兰花会穿越时空，穿透黑夜，来到窗前轻叩。珠兰是花吗？实在不忍心把通灵通性的珠兰称作花。珠兰不是花吗？却分明带着悠远的深情，频频来访。珠兰香吗？如果刻意去寻找，却总也找不到。珠兰香吗？香味总是会在不经意间突然跑过来撞击心灵。

珠兰花的花语是：隐约之美，内在之美。珠兰花一如当年的朱兰嫂，平常日子隐没在茫茫人海，很难被谁发现，可是却又分明存在。当国家民族危难时刻，她们会义无反顾地挺身而出，就像一枝枝昂起头的珠兰花，真实地存在于世界的每个角落。

挑 山 行

爬山时,不免会气喘心跳手脚发软。当坡度上升到极致,不要说挑着重物,就是手中提瓶矿泉水,都会明显感觉到额外负担。越是接近峰顶身体越是不适,有时候甚至感觉每一步都在考验生命的极限。

恰恰在这时最见不得的是,前方天梯石阶上肩上压迫重物的挑山工。记得曾经跟随驴友,去一个香火鼎盛的佛教名山朝圣。过程要攀登几千步台阶,当累得身体虚脱几近趴下之时,突然前方停立着几个搬运水泥的挑山工,这让本来仅疲惫的身躯,又增加了来自心灵的双重压力。更绝的是后面居然上来一位鹤发童颜的老者,轻松地挑起两篮祭品,从身边疾步而过,让柔弱的心灵再次严重受创。

挑山工,即便徒手也要消耗极大体力,在体能极限处讨生活的人们;挑山工,担子两头各挑着两座大山攀登的人们。而在今天我要介绍的挑山工,不是平常意义上的挑山工,他是一个早年参加革命的中共党员,他的名字叫朱文骏,原浙江省黄岩县地下交通员。

1920年朱文骏出生在浙江省温岭县太平镇三元桥,父亲朱乙生,是早期温岭共产党先驱之一。朱家原本条件不错,父亲更有着不错的工作,然而所有美好记忆,都只能是停留在父亲参加革命之前的那个时期。朱乙生因为宣传革命,遭反动当局追捕亡命天涯,因此最直接的后果就是小学没有毕业的朱文骏,从此失去了上学的可能。

对于家里度日的艰难和日渐长大的儿子,逃亡中的朱乙生无计可施。他能做的只有拜托相知的革命同志帮忙,同志们通过关系把朱文骏引荐进黄岩一家酒店做学徒。而实质上此时的朱文骏，就已经开始和党里的同志有了往来。例如像朱家和梁家既是邻居又是世交，更是革命同志。受家庭、亲戚、朋友的影响，自然而然朱文骏也像父亲一样投身到革命队伍之中。

手勤脚勤心勤，从小伙计开始做，朱文骏就是这样一点一点地慢慢成长。熬3年吧，熬过三3年就能出师，就可以有收入，就可以分担家里负担，朱文骏这样想着，努力着刻苦着。

但不幸还是发生了，这一天离朱文骏3年学徒生涯的结束没差几天。父亲朱乙生在传递情报途中被国民党发现，为逃避追捕深夜涉水身染重病，被送进日清医院救治。母亲托人带消息给朱文骏，朱文骏独自一人连夜启程，从黄岩步行往温岭赶，走了一夜才走到路桥。当朱文骏拼尽脚力，终于扑倒在父亲跟前时，此刻的父亲只能是提着最后一口气，支撑着苦等儿子的到来。

朱文骏接过父亲用生命最后力量倾注的目光，也就是接过了父亲交付的生命重担。担的一头是党的事业，担的另一头是外婆、母亲、两岁小妹和母亲肚子里没有出世的孩子。这个朱家唯一的男子汉朱文骏，在这一时刻还只是一个不满17岁的少年。

"壮志未酬身先死，长使英雄泪满襟。"父亲走了，带着遗憾带着眷念带着不舍离开了人世。就这样少年朱文骏，毅然从父亲手中接过了重担，担的一头是严峻异常的党的事业，担的另一头是老小四人的衣食住行。而且这是一副没有可能放下的重担，朱文骏必须用自己的生命扛起党组织的使命，扛起战友还有家人的生命。承担这副重担的朱文骏在这一年的实际年龄仅仅是16岁零6个月。朱文骏欲哭无泪，如果哭能解决什么，可是哭有用吗？面对着哭成一团的亲人们，面对着死不瞑目的父亲。

简单料理完父亲后事，安顿好家人，重压之下的朱文骏只得又提起两条长腿往黄岩赶。如果一切顺利，如果能顺利满师，在酒店还能挣到每月六七斗米的工钱。一日三餐少一餐也不行,家中老少眼巴巴,就盼着这些米下锅过日子。然后,摆在朱文骏面前的不仅仅是家庭,还有身边这群革命伙伴。在酒店工作,除了能得到几斗救命的口粮,除了人员进出不太引人注目,除了比平常人更能容易结交三教九流……而所有这些因素都更便利党的革命事业。对于朱文骏来说酒店不仅是工作场所,更是革命阵地。

抗战时期,随着温岭"青战团""政工队"的成立,标志着以共产党为骨干的抗日救亡团体的正式成立,这在国民党统治区意义特别深远,而这些都是来自组织和战友们的不懈努力,当然也有朱文骏的一份功劳。

1938年秋,朱文骏加入了王槐秋组织的消费合作社。消费合作社顾名思义似乎只是经营一些消费有品,其实质却是出售进步书籍,传播马列主义,并起着掩护党活动的作用。同时参加该组织的,还有朱文骏最亲密的战友鲁冰兄弟等人。后来因为经费还有时局等问题,最后合作社被迫解散,然而合作社对当时党的事业的发展意义深远。

1939年12月,国民党掀起抗战时期第一轮反共高潮,为保存力量,台属特委决定将已暴露的共产党员全部撤离。对于朱文骏来说,曾经参加青战团"请愿"的战友,更是他心里最放不下的牵挂。当时几乎所有革命同志的生活都不宽裕,王槐秋撤到山区隐蔽工作,鲁冰在防护团工作,干的是在高楼上看到敌机来时敲钟的活,比较起来还是朱文骏收入最高且稳定。

白色恐怖下,革命条件十分残酷。如果撤离不及时被抓住当然不能活,然而撤离进山的同志,在山中饥饿寒冷,在贫病交加中煎熬着、挣扎着。山上的同志需要食物,山上没有吃的,连番薯藤叶都吃不饱,山上急需食物。这时候朱文骏得到地下党的指示,把每月工资所得的米,拿出来交给在深山坚持革命的同志们。

那时通讯极为不方便,并且每次过来接头的同志基本上都是没有见过的,因此就需要用暗号来确认身份。当时宁溪山头地下党领导人沈时良派人下山,到城里的联络站(朱文骏工作的酒店)找朱文骏。每次约定的暗号就是:来人必须戴着斗笠,穿着蓑衣,把第三颗纽扣握住。知道这是地下党的同志,朱文骏才把山里的情报和城中的情报进行交换,并把自己每月口粮里省下的米交给来人带进山里。

革命者是人不是神,要活下去就必然要吃饭。不是有句话叫:"一分钱难倒英雄汉",此刻朱文骏却是"一粒米难倒英雄汉"。在当时每月有七八斗米收入的革命者朱文骏心里,这几斗米却是纠结又纠结的最最纠结。要知道有米才有命,一斗米是可以救许多人的性命的。

眼前也就摆着这几斗米,深山里的同志,身边的战友,家中的老少……朱文骏不仅仅节衣缩食,把自己的口粮尽可能压下来,更多时候还要硬起心肠,首先安排同志们,先国后家,先有党的事业,然后才考虑家的温饱。

朱文骏每每寄回家的口粮本来就已经是少之又少,所以每次当朱文骏把这一袋袋象征着生命的米袋子交到同志手里时,弟妹饥饿的眼神和哭声会交替在眼前出现,这时候就必然有割舍之心,虽然他并不知道家里最小的弟弟,差点因为没吃的活不下去而被出卖。

所有这一切朱文骏都顽强地坚持了下来,因为从父亲目光中接过这副担子那一刻起,朱文骏就知道这是一副没有可能放下的担,担的一头是革命,担的另一头才是家。

不仅如此朱文骏还把自己在酒店的住所,发展成为同志们经过黄岩最好的落脚点和供给站,当然更是一个理想的交通站。在同一时刻在家乡忍受着饥寒的母亲,非但没有怨言,居然也大义凛然地担当起地下联络员的使命。

母亲帮人洗过衣物,织过毛巾,做过手工……尽一切能力挣钱养活自己和儿女。革命需要就是母亲的需要,一张整洁的床、一口暖心的饭,就是对同志对革命最好的贡献。随着同志的撤离,印刷传单的机器秘密撤进了朱家阁楼,虽然朱家离县政府仅相隔一条极窄极窄的小街。

朱文骏承受的,早已不仅仅是党组织有板有眼委托下来的任务,可以说无论大事小事,只要同志们有困难,最先想到的总是酒店中的他。当时隐蔽在黄岩桐树坑山头的刘清扬,住的是草棚,吃的是地瓜粥、南瓜藤。王槐秋隐蔽在黄岩县西乡马加山小学,条件实在艰苦。脚上生疮流脓出水,在山上得不到医治,痛苦万分。

王槐秋因脚伤无法行走,在请示台州特委刘清扬后得到许可,同意王槐秋到黄岩医脚,吃住都在朱文骏工作的酒店。由于朱文骏在当时只是普通员工,怕老板知道不好,就和王绍华、鲁冰一起把王槐秋接到自己的家里。结果当夜不知怎么风声走漏,被国民党包围,鲁冰先爬墙头逃走了,王槐秋因脚伤无法行动结果被捕。

过一会,朱文骏假装正巧路过,就看见王槐秋已经被人捆在柱子上。再一看带队的是张巡长,外号"小雄鸡",是朱文骏在酒店认识的熟人。朱文骏装作不解地问为什么要抓王槐秋?"小雄鸡"振振有词地说有线人举报,王槐秋有卖白粉和吃白粉的嫌疑,因此批准逮捕。朱文骏通过小雄鸡了解更多的情况,最后通过关系疏通,把王槐秋转到黄岩,因为根据情报,如果把王槐秋弄到温岭肯定没命。

朱文骏马上自己掏钱包找来快艇,让脚伤不能行走的王槐秋坐着去黄岩,连夜朱文骏和鲁冰一起步行追赶,一路追到黄岩的监狱。当来到监狱一看,牢头张友沛也是经常来酒店喝酒的人,朱文骏马上托起了关系,请张特别关照一下,王槐秋在黄岩牢中被关的半个月没有吃任何苦头,直至后来移送迟山店的大牢。

接下来暂时是国共谈判时期,气氛没以前紧张,通过战友和家人的共同努力,经过多方面的活动,以治脚为名把王槐秋保释出来。王槐秋出狱后,在朱文骏工作的酒店住了3夜。为了安全起见,王槐秋必须尽快撤离上山。朱文骏问王槐秋:我怎么办?出于对黄岩隐蔽战线工作有利的考虑,组织上决定朱文骏继续留在黄岩城区,从事地下工作。

当王槐秋和同志们上四明山临出发前,朱文骏特意买了许多果子包和糕点，给大家路上吃。半夜里一两点，在三江口上船，朱文骏打着灯笼一直送他们到北岸上路，朱文骏回来时被老板问起，就编些话说自己走朋友去了。过了三四日，山上的战友带信过来说，都已经安全到达目的地四明山了。

这时离母亲为朱文骏安排好的婚期，还有 1 个月时间，就是在这段时间里，朱文骏也没有停下手中的活，依旧为党努力工作着，在结婚前倒计时没几天才回到温岭。并且在结婚三四日后，接待了途经温岭的王绍华，因为他也要上四明山，中途不敢住旅馆，也是住在朱文骏的家里。

在这前后像鲁冰、王克明等所有上四明山的同志，只要经过黄岩都是由朱文骏打点一切，并亲自送上路。不仅如此，朱文骏和他工作的酒店，一直是地下党组织的同志们最可靠安全的中转站。

1941 年 1 月 4 日，发生了震惊中外的皖南事变，国民党顽固派发动了第二次反共高潮。在白色恐怖下，党组织转入隐蔽斗争，并通过单线联络，保存力量。1941 年 11 月，中共台属特委在黄岩桐树坑召开会议，根据省委指示，决定将党的"委员会制"改为单线领导的"特派员、联络员制"。

这时候党组织指派和朱文骏联系的是君毅中学的老师郏国森，郏国森送来许多抗日传单给朱文骏，让他一起去发。当时正是日本侵华战争，飞机在天空飞来飞去，形势很紧张。夜里戒严，发传单时，都是夜里偷偷地去塞在每个店的门缝里。

日本鬼子投降之后，郏国森在天台被国民党逮捕，并被严刑拷打，残忍到辣椒水灌进鼻子里。过了几日郏国森从天台押转黄岩。因为自己与郏国森单线联系，朱文骏心想自己也一定难保，没想到在路上碰到郏国森的外甥，郏国森外甥说郏国森很硬什么也没招。过不久，郏国森果然被平安放出来，地下党为防意外，只能暂时把这根线给断了。虽然如此之后，朱文骏对于革命的的坚持一直没有停止，这种坚持一直支持到中国革命取得胜利。

1949年新中国成立前夕，地下党让郱国森出面和国民党谈判，谈了两三天，黄岩终于和平解放。郱国森当路桥区区长，鲁冰和梁质文等三四十人来到黄岩。这时的王槐秋已经是军代表了，看到朱文骏还在黄岩工作，都是以前的战友加兄弟，于是让朱文骏去温岭泽国的王万酱酒店当总经理。或许这一去朱文骏也可以完全背负起家庭的重任了，可是在茶馆里竟然碰到了郱国森，当朱文骏向郱国森道明事实后郱国森用"黄岩人不够"为由把朱文骏留在了黄岩。

这一留就是一辈子的事，昔日勇敢的少年，现在已是满头白发。90多岁的高龄的老人朱文骏，至今还住在黄岩城区一介简陋的深巷之中。即使子孙都很有出息，但朱文骏还是自己照顾自己的生活起居。有几次朱文骏得了大病后，实在疼痛难忍，但他就是不去医院，问他为什么？他说不想花党的钱（他是离休干部）。

或许按他的意思就是"已知天命，一切随缘"。恰恰就是有这样一颗为党无私奉献的"心"，所以朱文骏老人仍然在续写这段伟大的历程直到永远。虽然现在条件好了，可是在朱文骏心里，还是不愿意放弃节俭。朱文骏是可以享受一些的，譬如公费旅游什么的，可是他不愿意享受，理由是不想花公家的钱。也许这些在常人眼里并不算什么，可是在朱文骏眼里却是原则问题，因为朱文骏在少年时候，曾经历过挑山行的一段人生。

一直记得登山途中，看到挑着两包水泥，在通天石阶上艰难前行的挑山工，无论是山顶房舍，还是脚下石阶，山上所有的一切都是由这些挑山工们一担一担挑上山顶。山顶有什么？山顶除了清风明月，还会有什么？曾经的少年朱文骏，就是一位挑山工，担子一头挑着革命事业，一头挑着亲人家庭，朱文骏在人生的征途上顽强前行，支持他一生最强大的力量是信仰，就是革命必胜的信仰。

香 满 园

像是缘分,像是宿命,像是注定,就这样与之邂逅。老巷老宅老墙,苍老的院落和庭院里长开不败的珠兰花……所有曾经熟悉的一切。每年清明祭祖,陪同大舅公朱文骏翻山越岭,即便面对着墓碑上太公朱乙生的名字,依旧不知之间的关联。

对于过世的奶奶的印象,人美爱笑话不多。至少在奶奶活着的时候,并没有听到她老人家提起一句从前往事。然而就在奶奶的葬礼上,当奶奶就要走完人世间最后这段距离,就在她前往永久的故乡的前一刻。

突然奶奶的长兄,年近 90 岁的大舅公,猛然跪在奶奶灵位前痛哭道:"爸走时,把 2 岁的你托付给我,今天你走了,我对爸怎么交代……"没有任何心理准备,凭是谁也没有想到的事,就在刹那间发生。令在场所有人……呼啦啦一大群子孙后代,抽泣着冲上去拉,拼命地去拉。

老人颤动的后背,颤抖的白发,和泣不成声的"小妹! 小妹!"的声声自责……然而遗像中的奶奶却只是笑着,甜美地笑着,面对着人世间最悲怆的一幕,奶奶的笑和舅公的哭都让人痛不欲生。

记得读小学五年级那年,听家人说隔壁来了位客人,让我不要发出太大动静。五月的一天清晨,当我背起书包匆匆赶去上学,在鸟语花香的小径上,碰到隔壁三鸿阿公,扶着位素未谋面的老人在散步,这是位千茎白发步履蹒跚的老人。隐约听见身后,三鸿阿公向老人介绍,我是谁家的谁的后代。回过头见这位老人冲我微微一笑,当然我也笑了一笑作为回答。

　　傍晚背着书包匆匆回家，正准备下楼的老人慈祥地叮嘱跟随的工作人员站在一边，让我先上楼梯。我也是非常自然地对老人笑一笑跑上楼去。朝夕相处近一个月，这位深居简出，说话轻言细语的可敬的老人回去了，听到家人在说："三鸿阿公家的客人走了，回北京了。"当时也只是应了一声"哦！"并没太在意。

　　直到7月的一天，全家几个大小脑袋瓜子挤在一起，争看报纸《我的三进军旅生涯》时，我还是搞不懂，有什么好看的？太夸张了吧？可好奇心又让我忍不住也挤进去看，不看不知道，一看吓一跳，报上刊登的就是住在隔壁的那位慈祥的老人。他不是一位平凡的老人，他就是在九死一生中走过军旅生涯的原海军司令部办公室主任鲁冰。

　　记得当时周末，刚好发下来的作业题目是《英雄》，于是满腔热忱地把鲁冰的战斗故事改写成作文交给老师。然而也仅到此为止，没有想过当时隔壁阿公向远方阿公到底是如何介绍我，我到底又是谁家的谁家的后代，更没想到阿公为何要让我先上楼梯。

　　2011年中考结束这天，也就是《海风》关于建党90周年征文截止之时，为了寻找素材赶赴黄岩走访大舅公，才知道隔壁客人鲁冰就是当年和大舅公一起革命的战友，鲁冰的父亲就是太公朱乙生当年的革命战友。

　　从采访朱文骏开始，红色记忆终于开启。从不曾听说过的名字：宣侠父、金辅华、朱乙生、梁质文、鲁冰、刘清扬、王槐秋、郑国森、王克明……一个个生命在眼前重新鲜亮起来。

　　机缘源于太公朱乙生战友的一句：浙江省委书记刘英当年曾在你们家住过，当时你们家住在三元桥。提起三元桥这个地名，实在是巧得离谱，因为父亲外公当年的家曾经就在三元桥，当时母亲的爷爷的家也在三元桥，而且外婆的三姑家的大门就开在三元桥边，当年年轻的三姑嫁到大溪念姆洋，三姑的大伯叫赵任。虽然至今没有找到刘英到达过三元桥的依据，印象中的三元桥，记忆却是如此刻骨铭心。难道会有如此的巧合？70多年前在一个叫三元桥的地方。

在我17岁之前，虽然知道毛泽东、周恩来、方志敏，却不知道刘英、粟裕、陈阜、丁魁梅、刘清扬、赵任；虽然知道"长征宣言"还有"长征组歌"，却不知道在长征之前还有长征先遣队。

当然在我17岁之前，并不知道70多年前，父亲家族和母亲家族之间的渊源，和他们曾经水乳交融的红色经典，以为就像井水和河水并无关联。更不知道当年发生在三元桥畔的日清医院，17岁的少年朱文骏与即将离世的父亲的最后一面。不知道生命从何处而来，亦不知道生命往何处而去，仿佛没有任何选择余地，就这样在满院的花香之中相遇碰撞。

院子不大，花事不小，无非是些桂花、君子兰、珠兰、杜鹃、茉莉、夜合之类平常之花，谈不上名贵，更不值几个钱，说不起眼，这院子就跟小巷一样，确实十分不起眼。

说起眼，也确实起眼，小院传承了家族世代芳香的本质。一年四季，只要打边上经过，远远地就能嗅到满院的花香。其实就像人的生命一样，院子里每一棵花树都非常有渊源，且有着动人的故事。

她们走了，她们种的花留下了，她们说喜欢有香气的花，在她们留下的花里面，全都是芬芳四溢。她们走了，她们种的花留下了，她们种的花的香气也永远地留下了。

香味悠扬年头久远，珠兰的香是最清最幽的。刻意间无处寻觅芳踪，一缕香魂却时不时踮起脚尖，提着绿纱裙，穿过青石板，飘过长着苔藓的小径，俏立于小巷的中央，无论岁月怎么消逝，珠兰花永远年轻。

珠兰的叶是肥美的，珠兰的花是朴素的，珠兰花的香称得上独占魁首。此刻多情的花骨朵儿，嬉笑着追逐着抖落一地晨露，每一滴露珠都是如此醇香四溢。珠兰花最爱月夜，于小巷深处月光如泻之下，素手抚琴弹一曲永恒的思念。如白练般清幽的情思，飘散在夜的深处，在夏的热烈之中。她们走了,不知有多少年了,她们走了,她们种的花却留下了,长久地留下了,于年年岁岁飘着香透着气。不知道是不是所有的花都是颜色越淡花越香,却知道人的生命有限,花的香气无尽,前人种花后人香,满庭芳,香满园。

就像传递接力,承接起养花的重任,一代一代世代相传。实在难以让人相信一个家族的传承,并无值钱的财富,却偏偏是几本书、几盆花,还有太多无限的想象和无法破解的密码。虽然不能还原当时,却能感受到一盆珠兰带来的不能言说的亲情,珠兰花的清香,依旧还在诉说传递着绵绵不断的血脉之情。

珠兰开花了!珠兰花的香气古老凝重、厚实逼人,一声声来自悠远、来自地心、来自遥远的祝福。珠兰开花了!珠兰又开花了!满院清幽的珠兰花香,穿透天地万物。

以前的墙是有生命的,它可以轻轻诉说曾经承载过的岁月;以前的巷是有生命的,它可以轻轻诉说曾经辉煌的往昔;以前的门是有生命的,它可以随时为世界开启家的温馨。以前的花是有故事的,还有种花人的苦心,她们走了,她们种的花留下了;她们走了,她们种的花的香气留下了……

忠 魂 曲

每年清明，舅公（黄岩地下党交通员朱文骏），都会从黄岩赶来温岭上坟。根据事先约定，温岭亲友团队，会准时到山下接应。

"年年春到青山绿，年年秋来叶飘零。"这样的坚持一直持续到今年，由几十名子孙组成的上坟团队，簇拥着93岁高龄的舅公，沿着铺满落叶的崎岖小道，艰难来到先人故乡驻足停留。

看着荒山野岭之中，这一大群刚从宝马、奔驰车上下来衣衫光鲜的上坟人群，还有本次行动的组织领导者，就是这个身材瘦长身子骨却特别硬朗的舅公，心中无限困惑，人都走了这么多年了，还能有什么？如此平常的土坟，也值得这么多人劳师动众？这样老的人还要上山？万一有个闪失……虽然不远处，鲜红的杜鹃一直在不停地点头，不停地招手。

一碗碗鱼、肉、水果、糕点在坟前摆开，当然必需的还有青团，两支红烛，三炷清香……表情凝重的舅公领着头，后来紧跟着呼啦啦一大片手执清香的人群，默默低头向黄土深处寄托衷情。

火光映照着苍老石碑上，同样苍老的"朱乙生"三个字。心中纳闷，里面的人难道真的会起来吃？吃这些大鱼大肉？虽然寂静的青山，因为这些红光而热闹喜气起来。

说实话，如果不是走进当年曾经如火如荼的革命岁月，也许这些困惑一直伴随着清明记忆长存心间，毕竟这些都是藏在心底说不出口的一种感觉。有一天当打开《峥嵘岁月——温岭革命史》时，在书中第15

页发现一张朱乙生小照，旁边注有两行小字"温岭早期共产党员朱乙生/1926年春，金辅华介绍朱乙生加入中国共产党"。

朱乙生？清明火光中苍老碑上刻着的名字？早期共产党员？带着问号询问家人，得到的答案是肯定的。我奶奶的父亲朱乙生就是书上的早期共产党员。朱乙生走时，奶奶仅有两岁，家人对朱乙生知之甚少。小舅公除了提供朱乙生从广州农民运动讲习所带回来的3本红色文献，就连当年与广州联系的电报纸都已找不到了。

根据仅存的革命史料，初步推算朱乙生是1924年开始革命的。从他开始革命到1936年4月，为躲避国民党追捕，深夜涉水得病去世。对于他的革命经历，他的战友们是这样描述的：

温岭早期共产党员高良鑫回忆说：金辅华、朱乙生、高良鑫是温岭最早的共产党员，朱乙生多次前往广州，印象最深一次在广州五羊洞，是把灯芯放在鸡蛋壳放上油，点起油灯开会，和党组织建立联系。回来的时候路费不够，穿草鞋走回来。朱家这张竹椅，浙江省委书记刘英曾经躺过，当时的朱家在三元桥，刘英白天睡在朱家房里，夜间出去活动。

台州第一个共产党小组组长金辅华回忆说：朱乙生因为有亲戚在宁波，经常出去传递情报和上级党组织联系。他非但到过宁波、杭州、上海、广州，还到过四川，由于差旅费不够，我们大家凑起来给他，条件艰苦，工作辛苦，非常危险，几乎都生活在恐惧中。

原海军司令部办公室主任鲁冰回忆说：抗日战争时，地下党刻字发放宣传单油印（钢牌刻印）都放在朱家的暗阁中，朱乙生去世后，朱家仍旧是革命的秘密联系点。1942年台州特委书记刘清扬赴四明山途中曾在朱家住宿。

曾任温岭县委委员、联络员、警卫员的王克明，当年是温岭城关仓后街人，和朱家仅相隔几步。朱家一直空着几张大床，专门用来接待革命同志。每当有同志前来，不管白天黑夜，只要王克明在窗外轻敲几下，叫声："外婆！外婆！"朱家的门就会应声打开，接纳所有需要落脚的革命同志,并给他们一个家的保护和温暖。

虽然有了上述这些当年革命同志的记忆,可是朱乙生整整十几年的革命经历,远远不止党史中两行小字,也不止战友们嘴里的这几句话语。朱乙生去世时,只有大老朱目睹,也就是说能了解朱乙生革命史,朱乙生长子——现年93岁的大舅公是唯一证人。带着疑问,我踏着晨风前去黄岩探求当年的革命历史。

星星之火

一直不明白，一个93岁老人的清明情怀；更不太明白，一个为革命献身的革命者，为何留下的记忆如此残缺。沿着先人的革命足迹，走进当年他们如火如荼的峥嵘岁月，许多本来不理解不明白的地方都找到了合理的答案。

什么是舍生取义！什么是民族大义！什么是义薄云天！当国家民族面临危亡的关键时刻，他们没有选择顾惜自己的生命，而是选择义无反顾，选择前仆后继。

在他们质朴的理念里，没有名利这样的字眼，为了革命，他们可以随时随地无怨无悔地献出自己的一切，包括生命。中国革命史，就是由这些曾经鲜活的朴实生命谱写而成。昨天是今天的历史，今天是明天的历史，在此刻，历史不再是一本本发黄的书籍和百家讲坛上的妙语连珠。中国革命史其实离我们并不遥远，它就是我们身边，就发生在我们的亲人身上。

广州农民运动讲习所，从1924年至1926年，共举办6届，培养约800名学员。特别是1926年5月开学9月毕业，毛泽东任所长，周恩来任教员的第6届讲习所。1926年2月6日，农民部发出通告，要求各省选派第6届学员，3月底各省学员相继到校，共有学员327名，扩招到全国20个省（区、市），毛泽东讲授《中国农民问题》《农村教育》；周恩来讲授《军事运动与农民运动》。学员毕业后回到全国各地，从事农民运动的组织领导工作，从而极大地促进了全国农民运动的发展，有力地支持了北伐战争。

1926 年 3 月,中央农民部向全国各省区发出 1926 年 5 月 1 日召开广东省第二次农民代表大会的通告,农民部筹措拨付了会议全部费用,包括各省代表来粤的差旅费。1926 年 5 月 1 日,同时召开的还有全国第三次劳动大会。这些都是千里之外的革命圣地——广州当年的工农革命盛况。

虽然相隔千山万水,同期温岭工农运动也风起云涌,1927 年党的"八七"会议后,温岭各地进行了建农会、打土豪、斗地主、分粮食等斗争,横峰、潘郎、部渎、冠城大规模农民抗租反霸斗争,特别是坞根农民武装革命斗争,将温岭的工农革命运动推向高潮。

一直不明白,朱乙生长达十几年的革命,到底在做什么?对革命有过什么样的贡献?直到这一刻,终于知道了很多。广州五羊洞,那盏微弱的蛋壳灯,农讲所革命领袖的教诲,当年革命圣地广州的革命火种,就是由这双穿草鞋的大脚,穿越黑夜,跨越千山万水带回故乡,并播撒在故乡的山山水水。

台州早期共产党员之一,温岭农工部副部长朱乙生在 1925 年到 1927 年之间,多次前往广州采集圣火,至今仅保存着三本红色文献。当岁月再次沉浸在风雨如晦的年代,广州—温岭—台州—浙江,所以这一切,此刻都已经找到了答案——"星星之火,可以燎原"。

青山埋忠骨,杜鹃映山红。当年黄泥岭的绿水青山曾是朱乙生的埋骨处,而今日在绿树掩映、青竹环抱、杜鹃喷焰的山坡上,一片火光照映着苍老石碑上同样苍老的"朱乙生"三个字。当清明车队渐行渐远慢慢消失在山道弯角处,坐在豪华车厢里享受美好生活的人们,确实不应该忘记在黑夜中带来一点光亮的先烈,和当年他们曾经火样的青春和火样的年华。

生命如歌

"有的人活着,他已经死了;有的人死了,他还活着。"——臧克家

故居像一副支离破碎的鱼的骨架,荒草肆无忌惮登堂入室,屋顶朝天碎瓦遍地……当千辛万苦找到宣侠父故居,当面对着如此破败的场景,心灵的震撼无法言表。2012年最后一天的最后时刻,坐在电脑前发送拍摄于诸暨市店口镇侠父村宣侠父故居的图片,只起了一个标题"岁月无痕",没有一个文字,一张两张三张……发送着图片,没有格式没有署名……透着些许彻骨的思念,在这一时刻,在2012年的最后时刻。

几经周折来到侠父村下属的长澜村村口。一条溪流从一棵超巨大的树下悄然流出,大树后隐谧着一个幽静山村。树下的溪流能带来怎样的惊喜?溪流上的大树,又会告诉怎样的结果?也许溪流和大树知道曾经发生的一切。

宣侠父有兄弟四人,侠父排行老三,宣涵父亲排行老四。如此说来,宣涵应该就是宣侠父的亲侄儿。今天如果不是碰到宣老,实在不知道……当费尽周折终于来到故居面前,却被告知屋倒了走不进了。当时的这种感觉,绝对能让人在盛夏大太阳下,惊出一身冷汗。

宣家围墙北边就是宣侠父故居,站在院子里,站在楼上,无论何种角度都能见到故居。从这边角度看起来,故居还是不错的建筑。宣涵就是这样看着望着,一日日一年年守护着。

宣夫人确实是使了一定的力,从她双脚分开蹲下的马步,从她弯成弓的后背可看出。好不容易打开临街一道门锁,穿过一个黑黑的房屋,

出现在眼前的是一个倒塌的庭院，背景是三间面目全非的破屋。

难道眼前门破窗烂，屋顶朝天，瓦碎遍地，杂草丛生，骨架般耸立着的……就是传说中敢于顶撞蒋介石的"黄埔怪才"，被蒋介石亲自下令杀害的国民革命军第八路军总参议，统一战线的忠魂——宣侠父的故居？虽然心里早已做好准备，可是刹那间，一脑门子寒气直攻心底，最后巴凉到脚后跟，虽然这天气温挺高。心灵和思维瞬间短路，怎么也不能这样吧？怎么会是这个样子？

宣夫人打着头阵，时不时弯下腰，用脚用手用身体，分开这些伸手伸脚似乎要阻挡一切的荒芜。沿着她踩出的脚印，慢慢接近，慢慢地接近，这看上去随时就会轰然坍塌的骨架，这当年曾经温暖的家。"二楼左手边是宣侠父的婚房"，1928年，29岁的宣侠父，就是在这里与金铃结婚。今天这里除了裸露的房梁，轻拂的飞絮，遍地的野草，还有什么？还留下什么？

堂屋墙头上挂着布满尘土的三件蓑衣，让人想起柳宗元"孤舟蓑笠翁，独钓寒江雪"的诗句。蓑衣能给人遮挡风雪，而此刻小小的蓑衣，竟然能产生出远远强大于房舍的感觉，因为此刻的房舍是如此不禁风雨。

堂屋墙边保存着一口黑漆棺材，一张破桌子不能挡住棺材全部，一眼就见到露出的一截。在此时此刻，棺材代表的绝非平常意义的官或财，仅仅表达着生命最后的归宿。

从左边房子进去，一眼就看到一个碗柜，边上一只桌罩，目光四顾，还看到一些散落着的，曾经是家的一切，譬如一篮装得满满的杯。当年这些物品曾存放过多少家的滋味，特别是此刻在饿得前胸贴后背的时候，对于这些特有感觉。

进去里面一个不显眼的角落，醒目的是半只小考篮。以前人去赶考都会带只考篮，盛放书籍笔墨纸砚。在今天这半只考篮传递着"耕读传家"的信息，体现着诸暨浓厚的耕读文化。

据说宣侠父的祖上曾出过秀才，听宣涵老先生说应该是宣侠父的爷爷,当时很有名,与县太爷都有来往。宣侠父的父亲是一位教书先生,是宣侠父人生的第一位老师,以诗书治家的氛围造就了一代儒将宣侠父。

整个房舍中,最气势的数左边房子的木楼梯,与右边楼梯相比左边楼梯要齐整很多。当年宣侠父扶着金铃走在这上面,一步步走向他们的婚姻殿堂。不知这通向天国的阶梯,是否还记得当年威武的新郎和娇柔的新娘;是否还记得新郎在新婚之夜跳墙离开的情景。木楼梯是否还在坚守着,等待亲人的回归。

"天若有情天亦老",当我们踩着脚下原来应该位于头顶的瓦砾,当我们怀着敬意避开通向房舍青藤的根系,当我们转过身体,目光和这些艰难挺立着的骨架做最后一次道别,心情异常沉重。

"月如无恨月常圆",不知晚霞西下,月上高楼时节,这一地的衰落将会在月之清辉下,弹奏出一曲如何动人心弦的深情。我一直相信有灵魂的存在,在此刻在中元节刚过的月圆之夜,更相信有英灵的存在。

宣侠父最主要是搞统战,和蒋鼎文同是黄埔学生,都同是诸暨人。当宣老提到蒋鼎文故乡都搞得不错时,心情可以说是差到极点。当年就是蒋鼎文遵照蒋介石的旨意,下令杀害宣侠父。

蒋鼎文是今天第一次从宣老嘴里听到,宣老说这鼎字笔画很多,想起应该是三足鼎立的鼎,写出来宣老看后说是对的。最不能理解的,作为同乡怎么能对同乡下手?听说宣侠父至今连遗骨都没有找到,这事听起来就有点毒,不知是什么样的仇,要做得如此之绝。

从宣涵老先生家楼上,往下拍故居和祠堂,感觉完全不同。对面就是故居,西边的是祠堂,清楚可见屋顶坍塌部分,祠堂原先的戏台。后来在网上发现关于宣侠父故居的图片,最多的都采自宣老家楼上这个角度,因为从这个角度拍出来的房子效果最好。

一路路艰难的寻访,一声声冷清的回应,一地地破碎的瓦砾,一种种莫名的惆怅……岁月无痕,岁月仿佛并未在此停留。离开诸暨,离开长澜,离开侠父村,离开宣侠父故居时的心境用"寻寻觅觅冷冷清清凄凄惨惨戚戚"这几个字来形容最为贴切。

2012年10月3日去台州椒江葭芷寻访台州首个党组织纪念馆,这个纪念馆建在浙江省立甲种水产学校遗址之上。1924年春,宣侠父在浙江省立甲种水产学校,建立台州首个党组织——中共海门党小组。

因为国庆放假,台州首个党组织纪念馆大门紧闭,归途中去购书中心用上次征文得奖的书卡淘得陈侃章编著的《飞将军蒋鼎文》一书。2012就这样走远,岁月就这样无痕,生命就这样消失。就像原本握在手心里的东西,忽然跳出来跑得无影无踪;就像一片叶子落在水面上,随波逐流漂向远方。当手心成空的时候,当水面归趋宁静的时候,2012年从我们的指缝,从我们的心田悄悄漏过。

从去年中考结束去黄岩采访老舅公,从寒假的西洋潘,长屿山园村,大溪念姆洋采访,到暑假永康方岩刘英烈士陵园之行,到诸暨市店口镇宣侠父故居之行。岁月无痕,岁月难道没有留下一些,像宣侠父一生的坎坷和辉煌,像这一年艰难的寻访之路,难道真的没有留下一些什么吗?

走进宣侠父光辉的人生,让我第一次接触到"察哈尔民众抗日同盟军""中国人民反法西斯大同盟""中原大暴动"这样大气磅礴的名词。当年舍生取义的勇士们,想要的不是一座房舍一个家,一个名分一块碑,在他们的动机里,根本没有一点自我的存在。陪伴着不朽的灵魂,从2012年走进2013年,直到此刻,才发现岁月无痕生命如歌,所有的所有其实并不曾走远,更不会消失,就像这日夜奔流的浦阳江,就像这高高耸立的杭坞山,就像这年年青翠于村口的大青树。

2013年1月4日,传说中的一生一世。此刻天色已晚,地面积着冰,天际飘着雪。雪为何物?雪,水之化身。冰为何物?冰,水于极端残酷下的特殊状态。

岁月销蚀生命,生命由岁月堆积而成,岁月无痕,生命如歌。此刻天地间曼妙着的雪冰，一如宣侠父的高贵灵魂，晶莹耀眼，短暂辉煌。

　　书桌边平静地躺着陈侃章编著的《飞将军蒋鼎文》，电脑里上传着取自诸暨长澜的图片。飞将军油发精光、皮鞋闪亮的造型，与宣侠父故居一地碎败的景象成鲜明对比。当初宣侠父如果不是走上一条救国救民的坎坷征途，凭着丰富的人脉关系，凭着他的聪明才智，不要说修一个故居，就是十个百个千个万个也不在话下吧，何至于落到家破人亡、尸骨无存的地步。

　　心里感叹一句："心想事成。"每个人都有人生目标，且一生为之奋斗。当一个人心里心心念念某一目标，会不惜一切代价想方设法去实现，这也许就是所谓心想事成的道理。

　　因下雪结冰，学校通知取消晚自修，明天早上 7 点 30 分到校。电视新闻播放着市民自发送别萧山三位救火勇士的镜头，哀乐白花暴风雪，肃立在街道两旁送别的人群，还有一双双含泪的目光……下一组镜头，冰雪天高速事故频发，一位外地货车司机避让因追尾停在路中的大巴，不顾个人安危驾车撞向护栏……当堵车达十几小时的司机们，收到交警送来的开水食品时，感动得热泪盈眶……这个世界还是好人多，还是感动多，还是温暖多，虽然此刻天空下着雪、地面结着冰。

　　十分幸运于封道之前通过高速，最恶劣的天气也无法阻挡人们追求的脚步，也许仅仅只是一些求财求途的小追求。老话说："天下熙熙皆为利来，天下攘攘皆为利往。"高速承载着滚动着南来北往的利益与欲望。然而在人类追名逐利的诸多追求之上，有一种终极追求，那就是为灵魂而战。宣侠父就是这样一位灵魂斗士，如果有一点自我的心，有一点利己的意，他的人生轨迹也许就不会如此波折。

　　宣侠父出生于浙江诸暨，自幼跟随父亲读书，1916 年考入浙江省立甲种水产学校，1920 年考取公费入学日本北海道帝国大学。假如顺利完成学业，作为海归的宣侠父，完全有能力成为中国水产行业有独特建树的杰出人物，假如不是生在那个动荡的年代，假如活在当下，以宣侠父的天资和才能。

命运对宣侠父不薄,即使因参加爱国学生运动被中断留学从日本回国,1924年,宣侠父还是顺利考入黄埔军校,成为第一期学员。当时在黄埔军校诸暨籍学员人才济济,担任区队长的蒋鼎文老家浬浦盘山村与宣侠父故乡仅相隔几十里地。特别是校长蒋介石也曾留学日本,也同是宣侠父的浙江老乡。

留学的身份,老乡的关系,非凡的才干,诸多有利因素被宣侠父占尽。哪怕有那么一点功利之心,只要稍稍伸手接一下命运抛过来的橄榄枝,宣侠父以后的人生路就会名利滚滚。无疑宣侠父并非一个利己之人,他更有着宁死不屈的强烈精神,特别是当国家民族处于危亡之际。

2012年9月的一天,前往位于诸暨市店口镇侠父村的宣侠父故居,在看到了让人心碎的一地破败后,也得到了宣侠父侄儿宣涵先生的热情接待。相对于几小时前,进来时的陌生、孤独和绝望,离别之际,心情反而越发沉重。因为更多了牵挂,更多了思念,更多了责任。

仅仅因为宣侠父是中共台州党史创始人的身份,仅仅因为宣侠父敢于顶撞蒋介石,最后不仅仅因为宣侠父是蒋介石亲自下令秘密制裁的中共抗日高级将领。随着对宣侠父了解的深入,越来越感到震撼,觉得宣侠父一个英雄,一个真正杰出的大英雄,虽然目前了解他的人并不多。

诸暨长澜位于绍兴西部,东临浦阳江,西靠杭坞山。浦阳江,美女浣纱的地方,千年吟唱着西施"沉鱼"的传奇;杭坞山,勾践称霸的所在,千古歌颂着越王"卧薪尝胆"的品格。

宣侠父就出生在这里,出生在这个看似平淡的秀丽山村。这里拥有西施浣纱的水,这里拥有勾践称霸的山。这里既有西施之柔又有越王之刚。这片神奇的水土,赋予宣侠父对民族无限的爱和对侵略者无尽的恨。走进诸暨,走进长澜,走进宣侠父不平凡的人生,直到这时才发现，与今天冷清的故居相比，宣侠父的一生却是相当地轰轰烈烈。

谁都知道黄埔军校首期学员精英荟萃，宣侠父出任三中队国民党区分队党小组长。当蒋介石以校长和国民党特别党部名义下达文件，规定党小组长每周直接向校长报告党内活动及工作情况的时候，宣侠父发现了其中的重大阴谋，这严重违背孙中山以党治国，以党治军的原则。

所有一切都不重要，在宣侠父认定的原则面前，锦绣前程再一次被抛置于脑后。当宣侠父头也不回地走出黄埔军校大门，扔下了落地有声的诗句："大璞未完终是玉，钢精宁折不为钩。"

几乎每次当自我与大义碰撞，宣侠父总是选择后者，这一切得益于故乡独特的山水，是诸暨这片神奇的土地，造就了宣侠父不平凡的一生。

翻开宣侠父的人生档案，从"察哈尔民众抗日同盟军"到"中国人民反法西斯大同盟"到"中华民族革命同盟"再到"中原大暴动"，哪一页不是精彩纷呈，哪一步不是惊心动魄，哪一笔不是地动山摇。不畏强敌直面生死，在跌宕起伏的历史洪流中，宣侠父一直站在抗日前沿，劈波斩浪书写人生。

"国民革命军第二集团军前敌总指挥部中将政治部主任、二十五路军总参议、南京国民政府军事参议院中将参议、抗日同盟军军委常委、第二军政治部主任兼五师师长、十九路军政治部主任、十八集团军高级参议……"智勇兼备、文武双全，旷世奇才宣侠父，短暂生涯闪烁着一连串显赫头衔。

宣侠父口才文采俱佳。"浙江出了个宣侠父，一张嘴顶二百门大炮。"在当时属于民间自发普及，甚至是全中国小孩也能来上几句的传奇。早年宣侠父参加"左翼作家联盟"活动，取名"今秋""石雁"，其作品《西北远征记》和《入伍前后》蜚声文坛。宣侠父撰写的《游击战争概述》使胡宗南赞叹不已并许以高官，然而宣侠父谢绝道："当官就应像林则徐，领兵就应像关天培，为的是民族，对得起百姓。"

当宣侠父被蒋鼎文要求出国"深造"时，宣侠父拒绝道："山河破碎，民族危亡，国家正值用人之际，本人不敢奢求个人前途而置民族利益于脑后，还是等胜利以后再提此事吧！"

宣侠父终是未能看到胜利的一天，1938年8月1日，国民革命军第十八集团军高级参议宣侠父，在西安神秘失踪，仿佛人间蒸发。之后周恩来曾三次向蒋介石追查宣侠父的下落，蒋介石最后的答复是："宣侠父是我的学生，他背叛了我，是我下令杀掉的。"仅此而已，仅凭这几句话，宣侠父的生命被残忍地画上了句号。

直到宣侠父离开人世13年后，随着当年参与暗杀宣侠父人员的落网，这段被尘封的历史谜团终于被破解，直到这时，宣侠父被杀的原因才真正浮出水面，策反胡宗南是导致蒋介石杀害宣侠父的最直接原因。

宣侠父，唯一被蒋介石开除的黄埔一期学生；宣侠父，唯一被蒋介石亲自下令暗杀的八路军少将。1945年，中共"七大"为宣侠父举行了隆重的追悼会。"生当作人杰，死亦为鬼雄。"时隔多年，在今晚读到宣侠父留下的文字，依旧能从字里行间感受到大丈夫铮铮铁骨，以及满腔赤诚的赤子之心。

2012年，一个忙碌的年景，除了采集史料，前阵子多次前往绍兴，参观鲁迅故居和鲁镇。穿梭于如潮的人海，当耳边不时响起南腔北调的方言俚语，当身边不时闪过各种肤色国际友人的身影，内心曾不止一次感叹文字的魅力，感叹鲁迅精神穿越时空跨越国界传达海外。

离绍兴不远有个地方叫诸暨，诸暨地灵人杰，文风炽盛，耕读传家，名人辈出。毛主席曾说过："诸暨是个出名人的地方，美女西施、诗人王冕都出生在这里。"西施人人知道，诸暨出过宣侠父，知道的人并不多。如果说美女西施从久远的过去，从文明的源头走来；一身征尘的宣侠父，带着保家卫国的使命，迈开大步行进在抗日的烽火中。

宣侠父一生没能给自己留下什么，他的人生比较短暂。许多年过去，当年曾一起叱咤风云的人物，也都相继走完了生命历程。生前事死后名，看今天谁又留下了些什么？谁又带走了些什么？更多的无非是一抔黄土几声叹息，此刻最能想起的依然是"心想事成"。

明知不可为而为之，为天下苍生；明知不可违而违之，为黎民百姓。"风萧萧兮易水寒，壮士一去兮不复还。"截取勇士奔跑的脚步，感受着他们的坚定与不屈。曾经为祖先深埋于黄土下的孤魂，曾经为消逝的生命，曾经为湮没于历史长河的滚滚红尘……曾经为宣侠父故居一地瓦砾悲叹，此刻终于明白，当年他们连性命都不曾顾惜，又怎会在乎区区房产、名利，抑或在乎一块墓碑一寸埋骨之所。

中华民族就是一个由无数这样的英雄组成的民族，他们就是我们的祖先。过往的岁月让我们知道，生活不只是吃喝玩乐，不只是游戏网络。曾经的历史对我们说，今天的世界对我们说，不忘国耻，自强不息。

也许偶然也许必然，从祖辈开始，从记忆深处的感动开始，步入当年的峥嵘岁月。寒来暑往，一点点，一滴滴，一步步，一处处，走进他们的悲壮。让我在认识宣侠父之后，又认识了抗日英雄吉鸿昌、任应岐……直到此刻，才发现生命不会终结，历史依旧会以自己的方式延续。

2012年的最后时刻，我们以"岁月无痕"为标题，发出了宣侠父故居的图片。2013年1月4日最后时刻，"生命如歌"文字的构成已近尾声。此刻夜已深大地沉睡，在极寒极暗处，一道雪光从地面升起，雪光似月光流泻，如波动万顷，穿透迷蒙沉寂。无论是旷野无垠还是沟壑角落，雪光总在不经意间发出一道道勾魂摄魄、荡气回肠的光芒，纵使默默亦闪烁夜空。雪光，大地向上苍发射的强光；雪光，热情回应冷漠的强光；雪光，折射出一个民族最强大不朽灵魂的大地之光。

自然如此，人亦何如？曾经以为一生一世无穷无尽，曾经以为功名利禄长长久久。岁月无痕，漫漫长夜彻夜寒；生命如歌，皑皑飞雪燃激情。是谁将寒夜点亮，是谁将冰雪融化，是谁将无声的生命谱写成一曲合笙之歌，是谁让颂扬正义的灵魂不朽。当国家民族面临危难之际，他们选择了舍生取义,就像雪花飞身扑向大地的瞬间,粉身碎骨在所不惜。此刻夜空下飘落的飞雪,对大地轻轻诉说着,诉说着那段如歌的生命历程。

寒 夜

浙江是一块有着光荣历史的土地。在新民主主义革命时期,王家谟、张秋人、徐英、罗学瓒、卓兰芳、龙大道、李硕勋、夏曦、刘英等9位中共浙江省委书记、代理书记先后为革命牺牲,烈士们的热血挥洒在浙江这片多情的大地上。

一

1942年初春,一个寒潮将袭黎明前的寒冷时刻,熟睡的大地一片寂静,茫茫长夜仿佛永无尽头。

"吱呀"一声,悄悄打开一扇木门,一个修长男人的身影闪出门外,男人转身对着已关闭的房门站立片刻。

钻进门内的寒风乘势作怪,屋内传出女人的咳嗽声,刚转过身的男人返身折回房间,擦根火柴点亮床前桌子上的油灯。

在浙江温州古老民居中,这是幢普通的老木房子,其中一间透出一缕灯火,像在无垠的旷野种下一点火苗。

透过纸糊的窗格可见,这是间极其简陋的寝室,一床一桌干净整洁,年轻的丈夫坐在床边关切地轻拍坐起身子妻的背,在一阵急咳平息后,年轻的妻伸出手握住丈夫的臂。

环顾四周还可见墙上贴着一幅主人自画的"水中鱼乐图",旁边一副对联:"明月松间照,清泉石上流。"想来这屋子的主人是位不问世事且比较随和的文人。

"啊！啊！"突然天空传来两声乌鸦的啼叫，在夜的尽头，这声音特别尖锐，妻禁不住打个寒战，牙齿格格打颤。

"哟！发烧呢！"男人摸着女人的额头，爱惜地把思绪拉开。

"没事，你，小心哪。"女人推开男人的手，别过头幽幽道。

"晓得。"男人用手掖好女人的被头。

"晓得！"男人夸张地将声音提高一点，然而气氛并未解冻。

默默地男人炯炯双目紧紧盯着妻子，像在把这一切刻录；默默地女人柔柔秀目紧紧盯着丈夫，像在把这一切挽留。

惨白的面颊，没有血色的嘴唇，紧扣的手指，都让男人不舍。四目相对好像已过几生几世，男人猛一回神，把妻的双手放回被下，掖好被头又不放心地按了按。

"会议结束省委马上转移，文件整理一下。"交代完这几句话后，男人猛然吹熄油灯，迅速转身走出家门，把女人带钩的目光关进彻骨的黑暗中。

"啊！啊！"天空又传来两声寒鸦凄厉的尖叫，像在预示着什么。男人没有停留脚步，反而更快速地行走着。

女人从床上猛然起身披衣下床，扑向门外……远远只听见男人坚定的脚步声渐行渐远。大地像是被一只大锅扣定，黑得不透一丝光，男人大步走进夜的深处。

二

太阳终是没能冲破乌云，天际却必须透出些许光亮。东山头一个破旧老房子的门被吱呀呀地扒开一条缝，首先挤出门外的是一堆箬叶，最后挤出门外的还是一堆箬叶。

山道上蹒跚着一担包粽的箬叶，在叶子中间隐约着一位须发皆白的老者，单衣薄裤包裹着同样单薄的身体，腰间紧紧绾束根草绳，一条草绳紧紧绾束着一双赤裸的脚与一双破旧的草鞋。

今天小年,介于立春与大年之间,如果没有战事纷扰,应该是一个家家户户掸尘祭灶神采办年货,忙碌着做过年准备的喜庆日子,然而今年景况不同。老者以为总能卖出几把箬叶,换点米面过年,没曾想兵荒马乱年头,谁还想着过年,管什么粽不粽的事。

哎!过什么年呵?市不市集不集的,除了几个香烟横叼的小痞子捣乱,从早上守到下午守到天都黑了,一宗生意没做,饥肠辘辘间,北风倒是凑趣一般追赶上来。

过年容易过日难,年在此刻已失去往昔少女般迷人的娇容,更多的是让人想起那个叫年的兽,此兽非彼兽,绝非几冲炮仗就能吓跑的。

变天了,朔风阵阵,寒流来袭。"落雪落雨近年边,无柴无米实可怜。"老者待在街的转角处,一天没吃一点食,北风刺骨地直往裤脚管里钻,冻得嘴唇发紫的老者不停跺着脚,不停念着"实可怜"给自己打气。

"要点啥?"一位身穿长衫头戴礼帽,一副山货老板模样的男人站在老人的摊前,老人搭起笑脸疑问道。

"天晚了,老人家,早点回家。"老板模样的男人,蹲下身用左手翻看会箬叶,警惕的目光左右环顾,一下就落在不能阻挡寒冷的草鞋开口处露出开裂的脚趾。老人缩一下脚,老板将头低了会然后悄然离开。

"回家?我也想着。"老者整理着翻乱的箬叶,对着没做成生意的老板后背嘀咕,以为等到天黑终于等到的财神。

"一分钱没卖得,家里米没一粒,这大过年的。"老人手翻动着嘴埋怨着肚皮咕咕咕反抗着。猛然叶子下面露出几张钞票……老人的眼睁得滚圆。

不是做梦吧?不是饿得发晕做黑日梦吧?分明没做成生意一天下来?就刚才这个山货老板……难道是他?掉下的?不可能?这世道怎么会有这样的好人?

忽然前方一阵骚动,一獐头鼠目男人冲上前死死抱住刚才这个山货老板"刘英!刘英!"杀猪般嚎叫起来……一下子,仿佛从地底下钻

211

出,饿狼一般窜出十条二十条……极度饥饿的群狼把这个老板模样的人团团围住,不断还有饿狼跳出加入。

老者简直惊呆了,什么世道? 做生意要抓? 生意不能做? 被抓的山货老板一路痛骂:"叛徒! 特务! 无耻"挣扎着,一行人瞬间从老者眼前经过消失。

老人回过神赶紧握着钱追上几步,远远地只见这一群人已过桥而去,黑暗中这个老板模样的人悄悄把一样东西扔下桥去,这东西随着河水转了个圈漂向远方。

眼看追不上了,老人回到生意摊,听人说这个老板是共产党的大官,出了叛徒什么的,到处在找他,等这天都有好几天了。

难怪这几日街上会冒出这些个狼犬一样的家伙,老者还听说老板抓走后,又抓了老板进去过店里的伙计。

"做生意也要抓。"那还做什么生意? 老者叹了口气收摊回家。

"好人哪!"老人握着老板悄悄留下的救命钱,当街头传言抓了个共产党大官的时候,老者在心里念颂着"好人哪!"

"好人哪! 好人不在世,恶人磨世憎。"小年夜满山飞舞着寒气,像小山一样在山道上移动的箬叶,每磕一下叶子都会破碎一些掉落一些,叶的碎片在"好人"声中一直延伸在山道上。

"可怜的叶子,可怜的老头还挑这些个只配烧火的家伙做啥?"山风打着哨发问。

"叶子在希望就在,不信给一点火种,借你力散落的叶子会烧成火龙。"山沉稳地回答。

山风沉默了一会,就着老者一声"好人"的感叹,带着这个好人的传说,拂过高山飘过草地,每一寸山径,每一格台阶,每一粒冻土……在冷的黑的暗的夜里,播撒下一路火的种子,只待春暖花开时节山花烂漫满坡。

三

1942年2月16日（正月初二），大雪覆盖着一切，分不清山路还是断崖。在温岭大溪念姆洋山岭的皑皑白雪中艰难地行进着一顶小轿，几个轿夫抬着简陋的小轿在茫茫无边的山梁上跋涉。

轿内端坐一年轻女子，就是黎明前夜最黑暗寒冷时刻送别丈夫的妻，如果细瞧还可看出这是位身怀六甲的女子。此刻这女子像石像一样纹丝不动，无论轿子在雪地上滑着跌着几次险些侧翻。

"不能倒下！"轿里的女子对自己千百次说着同一句话，自从丈夫出事后。这位乘坐轿子翻越雪山的女子，就是浙江省委书记刘英的妻子丁魁梅。

由于陈方汀、李小金的叛变，刘英于1942年2月8日，在中共浙江省委联络点温州城区小南门恒丰盐店被国民党中统特务逮捕。相继省委秘书周义群叛变，出卖了省委、特委的组织情况，以及浙江省委设在温州的秘密联络点等情况，搜捕在即形势万分危急。

丁魁梅强忍着悲伤处理掉文件、密码。在组织的安排下，转移到位于温岭大溪镇（当时称冠城乡）念姆洋村赵任家中的浙东南交通联络站。交给赵任6封技术信，信的内容是："刘英'病危'不能自由行动。危难时刻，通知全省特委转移的急件，就是由赵任亲自连夜送出。赵任公开身份：冠城小学校长，真实身份：中共浙东南交通联络站站长。抗战时期中共温岭县委书记梁耀南通过与国民党县长向大光的师生关系，给赵任争得冠城乡乡长之职务，以掩护其真实身份同时给党的秘密活动带来便利。"

组织的安危，同志的生死，丈夫的未尽事业，还有腹中的胎儿，风雪中的一顶小轿怎么承载得起这如山的责任。

此刻在山下冠城小学的后窗前，一双关注的目光紧盯着山上在雪地中移动的黑点，一直到这个点拐过山梁。一顶小轿，几个抬轿的土匪,居然成功地让丁魁梅母子撤离险境,摆脱了国民党斩草除根的魔爪,保存了革命的血脉。一切都在冠城"乡长"赵任的安排下,因为他懂得最险恶时刻也许就是最安全时刻。

风雪只能逞一时之快,却不能阻挡地心的无穷热量。离开温岭大溪念姆洋村后,丁魁梅于同年5月上旬辗转到达上海,向中共华中局派驻上海的杨斌与谭启龙报告,保持了中共浙江省委与中共中央的密切联系。

四

1942年5月18日清晨,天下着小雨,永康方岩七八岁的男孩程来朝跟在大人的后面,看到被特务、刑警押解下的两个拖着重镣捆绑着的男人。

这两人是谁?村里没一个人知道,只知道关在这里有一些日子,里面还有一位病着,住在旁边的一位老婆婆实在看不过去,经常煎药给他吃。

不远处,一名看守默默祈祷着,在这位看守心中保存着一首先生走向生命终点前留给他的诗:"十年征尘到如今,偷生弹雨息枪林。战死沙场堪自乐,囹圄室内奈我兮。"

直到响起:"中国共产党万岁!"直到听到罪恶的枪声,周围的村民才明白:"是共产党,刚才送走的是共产党。"这一切都印进男孩程来朝的脑海,有屠杀者的凶残狠毒,更有就义者的从容坦荡。

永康县方岩镇马头山麓程氏宗祠后山丹枫树下,浙江省委书记刘英、中共衢属工委书记张贵卿烈士殉难处,这里的泥土和枫叶与烈士们的鲜血一样都是红色的。

村民程兆修、程阿陆冒险将两位烈士掩埋起来,并在掩埋的地点种下一棵山林中少见的扁柏做记号。1942年5月20日,刘英牺牲两天后,刘英的儿子刘锡荣在上海出生。

刘英,国共合作期间,国民党顽固派掀起反共高潮杀害的浙江党的历史上为共产主义事业壮烈牺牲的第九位省委书记。刘英用他的一生实践了"赤心献革命,决然无反顾"的誓言。1986 年丁魁梅病逝,与刘英烈士合葬于永康方岩。这一对在寒鸦啼叫的黎明前夜分离的夫妻,在分离整整 44 年后再度相逢。我们不应该忘记那些在寒夜里点燃生命照亮大地的先烈,还有他们的革命精神。

周恩来同志 1939 年春在浙江时曾经赞扬:"在东南战场上,浙江是站在前进的地位,是值得其他各省效仿的。特别是温州地区的抗日救亡运动。"东南分局副书记曾山同志曾在 1938 年 9 月的一次省委会议上,誉之为"在广度和深度上,都为东南各省之冠"。

1942 年夏,周恩来在中央党校做报告时,沉痛地转告了刘英牺牲这个噩耗。他说,刘英同志被国民党抓去了,他英勇斗争,坚贞不屈,已壮烈牺牲。

1945 年 5 月,陈毅在党的第七次全国代表大会上所做的发言中说:"刘英同志牺牲了,他是在温州被捕的,直到最后 1 分钟,都在和国民党斗争,非常英勇,始终没有向敌人屈服。在他被捕之后,浙江国民党特务机关认为得到了宝贝,3 个月就可以把浙江的共产党全部搞光,全部破坏。但是,刘英同志没有屈服,直到最后 1 分钟都是很坚决勇敢的。因此,刘英同志的名字,在浙江上、中、下各层广大老百姓中间,都是呱呱叫的。"

毛泽东同志沉痛写下:"刘英为人民而牺牲,人民会永远纪念他。"

浙江是一块有着光荣历史的土地,在这片多情的土地上挥洒着烈士们的青春热血与生命。刘英牺牲后,浙江的革命事业并没有结束,在党中央的重视下,在中共华中局和新四军军部领导下,6 月谭启龙到达浙东,接着何克希、张文碧等一大批干部先后到达浙东。"第三战区淞沪游击队第五支队"等革命武装约 900 余人,分批南渡杭州湾到达浙东。浙东区党委领导敌后抗日军民同日本帝国主义、国民党顽固派进行了艰苦卓绝的斗争,抗日的烽火在浙江大地燃烧,为中华民族的抗日战争史增添了光辉的一页。

方岩记忆

　　烈士陵园建筑的年代比较早,面积也挺大的。可以说今天如此阴沉天气也比较适合于此行,当一路七晃八晃找到这里的时候,天空就又开始下起雨来,后来有一阵雨还相当大,然而当我们进到陵园,登到山的最高处的时候雨也就停了。

　　最后从山上下来转过头来,只看到一道阳光照耀在烈士墓的青草之上,让人感受生命感受力量的同时,也充分感受征途的曲折与坎坷,或许有些事情真的不能用常理来解释吧,在今天,在这一时刻。

　　天空是一片黯淡的惨白,淅淅沥沥下着小雨。四周都是苍翠的植物,松柏林中夹杂着各种灌木,松针上不住地滴着雨水。整个陵园并无夏花般灿烂,独有秋叶般静美的庄严。

　　石阶因雨水而变得湿滑,却并没有苔藓,只有在平台上四周鲜有人迹的角落长着些许翠绿的苔藓。刻有毛主席题词的"革命烈士纪念碑"屹立在陵园最顶端与天空融为一体,仿佛对大地诉说着烈士们曾经那段可歌可泣的峥嵘岁月。

　　从台阶上下来,这里长眠着刘英、张贵卿以及永康六支队 13 位革命烈士。中央大平台是中共浙江省委书记刘英烈士墓,左边是中共衢属特委书记张贵卿革命烈士墓,右边是永康六支队革命烈士合墓。三座墓墓室均呈圆形,下半部墓圈系石砌,上面长着翠绿的早熟禾以及不知名的青藤。

　　一袭红褐色的刘英烈士纪念亭,就现身在苍翠的松柏之间。木结构的小亭上挂着"扬威三省丰功昭日月,遗爱五峰浩气壮河山"。再往里走就是刘英、张贵卿烈士殉难处,用围栏围着一块碑以示纪念,在围栏的石碑旁边生长着和烈士墓上面一样色彩的青草,不知为何这里的泥土竟然是红色的。

革命纪念馆占地总面积 1164.5 平方米,建筑面积 661.75 平方米,依坡而建是典型的古园林式中式建筑。原全国人大常委会副委员长陈丕显为纪念馆题写了馆名。纪念馆内设 3 个展厅,分 3 个展馆,第一个展馆都是关于革命的相关照片资料,以及刘英烈士的半身铜像。第二个展馆都是纸质的实物,第三个展馆也是部分实物。整个展馆以刘英、张贵卿,永康党史为序布展。

纪念馆拥有大量的图片书籍实物,围绕着烈士当年的革命主题。其中有:国务委员、公安部长王芳题词;全国人大常委会副委员长陈丕显题词;浙江省委书记谭启龙题词;中顾委常委、国防大学第二政委李德生题词;中华人民共和国元帅聂荣臻题词;中纪委副书记刘锡荣题词等。

当我们离开时,看见中央大平台上有一圈人围着站在烈士墓前,想来也是和我们一样怀着敬仰之情前来的。来到方岩直奔刘英的主题,以至于当车子经过方岩景区门口也没时间进去看一眼就又往回赶。永康方岩属于金华地区,缙云壶镇属于丽水地区,仙居属于台州地区,今天这一路下来,不一会儿就走过了金华、丽水、台州三区。

为了寻访当年革命的足迹,我们选择了藏于深山中的盘山公路。崇山峻岭间有清清溪流相伴,一路上坡陡弯急,车子不多、行人稀少。这些远远看似秀美的风景,后来因导航罢工,当近距离深入时,就会感觉到是重重险阻。

或许在这些山岭中,就有一条泥泞的小道,还曾留下过刘英沧桑的脚印,或许在这山水间的某条小溪刘英曾在这里饮水解渴……一切的一切如同这广袤的深山神秘莫测。

关于永康方岩刘英烈士陵园之行,产生本次行动最直接的起因,是当年太公朱乙生的战友高良鑫在回忆中曾提到:朱家至今保存的一张竹椅是当年中共浙江省委书记刘英躺过的,他白天睡在房里休息,夜间出去活动。然而至今找不到刘英到达温岭的证据,无法证明这段历史的存在。

当然促使本次行动还有一个原因,在中共温岭党史提到的刘英建立的浙东南交通联络站,作为站长的赵任是外婆三姑的大伯。因为有了这些缘故,所以才坚定了本次行动的决心。在走访了解时,刘英烈士名字的出现频率极高,可刘英到底是怎样一个人?是早期优秀党员?是浙江临时省委省委书记?还是有更多的还是?

在了解赵任的一次走访中曾到过一个阿婆家中,当年赵任平反的时候,很多事情都是她默默做的。每当她提到刘英这个名字的时候十分激动,在提到刘英夫人丁魁梅时更是情真意切。即便如此到处寻找资料,对于刘英的了解也只有零星散落着的碎片而已,阿婆说当年在温州、台州、丽水地区活动时,刘英和战友们今天扮作剃头匠,明天扮作木匠,带着党的使命和任务乘着山沿,在山中小路各处奔走,刘英播下了革命的种子,在浙江大地,在我们今天脚下的泥土中生根发芽。

毛主席曾说:"方岩山上有个胡公大帝,香火长盛不衰,最是出名的了。其实胡公不是佛,也不是神,而是人。他是北宋时期的一名清官,他为人民办了很多好事,人民纪念他罢了! 为官一任,造福一方,很重要啊!"。

在刘英烈士牺牲后,毛主席曾深情地说:"刘英为人民而牺牲,人民就会永远纪念他。"

无论是为人民而牺牲的刘英,无论是为官一任,造福一方的胡公,他们首先都是一个人,都做了他们认为应该做的事。也许,这世上并没有所谓的神,世上所有的神其实原本也都是人,一个人之所以能成为神,首先因为他们有一颗放弃自我的心。

从永康回来有些时日,心头挥之不去的是刘英烈士墓上方以及烈士殉难处石碑旁边的那一抹青翠。那只是一些草呀?是的,那只是一些颜色特别青淡的草。那不是草呀?是的,在四周充满厚重深凝的肃杀之气中,那一抹嫩绿的色彩特别明亮,绿焰般燃烧着生命的力量,源源不断,生生不息。

人其实就像这地下的草,从泥土里钻出来,不论十年百年也就一段的时光。无论是谁到终了,所有生命就会像小草一样又重新回到泥土中去。

生命只有一季,只是在这一季中,有的人仅仅是为了吃穿、为了名利而活着,这样的人只能随着时间的流逝,而消失在历史的长河。如果有谁为了私利出卖良知出卖灵魂,那么下场只能是世代受唾弃而遗臭万年。

当然世上永远都会有一些为灵魂而活着的人,为灵魂而活的人,不会因为形体的消逝而消亡,虽然他们活着的时候特累特苦特痛。就像刘英烈士,他的生命就像那一抹青翠,翠绿着燃烧着激励着。

刘英就是为了信仰为了灵魂而活着的人,虽然他的生命只有短短的 36 年,虽然他活在中国革命最艰苦的时期,虽然他惨烈地倒在反动派的枪口下……也就在这一刻,刘英,无悔的人生得到升华,有限的生命得到永生,就像墓上面的那一抹青翠,闪亮着最耀眼的青春色彩。

如果刘英还活着,到今年应该是一个百来岁的老人,这个年龄的人能活着的不多,如果刘英还活着,他会坐在太阳底下打一会小盹,还是会坐在桌前抿几口小酒?

如果 1929 年 4 月,不是因为红军来到家乡,也许刘英会是一个敬业的乡村教师;如果不是日寇的入侵,如果不是国民党反动派的 5 次"围剿",也许刘英不会在红军主力长征之前,踏上抗日先遣队的艰险历程;1942 那个最最黑暗的时刻,如果不是叛徒出卖,也许刘英不会这么早离开这个他热爱的世界。

然而所有生命都会有终结的日子,人固有一死,或重于泰山,或轻于鸿毛。人的生命犹如这墓上的草,生死只是时间问题,像刘英烈士墓上的青草,即使枯萎了,也还会有来年发青的时候,革命者就像这葱绿的草,永远明亮着生命的颜色。

刘英出身于一个贫苦农民的家中,家中仅有的一亩多薄田,远不能维持全家人的生活。为贫困所累刘英9岁才进入本村小学读书,后在同族的帮助下,进瑞金县城读高小。即使环境如此之差,刘英也不曾放弃过学习的机会,在自家的土墙上亦留下了"夜静书为友,春深笔吐花"。刘英从小知道穷苦大众的艰辛,以及地主对穷人的剥削,因为刘英本身就是穷苦大众的一份子。刘英当时最想改变的现状,就是如何让穷人过上好日子。

1929年4月,毛泽东、朱德率中国工农红军第四军进驻瑞金,刘英参加了红军,同年9月参加中国共产党。刘英从参加革命这一时刻起,就把自己的生死置之度外,不因为坎坷的岁月,艰苦的生活,消磨一点革命的斗志。相反越是艰难的环境,却更加磨炼他的革命意志。刘英的生平正是一如既往地像他从军时所说:"幼时不知路,今日上坦途。赤心献革命,决然无返顾。"

"九死一生,屡建奇功。"是刘英一生的真实写照。北上抗日先遣队失败后,刘英、粟裕奉命组建挺进师,深入浙江,领导并坚持了艰苦卓绝的浙南3年游击战争。

"1938年夏,根据浙江省委书记刘英的指示,台属特委决定在大溪赵任家建立浙东南交通联络站,负责台属特委与在温州的省委之间的联络。赵任任站长。省委书记刘英,曾到大溪冠城指导党的工作。"以上文字来自中共温岭市党史研究室编著的《峥嵘岁月》。

翻开中国共产党的历史,无论在台州在温州在丽水在金华……在浙江的山山水水,在中国的大地上,到处都印记着刘英匆忙的脚步。中国共产党的奋斗历史中,中国工农红军北上抗日先遣队政治部主任、中国工农红军挺进师政委、中共中央华中局委员、中共浙江省委书记——刘英烈士占据着极为凝重的一笔。

从 1935 年挺进师进入浙西南,开创浙南革命根据地开始,一直到 1942 年壮烈牺牲,刘英在浙江战斗了 7 个年头,经历了比彭真形容的中国共产党历史上 3 件"最苦的事情"的南方 3 年游击战争更为艰苦漫长的岁月。刘英不是浙江人,却把自己的青春生命奉献给了浙江大地。

时光飞逝,当一切的一切都被历史尘埃所掩埋,永不消退的是烈士们不朽的灵魂,还有他们当年那段曾经轰轰烈烈的革命经历。名利会消亡,财富会消亡,躯体也会随着滚滚红尘,消失在那一捧捧黄土里,唯一不会消失的是为革命献身的先烈们的精神,时至今日依旧被我们铭记的是当年刘英烈士不屈的精神,以及那段闪耀着青春光辉的艰苦岁月。

这片热土

去写吧,去写他吧,山上的风轻声说;去写吧,去写他吧,河里的水轻声说……他是谁? 写他什么? 对着山风轻声问道:他是谁? 他有什么要写的? 对着河水轻声问道……终于踏上这片热土,说实话感觉却是特别迷茫,曾经以为的一切都不复存在,除了鳞次栉比的高楼,除了还在建设中的厂房。很难想象呈现在眼前,大道纵横楼宇豪华的新城,竟然只是一个村庄。

这里是旧村改造试点村,拥有"村民自治示范村""纳税示范村""卫生先进村""文明村"等头衔;这里有着田成方、路成网、林成行、渠相连、机配套的省级现代农业示范园区;这里有着以水泵、机电、注塑、鞋业为支柱产业的新农村工业园区;这里吸引外资外企,人均年收入上万元,村级集体资金上百万元,工农业总产值超亿元。

这里是"二战"时期革命老区,这里曾建立过浙东南交通站,曾经是中共温岭地下县委基地。当年在这片热土上,曾战斗着中共党史传奇人物——赵任,还有赵任和他的战友们可歌可泣的革命斗争史,这就是浙江省台州市温岭市大溪镇念姆洋村。

去念姆洋的前夜,来到人民医院外婆住院的病房,和她老人家说明天要去大溪念姆洋,看能不能找到一些和赵任有关的线索。中风6年的外婆口齿越来越不清,断断续续重复着重复了无数遍的赵任路、赵任碑,还有赵任的故事。这次也不例外,外婆的说话终于又被她自己的泪水和抽泣声所打断。去写吧,去写他吧,写他的路,写他的碑,写他的故事,外婆一直这样说着。

当年,大概也就七八十年前,外婆家的三姑嫁到念姆洋,嫁给赵任的三弟。很小的时候,外婆跟随新娘三姑去过念姆洋赵家。外婆说当时是大爷姆(赵任夫人)接待的自己,印象中大爷姆人很好特别客气。听三姑说大爷(赵任)教书,平时都在楼上做学问,所以外婆直到离开也没有见到赵任。

外婆长大后,也就没有再去赵任家走动,直到有一天听到赵任死了,后来又听说大爷姆吃了无数苦……说到这里外婆就会哭,哭赵任死得冤,哭大爷姆活得苦,哭他们都是难得的好人。每次只要说到赵任的死,说到大爷姆吃的苦,外婆就会哭,每次都哭得很伤心。虽然外婆只是在很小的时候跟三姑走过念姆洋;虽然现在连当年的新娘三姑都已去世;虽然外婆连赵任的面都没见过。每次只要提起赵任,提起赵任的事,外婆没一次不流泪。外婆一直以为念姆洋有赵任路、赵任碑,也许就是冲着外婆嘴里的这点线索,才有了今日念姆洋之行的念想,而且这念想动过不止一两年了。

采访之前曾查阅过《峥嵘岁月——温岭革命史》,该书是目前手头温岭党史方面最权威的书籍,关于党史方面相关资料的提取,都是从这本书中得到。

综阅党史,由于当时革命的残酷性,几乎没有人能像赵任一样,从革命初期投身党的事业,一直坚持到革命胜利。而且赵任始终战斗在大溪念姆洋这阵地。除了先期上海教书阶段,除了两次因参加革命入狱,赵任一生一直战斗在家乡这片热土。

赵任对革命最大贡献,是建立浙东南交通站,接待和护送了刘英、粟裕、陈阜、丁魁梅、刘清扬、林尧、陈绍奏、罗毅等一批领导干部。

赵任对革命最突出的贡献,是发生在 1941 年皖南事变之后,国民党发动的第二次反共高潮。"千古奇冤,江南一叶;同室操戈,相煎何急?!"这是当时周恩来在《新华日报》愤然写下的题词。白色恐怖下,新四军和江南的党组织都面临着生与死的严峻考验。在这期间有很多关系到革命存亡的重大信件都是由赵任发出,对革命起着不可估量的作用。1942年2月,中共浙江省委遭到破坏,刘英被捕。刘英夫人丁魁梅转移到浙东南交通站。紧要时刻,通知全省特委转移的6封急件,就是由赵任亲自连夜送出。这6封由刘英夫人丁魁梅交到赵任手中的"技术信"的内容是"刘英'病危'不能自由行动"。

赵任是死得较冤的革命者,因为赵任并没有死在国民党反动派的枪口下。1951年在镇压反革命运动中,隐蔽战线的忠诚战士——赵任因遭人诬告,被以伪乡长、恶霸、通匪等三大罪名判处死刑,赵任就惨死在他曾经战斗过的这片热土上。

党史人物中称得上传奇的,非赵任莫属。大溪念姆洋村,就是当年赵任和战友们战斗生活过的热土。在没有踏上这片土地之前,我的内心非常激动,以为一跨进念姆洋村,就会有红色经典以及红色记忆扑面而来。一路上都在心底默默祈祷,但愿不虚此行,能顺利找到赵任路、赵任碑,赵任当年的家,还有赵任教过书的学校,最好还能挖出点当年的资料就更好了。

结果却是相当失望,不要说赵任路、赵任碑、赵任家,就连千辛万苦找到的赵任小学也早已不是当年的模样。

怎么会这样?外婆说她在楼下吃过饭,说赵任在楼上做过学问,可是这楼哪去了?书里说赵任的家曾经就是浙东南交通站,接待过无数革命同志,可是赵任的家哪去了?细细想来,怪不得自己来得晚,更怨不得什么,毕竟都过去七八十年了。赵任他们当年拼了性命想要的,不就是让百姓过上好日子,现如今旧貌换新颜,赵任的家乡变得比大城市还要气派,应该也是能告慰先烈的英灵了。

还是有点不明白,怎么就会消失得如此彻底,赵任几十年的革命史,怎么就像风一样吹过,像水一样流过,什么都没有在这里留下。就算是风儿吹过也会摇动树梢,就是水儿流过也会映录彩霞,在这片热土上一定是会有些印记刻录着,可是这些印记到底在哪里? 要怎样才能找到这些? 要怎么才能书写这些? 我对着风儿发问,我对着流水发问,我对着岁月发问。

英灵指路

车子在导航的指引下,顺利进入念姆洋村,虽然过程有点不尽如人意,走了些许弯路。在心里这是一个由无数条河流汇集而成的美丽村庄,这里的每条河流都会对人诉说孝子思母的古老传说。

没想到今日念姆洋不要说孝子的故事,不要说古老河流,甚至连外婆挂在嘴里常念的赵任路、赵任碑也没有看到。眼前除了一排排新建的高楼,还有的就是尚在建设中的大厦。

因为车到达的时间,离赵校长的约定早了一些,只好先各处转了转。步下车极目远眺,尽是崭新的高楼,整齐的排房一眼望不到边,估计这形势,应该不会有我们要寻找的革命元素。天气太寒冷,出来走动的人并不多,只一个摆放着活动器材的场面上,有老人带着孙子在嬉戏。一排排楼房尽头依然连接着一个个超巨大的建筑施工工地。实在难以想象七八十年前,外婆踏上这块土地时,这里是什么样子。可是今天的这里确实再没有当年的一点影子,而且现在这里的人们,生活得非常安乐富足。

路的前方好像有一座不太起眼的桥,车子驶过去,只看见桥下有妇女在洗衣,河不宽水不太清,应该没有什么的吧。匆匆瞄了眼,此桥名叫白箬桥,有些奇怪怎么会有这桥名。驶过桥忽然眼前出现了一座非常高大的石碑,应该不是赵任碑吧? 心里想着。过了石碑导航告知本次念姆洋导航结束。才刚到呀,奇怪怎么就结束了? 不死心要将车开往前方,不对呀,前方路牌显示的是殿下村,只得又掉转车头往回开,回头一看原先导航说结束的地方,分明就竖着一块路牌——念姆洋村。嘿! 这么大这么大的一个城,怎么也不应该叫作村吧? 而且分明就跟大城市没什么两样，难怪总也不能把眼前的这些和念姆洋村相联系。这哪里是村？村有这样大？

车子折回来，又来到了这座石碑位置，又来到这座桥。下车围着石碑转了几圈，果然并不是要找的赵任碑。本来看着如此高大宏伟，不可能仅仅只是为了赵任一人而立。石碑正面由刘英之子，原中央纪委副书记刘锡荣亲笔题词："二战时期革命老区"。原来这碑是那个时期在这片热土上发生的整个革命历史的见证。二战纪念碑就坐落在白箸桥畔，陪伴着纪念碑的，还有白箸桥下长流不息的河水。

外婆分明说念姆洋有赵任路有赵任碑，可是眼前并没有这些，要到什么地方才能找到赵任的家？难道真的都消失不见了？还有今天特别奇怪的是，怎么总在这莫名其妙的白箸桥上打转。从一踏上这片土地就这样，今天目标分明是赵任的家还有赵任路赵任碑，可管不着什么桥不桥的事。难道这桥还有什么名堂不成，百思不得其解。

离赵校长约定的时间只有半小时，可是诺大的地方，要找一间民房比较困难，而且一排排房子，好像都有着相同的脸面。凭直觉一直往东走，走到尽头横竖是不知往何处走，才中午两点，路上行人就冷清起来，天冷得让人只想待在房子里不愿出门，还好是天晴有太阳。总算看到一个阿婆弯着腰驼着背，在前面蹀着慢步，赶紧跑过去打听赵校长的家，没想到阿婆就住在赵校长隔壁，而且她现在正要去我们要去的地方。跟在阿婆身边绕了半日路，才知道如果不碰到阿婆的严重后果，简直就是遭遇地道战。

根据赵校长的指引终于找到赵任亲戚，就连赵家亲戚也不能提供任何帮助，因为所有老印记都因旧城改造而消失了。最后只能根据赵家后人的友情提示，转道大溪寻找当年办理赵任平反案的法官。赵氏后人能提供的只是法官住址的大概方位，当我们前往时，已经是午后，本来不多的行人更是稀少。一路从大街问一点找一点进一点，当最后接近目标时，连着走过几条巷子，都没有看到一个人在外面活动。这大过年，又不好敲门打听，明知道就在这边上就是找不到，有些绝望又不死心。就在进退两难之际，看到一条巷子里面有人在洗东西，走进去一打听，没想这个唯一在外面活动的人，竟然是我们要找的法官。实在是前后左右无有一人，除了要找的这个法官之外。

这时候的心情，只能用万分激动来形容，在这一时刻实在是完全相信这世界真的有灵魂的存在，要不然怎么会有这样巧的事。这次大溪之行一路的巧遇，从刚才念姆洋出现带路的驼背阿婆，到现在自己出现在眼前的法官，还有一些说不太明的感觉，分明让人感到有神力相助。

这个法官是个特别实在，特别严谨的人，当他得知我们是赵任的远房亲戚，是赵家后人介绍过来找的他，而且又有如此巧遇，他也很感动。他说赵任平反案是他到温岭办的第一个案子，记忆特别深刻。他问我们在念姆洋有没有看到白箬桥？白箬桥？不就是刚才车子转来转去都经过的这座桥？这桥有什么？我们说是不是边上有一座很高石碑的桥？法官说就是这桥，当年赵任的死与这座桥有关。一座桥和一人的生死到底有什么关系？

因为年头久远，采访念姆洋的行动，几乎可以说是无功而返，因为没有找到任何有价值的实物线索。但是回来之后，心中却总也不能忘怀这样一个镜头。当年为赵任平反的法官，在和我们道别之后，离开车子把车门拉上，转过身子的这一瞬间。谁也没想到，这样一个看似铮铮的铁汉，却背对着我们在擦拭眼泪。

记得当时为了表达敬意，在法官下车时，用手推动车门，却怎么也推不动，推了几下，总算把门打开，一下车就看到法官不能自禁的真情流露。都说是"男儿有泪不轻弹，只是未到动情处"。如果说外婆这些年，为赵任夫妇流的是亲人的泪，那么今天法官流下的，是天地为之动容的真情之泪。是的，不管是谁，只要是知道赵任遭遇的，没有不为之动容的，为赵任的忠诚，也为赵任的遭遇。

想寻找的东西是一件也没有找到，没有想到线索却无处不在，就像这个法官,就像法官嘴里的白箬桥,还有白箬桥下流动着的河水。原来有形的才是有限的,无形的才是无穷尽的,也许当年的赵任并没有离开,也许他从来就没有离开过,因为在今天还是能够感受到他精神的存在,这是当时采访时千真万确的感受。

箬水悲歌

历史的丰碑耸立于箬水河畔,也许河边的一碑、一桥、一亭仍在向人们诉说着,当年念姆洋璀璨而又非凡的革命史。也许弯弯的河道还有河边的绿树,都曾记得当年发生在这片热土上,可歌可泣的革命传奇故事。

曾经十分不理解,第一次前来就围着白箬桥打转;曾经十分不理解,纪念碑要建在白箬桥边;曾经十分不理解,其他所有的记忆都消失不见,却又留下了这座桥,还有桥下的这截水。

随着法官的回忆,白箬桥边昔日的往事,就像这白箬桥下的河水,徐徐流动起来,生动起来,涌动起来。

温岭解放初期,在大溪念姆洋白箬桥边,曾发生过一起土匪打死干部李修凤的恶性事件,而李修凤致死一案,是导致赵任被错杀的最直接原因。

1949 年 5 月 28 日,温岭县城解放,6 月 29 日温岭县人民政府成立。新政府的成立,标志着劳动人民从此可以掌握政权。然而国民党残余、恶霸、土匪、特务不甘心他们的失败,千方百计向新生的红色政权发起反扑。

1949 年 7 月 18 日,农历六月廿三,是早稻收割的季节。这是新政权建立后第一个丰收的季节,第一次在自己的土地里享受收割喜悦的人们,有一种无法用言语表达的快乐心境,相对于以前祖祖辈辈靠缴租头的佃户来说,相对于今天土地的新主人们来说,丰收的田野一派忙碌喜庆。

然而对那些躲在山上伺机反扑,曾经骑在人民头上作威作福的地主恶霸来说,这样的日子是他们无法容忍的。就在这一天,一群土匪围攻了潘郎乡政府,杀害了干部苏送官,抓去干部蒋加土。紧接着匪徒又乘机袭击冠城乡政府。土匪头目赵一照,领着匪帮,从潘郎方向过来,在双林土匪用手枪比着工作同志赵加启让他带路,土匪人多势众赵无力反抗。土匪比着赵加启走到山后,来到泽国区干部李修凤和乡干部朱乃甫所在的屋子前。土匪用枪逼着让赵加启对屋里喊人。"李修凤!"赵加启叫着李修凤的名字,李修凤是认得赵加启的,以为自己同志没事,还在屋里应了一声。众匪徒冲进屋里,没有防备的李修凤拿手枪都来不及,就被扑倒在地,同时被土匪捉住的还有朱乃甫。

　　土匪押解着五花大绑的李修凤和朱乃甫走到白箬桥时,李修凤挣脱了捆绑的绳索,扑向跟在后面的匪首,一把将赵一照的手枪夺了过来,虽然身材魁梧的李修凤力气比较大,终因寡不敌众,在和土匪搏斗一番后,李修凤往稻田里逃,据目击者形容,李修凤逃过两户秧光景的距离,估计是五六米到十几米之间,土匪开枪把李修凤打死。白箬桥属念姆洋地界,革命干部李修凤被土匪打死在念姆洋的白箬桥边,这在当时确实是一件惊天动地的大事,而且土匪的气焰越来越嚣张,活动越来越猖獗。

　　为了保卫新的红色政权,为了保卫人民生命财产的安全,必须肃清危害人民、危害红色政权的土匪恶霸和一切反革命分子。1949 年 7 月23 日,驻泽国人民解放军配合泽国区中队和武装民兵发起了一剿黄茅山战役,击毙匪徒 20 余人,营救出 5 天前被劫持的干部蒋加土和朱乃甫。

　　随着剿匪战役的不断深入,残余匪徒不断被歼灭或落网,也许这事说到这会儿,也可以说是告慰惨死在土匪之手的干部李修凤。也许李修凤致死案可以告一段,然而这件事情却远远并没有结束,就像这白箬桥下的河水,暗波汹涌无风也能掀起三尺浪。

1951年1月3日,中共温岭县委召开声势浩大的镇压反革命会议,会议贯彻政务院和最高人民法院《关于镇压反革命活动的指示》和中共中央1950年10月10日《关于纠正镇压反革命活动的右倾偏向的指示》成立县镇反指挥部,部署镇反工作。

照理说镇压反革命,是镇压反对革命的坏分子,无论如何这"反革命"三个字和几十年来一直从事革命隐蔽战线,为党为革命做出杰出贡献的赵任应该是扯不上任何关系的吧。然而世间的事有时候就是这样扑朔迷离,让人难以置信。

镇反运动开始后,一封署名朱乃甫的举报信进入镇反人员的视线。这封置人于死地的信件写得极其简单,主要意思就是赵任通匪,导致李修凤之死。谁都知道李修凤被土匪打死在念姆洋的白箬桥,如果以幸免于难的朱乃甫出面指证,赵任就是长出一百张嘴也无法开脱,这一招真的是狠毒无比。就像这白箬桥下的河水,如果被一篙搅浑了,谁还能看得清底。同时李修凤致死案,被人修改了一些细节。土匪原本从潘郎到双林到山后的线路,增加了一段"土匪从雨伞桥过来,在赵任处,听赵说李修凤在双林池"。

赵任通匪故事就这样被编排出来,让人想起十二道金牌下屈死的岳飞英灵。在当时通匪是不杀不足以平民愤的极大之罪,因为当时匪徒实在太猖獗,严重影响了新生的政权和人民生命财产安全。在土匪很盛的严打情况下,听到通匪杀工作同志是一定要枪毙的,当时这样的案件太多,甚至都没有时间复核。既然最大的罪都被做成定下了,难道还需要在乎再多几条罪行?

1951年赵任以恶霸地主、伪乡长、通匪三条罪行被判处死刑。在赵任致死的三条罪行中,通匪打死李修凤是其中最主要的罪行,作为这条罪行的证据就是署名朱乃甫的这封信。然而在赵任被错杀若干年后,办理赵任平反案的同志找到了朱乃甫,询问起这封事关重大的封件。朱乃甫否认有这样的事,因为朱乃甫根本就没有写过这样的信。可是这时候离赵任去世,已过去了 32 年,这个推翻来得实在太迟,如果当时有一个人提出这个问题,也许赵任就不会死,可是对于赵任来说,永远没有这个可能,因为生命只有一次。而赵任是曾救过无数革命同志,对党的革命事业做出过重大贡献的党的忠诚战士。

1983 年,赵任平反大会在冠城小学隆重举行,在这里赵任曾以教书为名掩护革命活动;在这里赵任为所有赵氏后人免去学费,提供义务教育;在这里赵任因遭人诬陷被错杀;而这里曾经是赵任的埋骨之处。

"青山有缘埋忠骨,绿水无辜掀浊浪。"一直不明白为何一踏上念姆洋这块热土,就一直绕着这白箬桥打转转。横看看竖看看,这白箬桥是没有一点名堂的,这桥下的箬水更是没有一点特别之处。

箬水悲歌,悲情箬水,当年李修凤被土匪打死在白箬桥畔,就在今日纪念碑的位置,烈士的鲜血染红了苍苍箬水,箬水在鸣咽在悲鸣。悲怆的箬水怎么也不能想到,忠诚赵任却因为李修凤惨死案而蒙冤受难。天若有情天亦老,水若有情水悲歌。

"提头反蒋廿春秋,箬水悲歌带血流。净扫阴霾终有日,英魂销得古今愁。"无论箬水如何思如何想如何悲如何愁,可是有一点是可以肯定的,如果时间可以轮回,赵任也还会这样选择,因为他是舍生取义、视死如归的赵任。

功比山高

民间广泛流传着,关于赵任含冤赴死的情景描述,虽然不一定真实,却反映了质朴的人心和纯朴的民意。

民间传说:赵任被杀,人刚倒下,马就骑来救人……都说人心是杆秤,这话不假。在百姓心里,那清脆的马蹄,一声声敲打心头,敲打了一代又一代,给人以最纯美的心灵安慰。

当然不难发现,这些穿插着庙会社戏的表演手法,会让人想起老早戏文里刀下留人的故事情节,更有着好人有好报的情绪。而当时的真相是地下党采用单线联系，不要说一时半会，甚至完全有可能永远都找不到证人。即使有证人，在通信、交通极其不便的过去，加上部队在转战中，哪里还有骑着马赶来救的人，又不是戏里的包青天，说来就来、说到就到的。

在赵任被杀前，赵任夫人曾向谭震林发去求救电报，转战中的首长根本就没有收到电报。要怨也只能是怨赵任没有救星，因为据赵氏人回忆，谭震林去解放乐清大荆时，途经温岭住在泽国，让人带信给赵任，要带赵任走。而当时赵任脚有风湿行动不便，怕拖累首长，所以没有跟着大部队离开。也许是赵任大意了，以为最危险最困难的时间都已度过。就是因为这个大意，以至于招来之后的杀身之祸。

对于赵任通匪致死李修凤一说，刘英夫人丁魁梅是这样说的，赵任早前这样苦也没打死共产党的人，解放了，他怎么会打死李修凤？也只有风雨同舟一起走过艰难征途的同志，才对赵任说出如此理解的话。

赵任和当时许多革命者一样，也是在求学过程中，受进步思想影响，而成为中国共产党的忠诚战士。革命需要就是他的需要，对于到他家落脚的所有革命同志，赵任夫妻都会给予最无私最温暖的帮忙。特别是革命进入最低潮时期，每当党里的人来到浙东南交通站（赵任的家），赵任夫妇都热情接待，用赵家后人的话来形容是班加班、桌加桌。赵任夫人向来热情好客，对于革命同志前来，从来都是笑脸相迎，没有一句怨言。

有时候赵任家住不下这么多革命同志，赵任夫妇也会去向邻居借宿，每到这时，赵任夫妇和这些革命者都会以义子义囡相称。赵任夫妇膝下并没有自己亲生的儿女，革命同志在赵任夫妇心里就是自己的孩子。试问世上有哪个父母能忍心让自己的儿女受冻挨饿，让自己的儿女冒险？

只有一些薄田、以教书为生的赵任，其实并不富裕，根本养不起如此众多的儿子女儿。可是他的儿女们，今天打扮成木匠，明天打扮成剃头匠,乘着山沿带着党的使命前来,又乘着山沿带着党的重任离开。这些孩子一个个都是在烈火刀丛中,把脑袋别在腰带上行走的勇士。

哪个孩子没有父母?哪个孩子没有家?当他们踏上征途的这一天,他们就宁愿回不去自己的家,宁愿见不到自己的爹娘。这里就是他们的家,孩子们离开赵任这个家,就又得走进风雨,走进泥泞,走进不可预知的危险之中。赵任知道只有在这里,这些孩子才能吃上一口热茶饭,才能闭上眼放心地睡一会,才能享受一小刻家的温情。有时候,在实在没有粮食的时候,赵任会把赵家公堂里的粮食调出来救一下急,当然这并不是最好的方法,相对于赵氏公堂的人来说。严格来说赵任的这些孩子并不姓赵,就算都是赵任自己的亲骨肉,解决儿女的吃饭问题并不是公堂应该承担的。可是此刻赵任顾不上这些,当时的形势不允许赵任顾到这些。谁让赵任拥有世上最多的儿女,谁让赵任夫妇是这些孩子在世上最亲的父母。然而谁也没有想到,这些最后竟成了致死赵任的罪行,赵任被错杀,其中有一条恶霸地主的罪行。赵任家虽然有少量的一些田产,恶霸地主恶霸地主,在地主之前加上恶霸就整个不一样,让人感觉明显的罪大恶极,而赵任恶霸的构成,就是私自占有公堂粮食,而这些粮食被用来接待在最困难时期前来赵任家落脚的革命同志。

1951年赵任被错杀的三条罪行,除了通匪打死李修凤,除了恶霸地主,还有一条就是赵任的伪乡长职务。关于赵任担任伪乡长一职,在当地流传着这样一句顺口溜:赵任壮丁纠宁。意思是赵任在当乡长期间,并没有做伤害百姓的坏事。1938年,中共温岭县委为抗击日军从海上入侵,准备武装自卫。4月,赵任在念姆洋等村建立了武装队伍,共350余人,100多把大刀,组织习武军训。5月,中共台州特委成立,丁学精分管武装工作,常住赵任家,他认为冠城的武装工作很出色,把它作为台州市的一个武装工作点。省委书记刘英、台属军委书记陈卓到冠城指导工作,高度赞扬念姆洋党组织的工作,把赵任提拔为台属军委委员。根据刘英指示，台属特委决定在赵家建立浙东南交通联络站，负责联络台属特委与驻温州省委之间的联系，由赵任任站长。同期，梁耀南通过与国民党县长向大光的师生关系，给赵任争得冠城乡乡长之职务，以掩护党的秘密活动。

1942年2月16（大年初二）大雪封山，几个轿夫抬一顶小轿，在白雪皑皑的山梁上跋涉，轿子里坐着一年轻女子。大过年的，谁家女子在这样大雪天出门，而且还是个孕妇。

当年这顶在雪地行走的小轿里，坐着的就是丁魁梅。几天前由于叛徒出卖丈夫刘英被捕，浙江省委遭到破坏。在这危急时刻，丁魁梅投奔到赵任家里，赵任连夜送出至全省各地特委的6封急件。这天是正月初二，又是天降大雪，最险恶的环境也许就是最安全的时刻，在"乡长"赵任的安排下，丁魁梅顺利撤离险境。

1942年5月17日，蒋介石急电："饬速处决刘英。"18日拂晓，刘英在方岩马头山英勇牺牲。20日，丁魁梅在上海生下刘锡荣。毛泽东主席在烈士牺牲后曾深情地说："刘英为人民而牺牲，人民就会永远纪念他。"

到这时，赵任的三条罪状都有了答案，赵任无愧为中国共产党最忠诚的战士。当年赵任以伪乡长身份从事着党的地下工作，如果说赵任是因为用以隐藏真实身份的假身份而送的命，那么赵任无疑是最成功的地下工作者，虽然他因此而献出了自己的生命。

也许赵任到死也不曾想他自己对党的做出过贡献有多大，但今天在解读赵任的三条罪状后，赵任高贵的灵魂彰显无疑，心中只能用一个词来形容——功比山高。如果时间可以重来，赵任一定还是这样的赵任，因为在赵任的人生理念里，从来就没有考虑过他自己个人的安危。

丰碑永存

箬水分波清浊明

丰碑千尺铸民情

红花灼灼耀人眼

合是英雄血染成

赵任(1901—1951),字丹侯,曾化名马卒、马士卒。大溪冠城念姆洋村人。1918年考入浙江省立第六中学,1922年就读于浙江省法政学校,因家庭经济困难,中途辍学。

1926年在上海西门塘家湾小学教书,于同年下半年参加共产党。

1927年根据党组织指示回乡,任冠山第二初级小学校长,以开办农民夜校等形式,宣传党的主张,先后发展党员30多名,建立4个党支部。1928年1月,中共温岭县委成立,赵任担任中共温岭县委委员后,组织北区农民抗租斗争。

1928年1月,任中共温岭县委委员,发动北乡农民抗租反霸。琛山大地主金石荪勾结官府,派出法警到洋峇前强收租谷,被抗租农民打死打伤各1人。是年荒歉,农民无米下锅,赵带领以共产党员为骨干的夺粮队,乘大溪集市机会,巧妙躲过国民党省防军拦截,夺得地主奸商大批粮食。

1931年浙南特委遭敌破坏,赵外出隐蔽。1935年回乡时被捕入狱,抗战爆发后释放,与党组织接上关系。县工委书记梁耀南通过人事关系,为赵争得冠城乡乡长之职。赵以此作掩护,在冠城乡建立抗日武装组织"大刀队",队员350余人,大刀100余把,受到省委书记刘英等的高度赞扬。随后任台州军委委员、浙东南交通站站长,交通站就设在他家。

1938年任台属军委委员。1934年和1943年,赵任两次因革命活动被捕入狱,后经担保获释。根据省委指示,1938年在赵任家设立浙东南交通联络站,省委书记刘英等领导人指定赵任为站长。先后接待和护送了刘英、粟裕、陈阜、丁魁梅、刘清扬、林尧、陈绍奏、罗毅等一批领导干部。抗战期间,救亡工作突出,梁耀南书记帮助赵任争得冠城乡乡长之职,任职 5 年之久,掩护党的秘密活动,任劳任怨。1951 年镇反运动中遭诬告,以伪乡长、通匪罪名被判处死刑。1983 年 8 月 20 日,中共温岭县委为赵任平反昭雪,撤销原判,恢复名誉、恢复党籍。

赵任当年教书的冠城小学,一直以来也都是共产党的联络点,有时候同志们在里面开会,有人报国民党进来抓人,里面的同志跳出围墙拔腿就往后山跑,山沿着山,只要一进山就安全了。

1951 年赵任被处决在冠城小学附近,此时此刻赵任的心情不得而知,是在期望同志的到来,来证明自己的清白,还是……有一点是肯定的,如果时间可以倒转,赵任也依然还是这样的赵任。

1983 年,赵任的平反大会,也是在冠城小学举行。虽然眼前的学校,早已不是赵任当年教书时的样子,可是这个地方还在,这座山还在,这段记忆还在,赵任的英灵还在。

赵任是最热爱生命的,这么多年来,不管是多难多困苦的时刻,在赵任的联络站,没有一个战友出过事,吃的用的无偿地帮助,一直以来赵任夫妻甚至没有一丝抱怨。做这种事随时要掉脑袋,这个道理赵任夫妻不可能不懂,一个人如果不热爱生命,又如何能做到。一个人可以为他人的性命,随时准备付出自己的生命,这样的人才是最热爱生命的人,只有他把自己的生命退至他人生命之后,才能成为像赵任这样伟大的人。

1985 年台州专署批准念姆洋为二战时期革命老区,2003 年在白箬桥建立纪念碑。“二战时期革命老区”由刘锡荣亲笔题词。除了这座丰碑和这座桥,连当年的冠城小学也重建了。站在纪念碑下,站在白箬桥畔,感受赵任,感受先烈们,感受他们山一样凝重的革命灵魂。

雄关漫道

在中国共产党历史上有三件"最苦的事情"：一是红军长征，二是东北抗联，三是南方三年游击战争。

——彭真

中央红军长征起点江西瑞金和福建长汀，经 11 个省，翻越 18 座大山，跨过 24 条大河，走过荒无人烟的草地、翻过连绵起伏的雪山，行程约两万五千里，最终到达陕甘苏区和陕北苏区，成就了中国共产党历史上最伟大的史无前例。

虽然今天我们完全可以扬眉吐气地大声宣告：长征是宣言书，长征是宣传队，长征是播种机。然而在当时，长征却是一次为保存实力的军事行动。由于"左"倾教条主义、冒险主义的错误领导，中央苏区在第五次反"围剿"中的失败，导致红军主力被迫于从 1934 年 10 月放弃苏区革命根据地踏上长征的征途。

长征无人不知无人不晓，可是在主力红军长征之前出发的"红军北上抗日先遣队"知道的人并不太多。为了宣传和推动抗日，调动和牵制国民党军队，减轻对中央苏区的压力。1934 年 6 月，中央决定将红军第七军团改编为"中国工农红军北上抗日先遣队"。

1934 年 7 月 7 日，抗日先遣队 6000 余人，携带着 160 万份宣传品，从江西瑞金出发，踏上了北上抗日的征程。11 月，抗日先遣队与坚持在赣东北苏区的红十军合编为新的红十军团。1935 年 1 月，红十军团在江西怀玉山遭国民党重兵包围失败，仅少数先头部队突出重围，红十军团几乎全军覆灭,方志敏不幸被捕。

被捕后方志敏宁死不屈,并于狱中写下了《清贫》《可爱的中国》《狱中纪实》等16篇文章。1935年8月6日,在南昌方志敏被国民党反动派秘密处决,这天清晨天空下起了凄凄细雨。

1935年2月,根据中共中央分局的电令,由抗日先遣队的先头部队和突围部队为基础共500余人,组成中国工农红军挺进师,师长粟裕,政委刘英。挺进师的主要任务是进入浙江开展游击战争,创建苏维埃根据地,以积极的作战行动,打击、吸引和控制敌人,从战略上配合主力红军的行动。

挺进师在浙西南和浙南坚持了艰苦卓绝的3年游击战争,先后创建了浙西南和浙南游击根据地,建立了苏维埃政权,活动范围遍及闽浙边和温州、丽水、台州、绍兴、衢州、金华等地区。

南方三年游击战争是土地革命战争的重要组成部分,由于各游击区与中共中央失去联系,长期分散,由此带来异常的艰苦性。加之国民党军的严密封锁、"清剿"和保甲制度的控制,采取阴险的瓦解与隔离政策,实行"连坐法",以至移民并村,制造无人区,力图隔断游击队和广大人民群众的联系。

各地红军游击队长期转战于穷山僻岭,风餐露宿,以野果充腹。然而,残酷的斗争并没有使游击健儿屈服,反而磨练得更加坚强,与人民群众唇齿相依,同舟共济,渡过了一个个激流险滩,终于到达胜利的彼岸。

当时陈毅曾指出:目前南方游击战争到了最艰苦的时候,打死、饿死、病死随时都有可能,真正的革命同志要坚定信心,能坚持到底的是将来革命的骨干,留下一点星火,定能燃遍万里江山。

在如此艰苦的游击战争环境中,挺进师坚持发展党的组织,建立了中共闽浙边临时省委和特委、县委组织,使各级党组织成为领导游击战争的坚强核心。红军挺进师所创立的浙南游击根据地是3年游击战争时期南方 15 块游击区之一,成为党在南方革命的一个战略支点。

1938 年 3 月 18 日,根据中共中央和东南分局指示,粟裕率领由原浙南红军改编的部队加入新四军,赶赴抗日前线,刘英依旧坚持领导浙江的革命斗争。

1939 年 7 月 21 日至 30 日,中共浙江省委在浙南基本地区平阳凤卧乡的冠尖和马头岗两地召开全省第一次党代表大会。出席大会的代表共 26 名,代表全省近 2 万名党员。大会上,省委书记刘英代表省委做了政治报告和两年来浙江工作的书面总结。

会议通过了《关于目前抗战形势与浙江党的任务的决议》《告全浙民众书》等一系列文件,确定了今后的任务和党的工作方针,并以无记名投票的方式选举产生了新的浙江省委:书记刘英;常委薛尚实、汪光焕;委员龙跃、张麒麟、郑丹甫、林辉山、刘清扬、顾玉良,候补委员杨思一、林一心。

中共浙江省第一次代表大会是新民主主义革命时期浙江党组织召开的唯一一次全省党代表大会,在浙江党的历史上有特殊重要的地位。

1939 年 3 月浙江省委机关迁至丽水。省委书记刘英化名王志远,1942 年 2 月由于叛徒出卖刘英在温州被捕,5 月 18 日在永康方岩牺牲。刘英在浙江战斗了 7 年,最后把生命奉献给了浙江大地,刘英牺牲这天天空也下着雨。

从 2011 年 6 月 16 日,采访大舅公朱文骏,从了解朱乙生和朱文骏父子的革命历史开始。记得那天是乘坐早上 7 点半的班车由父亲陪同前往,到达舅公家快 10 点,93 岁的大舅公断断续续地回忆着,父亲和我同时执笔记录着,大舅公只讲述 1 个小时多点就到中饭了,老人要亲自下面给我们吃,只好结束采访,回家后马上投入采访材料的整理中,最难的是写不出老人讲的字,特别是人名和地名无法准确表达,查阅书写,这天晚上在家人陪伴下,开启两台电脑苦战通宵,其间只有实在受不了才冲一下凉,终于在第二天交出征文稿件《忠魂曲》。

为了解刘英、丁魁梅、赵任的革命事迹，我又于 2012 年 2 月 3 日（农历正月十二）前往温岭新河长屿山园村。2012 年 2 月 5 日（正月十四）前往大溪念姆洋。2012 年 8 月 25（农历七月初九）前往浙江省金华永康方岩刘英烈士陵园。为了解宣侠父的事迹 2012 年 9 月 2 日由父亲自驾前往位于浙江省绍兴市诸暨市店口镇侠父村宣侠父故居⋯⋯

　　最难忘刘英烈士墓上方那一抹青翠，绿焰般燃烧着生命的力量，源源不断，生生不息。烈士的鲜血染红了多情的土地，无论是方岩的泥土，还是每年清明上山路边断层处的泥土都是深沉的红色，清明时节满山遍野星星点点的杜鹃映红大地。

万 山 红

  2009 年 4 月 18 日,第一次踏上山巅,感受杜鹃磅礴的气势,一直不明白万山红的精妙所在,之后年年跟着驴行大部队往花多的山头跑,可是依旧不懂为何如此众多的花非要开到清冷的山顶。

  也许纯属偶然,也许不是,从温岭党史,从太公及大舅公的革命生涯开始,步入了那一段曾经的岁月。寒来暑往,一点点一滴滴,一脚脚一步步,走进他们,走进他们的悲壮。直到此刻,才发现生命不会终结,历史其实并不枯燥。

  曾经以为革命离我们很远,革命者只是印在书本上的方块字,曾经以为方志敏是由钢铁打造的战神。现在才知道方志敏和刘英曾经是一起出生入死的战友。像普通人一样,曾经他们也有亲情有友情,曾经他们也是血肉之躯。直到了解得深入,才知道就在我们头顶的山梁,曾经就有当年勇士们奔跑的足迹,这些足迹深深地印在江南的大地上。

  即便富庶的地方,也有革命的可能,革命曾经就发生在身边,曾经就发生在祖先身上,共产党的历史绝非神话,中国革命的胜利绝非传奇。当中华民族处于危难时刻,在江南这片温暖的水乡,当年也曾点燃过革命火把,也曾激荡过革命的热情。这里的山这里的水,这里满山盛开的杜鹃,都可以诉说,这里当年曾经拥有的激情岁月。

  在温岭第一高峰太湖尖附近有一条盘山古道,是连接温州、温岭和黄岩三地的主要交通线。当年革命者冒着生命危险,忍受饥饿带着革命的使命沿着山梁奔跑。

每年清明，山上都会盛开杜鹃，杜鹃会在清明前后，尽情怒放，仿佛是长眠于此的灵魂的生命祭奠，也只有在今天才真正读懂了杜鹃的花语。在山之巅，于万山红中，依稀还可见，一朵朵，一丛丛，一片片，年年岁岁开出生命不败，只为了万绿丛林，那一抹永恒的思念。

有一些人，有一些经历，不会因生命的消失而消亡的，不知道三元桥长什么模样，只知道曾经的三元桥，生活着我父亲的外公一家，曾经从三元桥的折角头门走出美丽的新娘，她是外婆的三姑，也是赵任的弟妹，我在走访中得知赵任的伟大功绩。

隐隐听人提起刘英进出过三元桥太公的家，虽然一直没有找到相关的信息，然而这些早已经不再重要，到过没到过又有何区别，毕竟都早已成为过往，而且当年刘英的足迹深深地印记在浙江的山山水水。也许知道当年发生的只有这山上的花，只有这桥下的水。于是这水流动起来，因为岁月；于是这山灵动起来，因为山花，仿佛又看到……

霎时它映红了宛如银镜的湖面，不久它又在书页之间掠过留下一片难以忘怀的红迹。虚实与古今不过刹那。它在此盛开了千年，花开花落，高山之上滋养它的不过是一方瘠壤或是一季落红。仍绽放着，红了山冈，漾了镜湖，竟在不经意间照亮了人心。而这一切皆来自于那雨露下嫣红的蓓蕾，直到这星星之火燎原后人们才知它的伟大。它是完完整整的映山红，它是历史的碎片。

溪水从三元桥下缓缓流过，几叶红瓣随波而来，自然却又是一年清明，不知落英从何而来，更不知能流往何处，一切不过随波即可。女人不过呆呆望着，红瓣亦只是匆匆过客，淌过女人的视野，淌过这世间。女人不一样，她虽已从三元桥的折角头门嫁出多年，曾经大家羡慕的美丽新娘早已没了当年的傲气。而桥下的双溪之水不曾为岁月所改变。女人知道归乡是短暂的，明日此时她或许已站在箬水桥头，伴随她的或许只有零星落英。

细雨夹杂着晨雾伴随着女人穿过小城,细雨浸湿的不仅是小城,箬水桥亦被细雨笼罩,至此水已经大似静止,残瓣似浮似的镶于水中。女人就在这下船了,岸上早有她的男人等待,油伞白褂在雨雾中别有韵味。念姆洋以赵姓为主,女人家在当地还算殷实。家有三兄弟,以赵任为长,女人的丈夫为老幺。女人的印象中大哥为人老实能干,常常独自一人在屋里忙于学问,有一群搞革命的同志,女人曾无意听到革命党人骄傲地将美好的未来喻为赤旗的未来,女人在心中遐想着那片万山红遍、层林尽染之景。南方自是没有深秋漫山如染的红枫,那初春映山红的海洋更是令女人痴迷。

　　尽管女人少与革命党人接触,记忆中他们总是在夜里来也在夜里悄悄地消失,大多只能说是匆匆过客,即便如此大嫂总是真诚地待客。而作为乡长的大哥,总是竭力在外奔波。

　　女人印象最深的不过是那个风雪连天时节消失在灰黑的白雪中,因为待产妇人虽然行动不便,但从言行中能够看出是坚强和果断。直到妇人雪夜离去后很久,女人才听说那妇人是因为丈夫参与革命被捕才逃到念姆洋。而之后孩子出世的日子正是丈夫牺牲之第二天。

　　至此女人不语唯独两行泪,想着那时未见妇人掉眼泪,挺着大肚子夜晚而来即知道必有紧急。想到曾与妇人闲聊时曾约好看初春后山的映山红,而今又是一年芳菲依旧,花不待人而自放。相约未有期,孤身更伤心。女人只是淡淡地远眺过几眼山的那边,好在如今除了孤寂的清风过窗外并无惆怅不绝的细雨。

　　这是风带着本应归根的落红坠水后,落红真似无情。几瓣红花不过千千万万映山红的小部分,改变不了溪流奔腾的方向,一泓溪水仍是如此清澈不带任何色彩。逐流着归处是潭底还是石缝,即使离开溪水归处不过这尘世一角,总是染着尘埃化为同为尘埃的蓇葖罢了。看似如此,坠水红花离开了故土,离开了原本同生共寂的花枝。想到此处,女人眼中远山那似有若无的花瓣渐渐泛白,直到灰蒙蒙的一片雪,这不是那妇人带着腹中的孩子离去时的光景吗?

后　记

　　本书为三人作品合集,作者年龄跨度较大,分别为 50 后、70 后和 90 后。三人生于斯,长于斯,以自身经验对乡土事物进行梳理,三种角度,呈现出文本的多样性。无论是回望、行走还是追寻,都有着记录时代的普遍意义。本书表达了作者对故乡的回味与咀嚼,有着浓浓的乡土气息和人文情怀。

　　《石塘潮》记录着作者的亲身经历,抒发真情实感,更是对往昔的回味与咀嚼,如同潺潺的小溪。所写的文章里,以故乡石塘为多。尽管离开家乡颇有年头,可那颗心、那般情却依然湾泊在家乡那一港粼粼碧波里,常为家乡的质朴无华而振作,常为家乡的奇特岿巍而坚韧,常为家乡的坦荡无边而豁达。家乡深深地浸透了作者的整个灵魂,这是用心和情写出的故乡。

　　《时光书》在走读乡土、行迹山水的同时,注重对历史文明、古风民俗的寻访和探究,试图用亲历的感观去呈现和复原一些历史文明的碎片和记忆深处的知觉。作者注重以情感来表达个体的自我,更试图借文字理性思考、冷静述事,表达对当下的现实关怀! 对有着深邃思想的文学作品,更有着宗教般的热爱!

　　《满庭芳》的故事之前,作者曾经以为在温柔富饶的江南水乡,并没有像书籍、电视里表达的革命经历。然而有一天,当不经意间走入其中,才发现当年这里的山水也曾高举过革命的火把,这里的大地也曾燃烧过革命的激情。发现历史,书写历史,歌颂真善美,这一切缘于热爱,有热爱才有行动,随着探访的深入,产生出更加强烈的热爱。走进当年可歌可泣的峥嵘岁月,走进当年曾经发生在这片土地上光辉历程。